ハヤカワ文庫 NF
〈NF516〉

15時17分、パリ行き

アンソニー・サドラー、アレク・スカラトス、スペンサー・ストーン
&ジェフリー・E・スターン
田口俊樹・不二淑子訳

早川書房
8145

THE 15:17 TO PARIS
by
Anthony Sadler, Alek Skarlatos and Spencer Stone with Jeffrey E. Stern

Translated by
Toshiki Taguchi & Yoshiko Fuji
First published 2018 in Japan by
HAYAKAWA PUBLISHING, INC.
This book is published in Japan by
arrangement with
SPENCER STONE, ALEK SKARLATOS AND ANTHONY SADLER
c/o INKWELL MANAGEMENT, LLC
through TUTTLE-MORI AGENCY, INC., TOKYO.

家族に――S・S
ゾーイに――A・A・S
家族に――A・S

目次

第三部

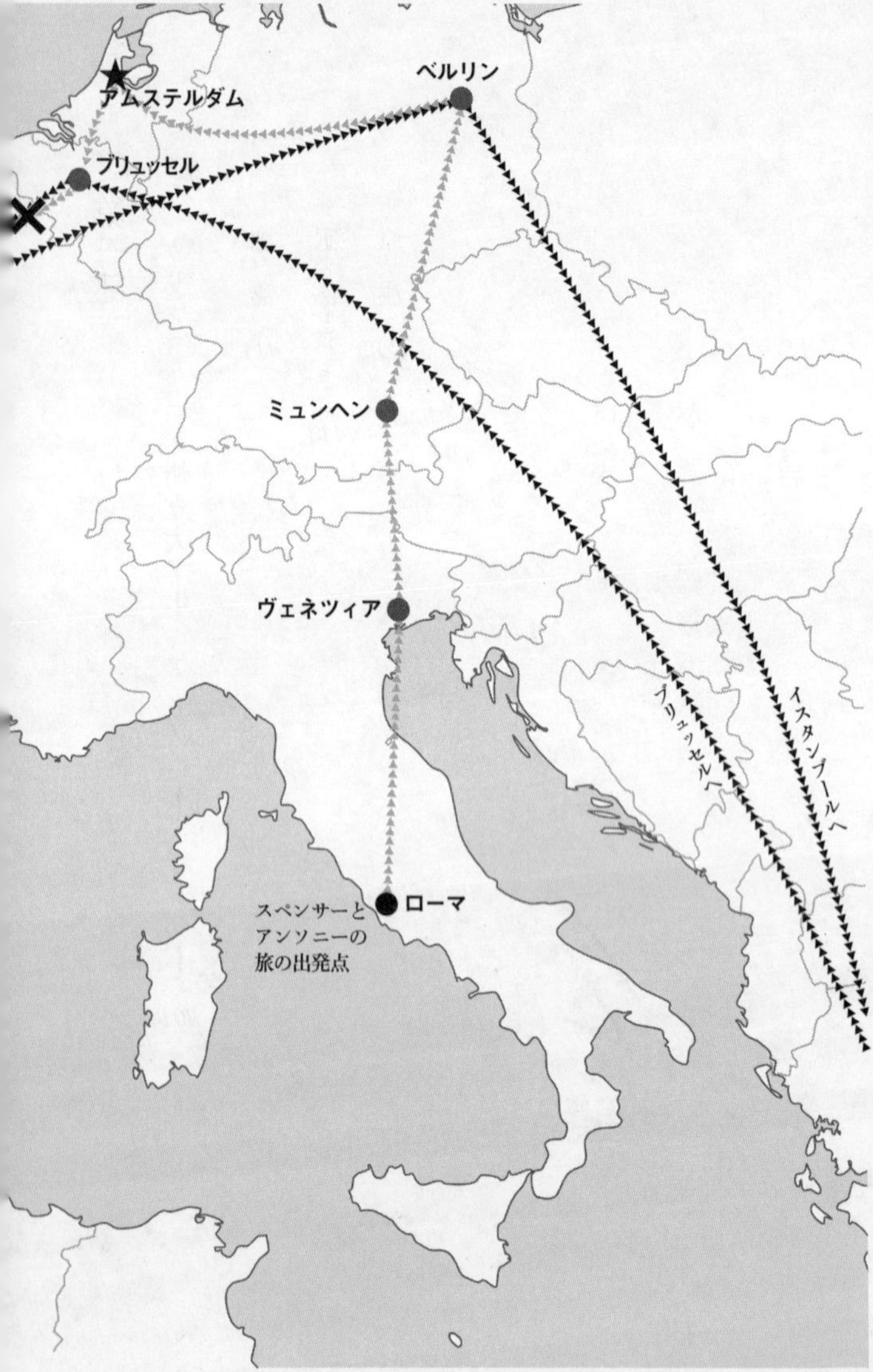
アムステルダム
ベルリン
ブリュッセル
ミュンヘン
ヴェネツィア
ローマ
スペンサーとアンソニーの旅の出発点
ブリュッセルへ
イスタンブールへ

ヨーロッパをめぐるふたつの旅

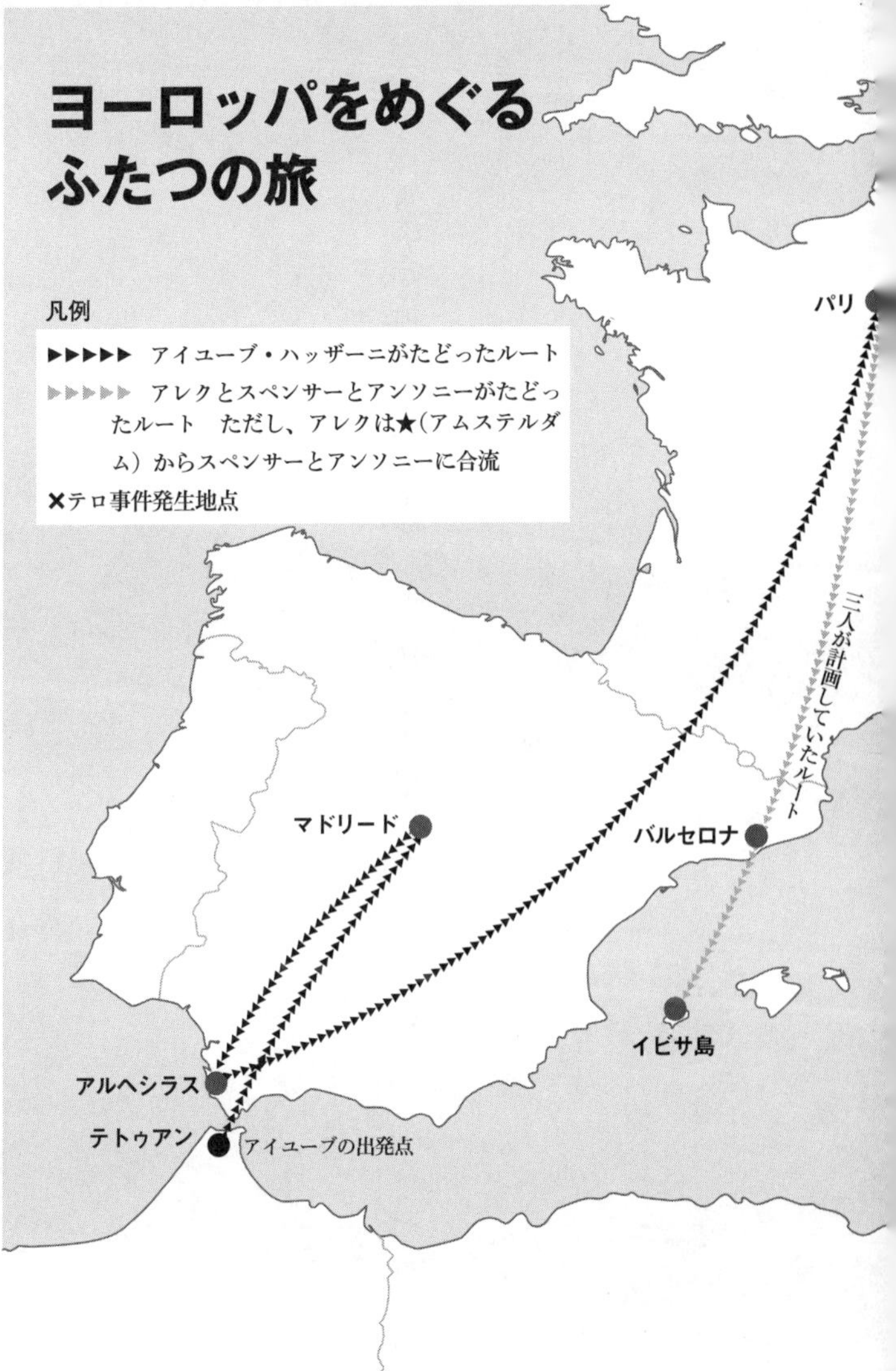

偶然とは神が実名でサインしたくないときの別名かもしれない。

——テオフィル・ゴーティエ

15時17分、パリ行き

プロローグ

カリフォルニア州立大学生　アンソニー・サドラー

八月十八日　火曜日　午前十一時三分

アンソニー・サドラー
まだ生きてるよ、父さん。
今はアムステルダムにいて、Ａ＆Ｏホステルに泊まってる。
金曜まではここにいるつもり。

サドラー牧師
わかった。元気にやってるか？

アンソニー・サドラー
元気だよ。これから出かけるところなんだ。Ｗｉ－Ｆｉが使えなくなるから、あとで連絡する。

サドラー牧師
わかった。

八月二十日　木曜日　午後十一時七分

アンソニー・サドラー
やあ、父さん。こっちは金曜の朝八時だ。今日の午後三時にアムステルダムを発《た》って、午後六時頃パリに着く予定。ホテルについては詳しいことがわかったらメールする。

サドラー牧師
わかった。

八月二十一日　金曜日　午後四時四十三分

アンソニー・サドラー
父さん、電話して。

高速列車タリス　九三六四号
北フランスを走行中
乗客五百五十四名

　スペンサーは二本の指でマークの首の銃創を押さえ、脈打つように噴き出る血を止めている。高速列車が時速二百四十キロを超えるスピードでフランスの田舎《いなか》を疾走する中、マークの命をつなぎ止めるために頸動脈《けいどうみゃく》に開いた穴をふさいでいる。

　アンソニーはその様子を見下ろしている。

　どこかで悲鳴があがってもアンソニーには聞こえない。窓越しに伝わる列車が風を切る音にも気づかない。彼の意識は眼のまえの情景に奪われている。両手両足を縛られて床に転がるテロリスト。うめき声をあげるマーク。この世界には自分と彼ら三人しか存在しない――アンソニーにはそんなふうに思える。

血まみれのフロアカーペット。大量の血だまり。驚くほどの静けさ。その静けさを破るのは車両のドアの開閉を知らせるベルの音だけだ。不気味に響く無機質のさえずり。まるでどこかの病院の静まり返った廊下にでもいるみたいだ。何ひとつリアルに感じられない。おれたちはほんとにあんなことをやってのけたのか？

列車はすみやかにスムーズに走っている――いつもと同じように。まるでここで起こったすべてが想像上の出来事でもあるかのように。列車の振動が心地良くすらある。誰も恐怖を感じていないようだ。そもそも人の気配が感じられない。この場にいるのは、たった今幕を閉じた劇的事件の当事者――アンソニーが直接関わった人たち――だけだ。彼はそれ以外の人々を意識から締め出している。

ほかにも多くのことを頭から締め出している。その中には重要な事柄もある。たとえば、テロリストが単独行動ではなかったらどうするのか。もしほかにふたり――五人かもしれない――の共犯者がこの列車のどこかに隠れていて、テロを企てていたらどうするのか。単独犯だと示す確たる証拠はない。それでも、アンソニーの知るかぎり、犯人はひとりしかいない。頭の中にはこの男のことしかない。眼のまえの問題を解決することしかない。今のアンソニーには、眼の届かないところで起こるかもしれない問題のことなど考える余裕がない。彼の脳は金庫室のような頑丈な壁を築いている。時折、金属の割れ目や継ぎ目から光が射し込むように、そのほかの情報が脳に届けられているだけだ。

アレクが戻ってくる――アレクはどこに行っていたのか？　ライフルを持ってしばらく

姿を消していたのだが、今は戻ってきて、銃弾をかき集めて、武器を袋にしまっている。

ほんとにあんなことが起こったのか？

アレクはテロリストを殺そうとした。スペンサーがテロリストを裸絞めにすると、アレクはライフルの銃口を男のこめかみにあてた。もし弾丸《たま》が男の頭を貫通していれば、スペンサーも撃たれていただろう。友達がもうひとりの友達を危うく殺しかけたということだ。そのときアンソニーはテロリストを必死で抑え込んでいた。結局、ライフルが火を噴くことはなかった。理由はわからないが。


こんなことは誰も信じないだろう。自分ですら信じられない。とても現実とは思えない。テレビ・ゲームの世界にまぎれ込んでしまったみたいだ。思考と眼のまえの現実がまったく噛《か》み合わない。まるで自分で自分の行動を傍観しているかのようだ。あたりはしんと静まり返っている。アンソニーは自分の人生が永遠に変わったという事実をまだ理解できずにいる。

スマートフォンを取り出し、動画の撮影を始める。これが現実の出来事だと示してくれる証拠が必要だ。スペンサーとアレクのためにも自分自身のためにも。

現場の証拠を保存しようと思ったわけではない。自分のしていることがまったくリアルに感じられなくて、反射的にそうしただけのことだ。

さっきも同じだった。三人でテロリストを拘束した直後、背後で物音がしたときのことだ。誰かのうめき声か？　そう思って振り返った瞬間、同時に三つのことに気がついた。びしょ濡れのシャツを着た男。通路に噴き出ている血。まるで重要な何かがそこにあると言わんばかりに天井に向けられた男の眼。

それから首がだらりと垂れ、顎《あご》が胸まで落ち、その男は座席から崩れ落ちた。

アンソニーはそれを見つめていた。彼の眼は細部まで完璧にその様子をとらえていた。まるで眼のまえの動きを高解像度のスローモーション映像で観察できる特殊能力でもあるみたいに。

男の足元から座席のほうに血だまりが広がった。

あの血を見ろ。真っ赤な血が勢いよく流れ出ている。人体解剖学の講義で習った知識がアンソニーの頭にぽっと浮かんだ。血が真っ赤なのは酸化しているから。つまり動脈性出血だ。男の脳に運ばれるべき血液がカーペットに染み込んでいる。この男の容態は見た目よりずっと悪い。

アンソニーは駆けだした。隣りの車両のドアを開けて大声で叫んだ。声が大きすぎただろうか？　彼の体には彼自身さえまるでコントロールできない新たな力がみなぎっていた。

「誰か英語を話せる人はいますか？」

「話せるよ」「私も」「少しなら」といった声が返ってきた。さまざまな訛《なま》りの十数人の声だった。

「誰かタオルを持ってませんか？」

沈黙と困惑。くそっ！　心の中で悪態をつくと同時に、どっちにしてもタオルでは役に立たないと思い直し、自分たちの車両に——床に這《は》いつくばっているスペンサーのところに——引き返した。スペンサーはまだ犯人を拘束したひもをきつく縛っているところだった。そんな彼に、アンソニーはすぐうしろで男が血を流していると伝えた。スペンサーは顔についた血を拭《ぬぐ》うと、その男性——マーク・ムーガリアン——のところまで這っていき、包帯がわりにするために自分のシャツを脱いでから言った。「なんとかして……傷口をふさいでみる」スペンサーはまずマークの咽喉《のど》元に手をやった。するとそれで出血が止まった。

それきりスペンサーは動かない。アンソニーはスペンサーを守るようにして立ち、彼とマークを見下ろしている。スペンサーは身じろぎもせず、四つん這いで、上半身裸で、血まみれで、男の首に指を押しあてている。その光景はあまりに不条理で、滑稽《こっけい》ですらあった。

あれからどれだけ時間が経った？　一分か？　一時間か？

アンソニーの記憶は適切に形成されていない。時間の感覚が歪《ゆが》んでしまっている。記憶を司《つかさど》る脳内のハードウェアが大量のアドレナリン放出のために使用され——このさき四日間は眠れないことだろう——消化器官は活動を停止している。そのためアンソニーは時間を正確に把握できなくなっている。

アレクはどこだ？

友達のアレクはとぎれとぎれにしか存在していないように思える。ここにいたかと思うと、どこかに消え、また戻ってくる。もはやその全体像をとらえることはできない。アンソニーの視界にあるのはアレクのかすかな一瞬の痕跡だけだ。マークのシャツを切り裂いていたかと思うと、ふっと姿を消す。ライフルを持って立ち去ったかと思うと、また現われる。アレクはまるで古い鉄板写真の中の人物——それも露出の途中でカメラのまえから逃げ出した人物——のようだ。アンソニーの記憶には、幽霊のようなぼんやりとした影しか残されない。

それも眼のまえの出来事がまるでリアルに感じられない理由だ。何もかも腑《ふ》に落ちないことばかりだ。列車内がこんなに静かなのもおかしい。

アレクが何度も消えるのもおかしい。

スペンサーがあんなにもすばやく椅子から立ち上がったのもおかしい。まるでテロリストが現われるまえから、来るとわかっていて飛び出したみたいではないか。

今すぐそのことについてスペンサーに問い質《ただ》さなければならない。アンソニーはそんな思いに駆られる。まるで肉体がその答を咽喉から手が出るほど欲しているかのように。スペンサー、どうしてわかったんだ？　しかし、スペンサーは銃創を負ったマークに向かって必死に話しかけている最中だ。マークはまたうめき声をあげはじめていた。

「つらいでしょうが、我慢してください」とスペンサーは言う。「おれが手を動かしたら、あなたは死んでしまう」

マークは苦しんでいるが、首の銃創を気にしているようには見えない。マークの横にいる女性——たぶん彼の奥さんだろう——がパニックになりはじめている。マークはほかにも傷を負ってるんじゃないの？　二発撃たれたのかもしれない。どこかに弾丸《たま》が貫通した痕があるかもしれない。アレクが彼女の不安を解消するために動きだす。

またアレクが現われた。

アレクはいつのまにか持っている救急箱からハサミを取り出す。

そして、マークのシャツの背中の部分にハサミを入れると、触診《ブラッド・スウィープ》を始める。彼の背中に手を這わせて、ほかに傷口がないか探しはじめる。スペンサーもアレクもアンソニーも、マークの命をつなぎ止めようと彼の体に手を触れる。アンソニーにはその親密な行為がひどく場ちがいに感じられる。

マークの背中に傷痕は見つからない。

アレクがまた姿を消す。

マークは落ち着いている。いたって冷静に「腕が痛い」と言う。頸動脈《けいどうみゃく》から出血していて、スペンサーが指で止血していなければ死んでしまう状態だというのに。マークは自分が死にかけているという事実に気づいていないか、まったく気にしていないかのように見える。

「体を動かすわけにはいきません」とスペンサーが言う。「指が傷口から離れたらまずい」

「腕が痛いんだ。ちょっとだけ体をずらせないか、腕がほんとに痛いんだ」

「今はあなたの腕の心配をしている場合じゃないんです」

事の重大さを誰も理解していないかのように思える。マークはすぐそばに――頭から数インチと離れていないところに――自分を撃ったテロリストがいることにまったく関心を示していない。ふたりはフロアカーペットの上のすぐそばに隣り合わせに横たわっている。テロリストは意識を失っており、マークもかろうじて意識を保っている状態だ。

彼らは待っている。

列車はあと三十分は走りつづける。

駅に着いたら、フランスの警察の事情聴取を受けることになるだろう。アンソニーは考える。フランスの新聞の取材もあるはずだ。頭の中の霧が晴れるにつれ、テロリストに遭遇したという事実が理解されはじめる。おれたちはこの手でテロを食い止めた。スペンサーとアレクは休暇中の米軍兵士で、そのことにも注目が集まるだろう。きっとフランスでは大々的なニュースになる。

列車がカーヴを描き、ようやく駅構内にはいる。アンソニーは窓に顔を押しつけて外を見る。フランス国家警察の面々が特殊部隊《SWAT》風の車両の横に立っている。その時点ではアンソニーにはその後に起こることなど何ひとつ予測できなかった。自分たちがフランスだけでなく、アメリカでも一躍有名人になることも。《ピープル》誌の表紙を飾ることも。〈コロンビア・スポーツウェア〉社のCEOがプライヴェート・ジェットを一週間提供してくれ、そのジェット機でアメリカに帰国することも。その様子がヘリコプターから空撮されることも。大学の授業を受けるときに私服警官の警護を受けることも。テレビのトーク番組に出て、美しい新進女優の隣りに坐って司会者のジミー・ファロンと話をすることも。三人でアメリカ合衆国大統領からホワイトハウスに招かれて、秘密の地下壕を見学することも。そしてアレク——アレク！——がダンスのコンテスト番組『ダンシング・ウィズ・ザ・スターズ』に出演して決勝まで勝ち抜くことも。故郷サクラメントで彼らのために祝賀パレードが催され、三人でパレードカーに乗って市内をまわることも。今をときめくメーガン・ケリーが全国の放送局の争奪戦を制し、三人のインタヴューを初めておこなうことも。

アンソニーが今回の旅の計画を立てはじめたのは、数カ月前、ありえないほど利用限度額の高いクレジットカードに申し込み、奇跡的に受理されたからだ。この旅のために自分が国際的な有名人になるなど、電車の窓からフランスの警察を眺めるアンソニーは知るよしもなかった。

その時点でアンソニーが考えていたのは、〝父さんに電話しなきゃ〟ということだけだった。

のちにわかることだが、そのとき彼は脅威に直面していた。実は、彼の肉体にある生理学的変化が起こりつつあり、その変化を受容するために、周囲を正確に把握する能力が阻害されていたのだ。文字どおり、視覚、聴覚、感触を通じた認識に変化が生じていたのだ。一般的に〝闘争・逃避反応〟と呼ばれている症状だが、その名称からはその症状の複雑さも、肉体が生理学的変化に乗っ取られる苛烈さも伝わらないだろう。が、アンソニーは大学で運動生理学を専攻していたので知識があった。列車内で起こった事件を把握した瞬間、彼の体内で化学物質が放出され、動脈が圧縮され、最重要でない器官系の機能が停止した。糖が必要な部分に放出され、そのため超人的なエネルギーを感じ、同時に知覚に変化が生じた。肉体が不可欠でない感覚機能の停止に踏み切ったのだ。肉体が変化する――これは実際に経験してみないとわからない。何から何まで――焦点を合わせるために水晶体の厚みを変えるごく小さな筋肉の毛様体筋《もうようたいきん》にいたるまで――すべてが変化するのだ。たとえば、被食動物が襲撃されたときには、捕食動物と逃げ道をよく見るために周辺視野が奪われる。被食動物たちの視野はトンネルの先をのぞいているように狭められる。[1]

アンソニーの体に起こった変化でもっとも興味深いのは、情報を正確に処理できなくなったことだ。重要性の低い物事はすべて記憶から排除されている。彼が覚えているのは実際に関わった人たち――スペンサー、両手足を縛られたテロリスト、死にかけているマーク――だけで、同じ車両にいたそれ以外の人々のことはまったく覚えていない。そもそもあの車両にほかの人々がいたのだろうか？　もちろん、彼らがいたことを知ってはいるが、正直なところ記憶にはまったく存在していない。

事件発生時に彼の肉体を破壊するような矛盾をもたらした生理学的変化の中でいちばん深

刻な症状は、危険を察知した瞬間に時間の認識に異変が生じたことだ。彼は眼のまえで繰り広げられる出来事を実際より遅い速度で認識し、時系列を無視して記憶した。そのため時間の流れの一部が空白になっているのだが、これも医学的に説明がつく。肉体が生理学的変化に乗っ取られると、記憶を司《つかさど》る脳内のハードウェアは化学物質の放出を始め、記憶形成装置としての機能を放棄する。それが事件当時のアンソニーの体に起こったことのひとつだ。その症状は一般的に〝記憶喪失〟という病名で呼ばれる。アンソニーが記憶を正確に形成できなかったのは、彼の脳内にあるビデオ・レコーダー（映像記録装置）がほかの機能に使用されたためだ。

彼が犯人の拳銃を見ていないのもそのせいだろう。あるいは、犯人の拳銃を見たことを覚えていないのは――と言ったほうが正確だろうか。記憶とは奇妙なものだ。曖昧《あいまい》な記憶が必ずしも誤っているとはかぎらない。その逆もまたしかり。暴力犯罪の目撃者が見てもいないことを見たと証言したり、眼のまえの出来事を見ていないと証言したりするのも、おそらく記憶のそういう特質によるものだろう。強盗被害にあった店の店員が事件後に防犯カメラの画質の悪い映像を見ても、そこに記録された強盗や銃撃の様子が認識できないことはよくある。彼らは映像の中で起こっていることとは、まるでちがうことを経験したと感じているのだ。

まるで現実をレーザーカット加工の精度で再現したかのように正確に感じられる記憶もある。眼を閉じても細部にいたるまで完璧な記憶を思い描くことができる。一方、人は誤った記憶を確かだと思うこともある。記憶はどのように形成されるのか？　光景と音とにおいを感知する体内器官を通じてだろうか？　では、その感覚器官の機能が停止したらどうなる？　感覚器官が誤って調整されていたら？　眼の形状がカメラの魚眼レンズのような形状に変化していたら、知覚する像にも変化があるのか？　時間を感知する感覚が変化したら？　アンソニーが経験したテロリスト襲撃事件はアレクと異なっている。アレクが経験した襲撃事件はスペンサーと異なっている。彼らの時間の流れには、加速がかかったり、その一部がほとんど止まっていたりする——その作用が三人とも異なる時点で始まり、異なる時点で終わっている。三人の襲撃の記憶にはそれぞれ大きな空白部分があり、他を圧倒するほど詳細に記憶されている部分もある。

のちにスペンサーが事件を動画で記録しておけばよかったと洩らしたとき、彼の兄エヴェレットは、そんなものはないほうがいいと言った。ハイウェイ・パトロールの警官であるエヴェレットはよく知っていたのだ。衝撃的な出来事を経験したあとで、当事者が防犯カメラに客観的に記録された映像を見ると、自分の記憶とのあまりのちがいにショックを受け、気が変になることさえある。「おまえの記憶の中だけにとどめておくほうがいい」とエヴェレットは弟に言った。

いずれにしろ、これだけは言える——三人の記憶はそれぞれ異なっていた。

一九八五年、ヨーロッパ諸国の閣僚がルクセンブルクのシェンゲンに集い、ある合意——シェンゲン協定——に達した。合意の目的は自由貿易だ。ヨーロッパ諸国は同じような価値観を共有している。国家間で人や物の行き来の規制を緩和すれば、貿易がしやすくなる。貿易がしやすくなるのは誰にとっても利益になることだ。どの国の経済活動もその恩恵を受ける。規制を減らし、関税を減らし、国境における検査を減らして、物品とサーヴィスが途切れなく流通するようにすれば、どの国もさらに豊かになるだろう。

シェンゲン協定は参加国全体を実質的にひとつの国に変えた——いったんその地域のどこかに入国すれば、参加国全体に入国したことになった。国境はほとんど意味をなさなくなった。

外国人旅行者が入国審査にパスしなければならないのは、最初の国に入国するときだけになった。ひとつの国にいったんはいってしまえば、国家間を自由に行き来できる。シェンゲン査証（短期滞在ヴィザ）を持っていれば、身分証明書のチェックを受けることもほとんどない。この協定は、ヨーロッパで休暇を過ごすアメリカ人旅行者のような外国人には便利なものとなった。移動が楽になった。アメリカ人はヴィザも不要であり、協定参加国の一国に到着したあとは国境を越えるときにパスポートを見せる必要もなくなった。とはいえ、ヨーロッパのすべての国が即座にシェンゲン協定に署名したわけではない。最初に参加したのは、ベルギー、フランス、ルクセンブルク、オランダ、西ドイツの五カ国だったが、このシェンゲン協定によって、ヨーロッパ——少なくとも協定に参加した国々——はアメリカ人旅行者にとってはいっそう魅力ある地域となった。移民にとっても。

アイユーブ・ハッザーニはモロッコに生まれ、テトゥアンという町に住んでいた。テトゥアンとはベルベル語で〝眼〟を意味し、町じゅうに湧く泉のことを指している。アイユーブは〝ムーア人の楽園〟とでもいうべき町で育った。彼の家庭は裕福ではなく、中流ですらなかったが、育った町はとても豊かで、丘にはザクロやアーモンドの木々が連なり、手工芸品をふんだんに扱う青空市場《スーク》がいたるところにあるテトゥアンは、北アフリカの交易の中心地だった。店で売られる衣類や工芸品を見れば、そのことは一目瞭然だ。テトゥアンを訪れ、母国の文化の一部を残した人々の多くはベルベル人だが、ほかにムーア人やコルドバ人もいた。住民のほとんどがイスラム教徒であり、ある意味では過去の栄華の名残のような町だった。千三百年前、イスラム世界はもっとも豊かで、地球上の文化と知的活動の中心だった。治安もよく、市民の自由も保証されていて、それはキリスト教徒やユダヤ教徒も同じだった。彼らもまたイブラヒムの息子だと見なされていたからだ。異教徒である彼らはその信仰のために追加の税を課されていたが、兵役は免除されていた。当時のイスラム世界は、公平でバランスが取れ、秩序のある安定した社会だった。偉大なカリフ、ウスマーンの統治時代には貧困も解消された。すばらしい科学的発見もイスラム世界で生まれた。天文学者で数学者のアル＝バッターニーは、一太陽年の正確な長さを秒単位まで突き止めた。光学の父と呼ばれたイブン・ハイサムは、眼が光を発することで物質が見えるという従来の常識をくつがえし、眼が物質の放つ光を取り込んで像を結ぶことを証明した。アリストテレスに次ぐ偉大な哲学者であるアル＝ファーラービーも、イスラム世界で学んだ。バグダードに知恵の館と呼ばれる図書館が設立されたのもこの時代だ。知恵の館では哲学書がギリシャ語からアラビア語に翻訳され、その思想がのちに西洋にもたらされたのはこのおかげである。

世界はイスラム帝国から知識を受け継いだ。つまるところ、西洋はイスラム世界の恩恵を受けているということだ。

アイユーブの故郷は古代メソポタミア地域——世界最古の文化が花開き、のちに文明の揺《よう》籃《らん》の地として知られるチグリス川とユーフラテス川の合流地域——のはるか西にあるが、メソポタミア川流域と同じように古い歴史と文化を持つ町だ。だから、その末裔《まつえい》であるイスラム教徒たちは今も栄華の時代に強い憧憬《どうけい》の念を抱きつづけている。

一方、イスラム教徒の中には過激な暴力行為に走る者もいる。彼らはイスラム世界を崩壊させた勢力に、動脈を切断するような致命的な打撃を与えれば、縮み上がらせ、撤退させることができ、イスラム世界に過去の栄光を取り戻すことができると信じている。

アイユーブの町は豊かだったが、職はあまりなかった。緑に囲まれた豊かな町で暮らしながら、彼はその一部ではなかった。彼の家族は貧しかった。

二〇〇五年、アイユーブの父親はよりよい職を求めて、短距離フェリーに乗ってスペインに渡らざるをえなくなり、廃棄された金属くずから貴金属を抽出する仕事に就いた。

父親の不在は二年間続いた。アイユーブはモロッコとスペインの両方の存在を意識しながら思春期を過ごした。父親は、そばにはいなかった。彼の父親は別の大陸の別の国で暮らしていた。その距離は百六十キロと離れていなかったが、あくまで異国だった。すぐそばにある別世界だった。

第一部

米国空軍兵　スペンサー・ストーン

八月十三日　午前十一時四十九分

ジョイス・エスケル

スペンサー、足首はどう？　今の具合はどう？

八月十八日　午後六時五十分

ジョイス・エスケル
ねえ、写真をアップして!!!

1

スペンサーの母親、ジョイス・エスケルは、不安な気持ちでパソコンを閉じた。

息子が友達とパリに行くという考えにはどうにもなじめなかった。パリといえば、半年ほどまえに風刺週刊誌《シャルリー・エブド》を発行する出版社がテロリストに襲撃される事件が起きたばかりだった。九・一一以降、ジョイスはイスラム過激派に関する記事を注意して読んでおり、フランスの国境には検問所がないことも知っていた。もちろん、パリは大都市であり（何年もまえのことだが、ジョイスもパリを訪れたことがある）息子たちが実際に危険にあう確率の低いことはわかっていた。

それでも嫌な予感が拭《ぬぐ》えなかったのだ。

アンソニーが同行しているというのも彼女の不安を高めていた。息子とアンソニーが一緒だと、いつも何かしら騒ぎが起こるからだ。旅を始めて二週間が経つのに、大惨事にあわずにすんでいるのが、彼女には信じられないほどだった。

実際、かろうじて大惨事を免《まぬが》れているにすぎなかった。スペンサーたちは少々酒を飲みすぎるきらいがあり、そのせいでヨーロッパ旅行初日の夜、スペンサーは小石につまずいて危うく足首の骨を折りかけた。インターネットに接続して連絡してきたとき、息子は旅行を中止して基地に戻ることになるかもしれないとまで言った。旅先に着いたその日に旅行を取りやめると聞いて、ジョイスがどれほど心配したことか。ちゃんとレントゲン写真は撮ったの？　治療費は保険でまかなえるの？

スペンサーとアンソニーはどういうわけか互いのいたずら心を刺激し合うようで、ジョイスには理解しがたい関係を築いていた。どちらものんびりした性格で、これといった共通点もなさそうなのに、ふたりが顔をそろえるとろくなことにならないのだ。中学二年生のときには、一ダースのトイレットペーパーを使って近所の家を勝手に装飾したあげく、かわるがわる玄関のベルを鳴らしては植え込みに飛び込んで隠れるといういたずらを繰り返した。昔からあのふたりがそろうと、いつも自分からトラブルに首を突っ込むのだ。

ジョイスはパソコンを閉じたあと椅子に坐り、たった今感じた嫌な予感について考えた。これが二十年前なら、思いすごしだと一蹴しただろう。しかし、今の彼女はその予感の正体を知っていた。静かに語りかけてくる小さな声。その声のことは、理解してくれそうにない人たちには〝虫の知らせ〟だと説明した。理解してくれそうな人たちには、ほんとうのことを――神の声だと――話した。その声が今、近々起こる出来事に対して彼女に心の準備を促している。それまでにも数えきれないほど忠告を与えてくれたように。彼女が真剣に耳を傾けるようになると、子供たちの身に迫る危険をいつも警告してくれたように。ジョイスはどうするべきか考えた。そして、こんなときいつもしているように、祈りを捧げた。ジョイス・エスケルは眼を閉じ、頭《こうべ》を垂れて祈った。フランスにいる息子たちが無事に旅を終えますように、と。

ジョイスは多くのことを神に委《ゆだ》ねる女性だった。そうすることを学んだのはもうずいぶん昔、スペンサーがまだ幼い頃のことだ。その頃、離婚と親権争いで心に深い傷を負ったジョイスは、子供たちを連れて両親のもとに身を寄せたものの、挫折感を抱いたこのシングルマザーは、自分の身に起こったことを受け止めきれずにいた。

しばらくは実家に逃げ込むことができても、年老いた両親にずっと頼るわけにもいかなかった。ジョイスは気力を奮い起こして仕事を見つけ、両親の助力を得て一軒家を手に入れた。その家には子供たちが動きまわれる広さがあった。近所にはスイミング・クラブとテニス・クラブがどちらも歩いて行ける距離にあった。引っ越し当日、ジョイスは車の中でそのことを意気込んで子供たちに話して聞かせた。しかし、新しい家に到着して車から降りたとき、子供たちはがっかりした顔をした。彼らの眼のまえにあったのは、古いおんぼろの家だった。それはほぼ無収入のジョイスが入手できる中で最高の家だったが、カーペットはすり切れ、室内は臭く、塗装は剝《は》げ落ちていた。子供たちは悟った——やさしい両親と大きな家で幸せに暮らす明るい希望に満ちた生活など、自分たちには影も形もないものであることを。彼らに残されたのはこの家だけで、そのおんぼろの古いランチ様式（間仕切りが少なく、屋根の勾配がゆるい平屋）の家は、子供たちを先の見えない新たな世界へと手招きしていた。

それでもジョイスには希望があった。この家を子供たちにとってにぎやかで生き生きとした家にする。それが三人の子供を連れて泥沼離婚をした彼女が背負った大きな責任だった。元夫はそう遠くない場所に住んでいたが、ほぼ縁が切れていた。やがてジョイスは新しい仕事に就くと、州の労災調査員として朝から晩まで働きはじめた。心を蝕《むしば》まれ、新鮮な空気を求めて喘ぐようなつらい日々だった。労災調査員というのは、人間のもっとも醜い面に常に触れざるをえない職業だ。人々が互いにやり合う仕打ち。人々に降りかかる不幸。ずる賢い人々が一ドルでも多く取り戻そうと制度を悪用する手口。困窮している人々を虐《しいた》げる制度。毎日、絶望と強欲に真正面から向き合わなければならなかった。ジョイスは精神的に逞《たくま》しくなった。結婚生活に失敗し、この仕事に就くまでの自分の人生はあきれるほど甘かった。そう思わないわけにはいかなかった。それまでの彼女は、人間の持ついちばんいい面しか見ていなかった。誰もが善良になれると考えていた。誰もが善良な行動を選ぶものと思っていた。

そんな彼女はもうどこにもいなかった。たわごとの並んだ書類をプロの眼で読み、疑ってかかる人間になった。そんな母親の背中を見て、子供たちも社会に対する懐疑的な態度を身につけるようになった。

ジョイスはスペンサーが掃除の日に掃除をしたくないと泣いたときには——なんたる駄々っ子！——お駄賃の硬貨をやらなかった。

自室で横になっているとき、部屋の外でスペンサーと兄のエヴェレットが騒いでいても、「いったいなんの騒ぎなの？」と怒鳴るだけになった。スペンサーが「ただ遊んでるだけだよ」と言うかぎりは——たとえそれがうめくような甲高《かんだか》い声だったとしても——放っておくようになった。

もちろん、ジョイスは知らなかったのだ。そんなときはたいていドアの向こうの床の上で、エヴェレットがスペンサーの胸の上にまたがって両手首をつかみ、弟に自分で自分を殴らせていたことを。告げ口したらもっと痛くするぞと言い、「ママには遊んでるだけだって言え！」と強制していたことを。

当時、まだ四歳の頃にさえ、スペンサーは母親譲りの懐疑主義の片鱗《へんりん》をのぞかせ、どんなに偉い人から言われたことであろうと、簡単にはルールに従おうとしなかった。毎週日曜日、ジョイスはスペンサーを教会に連れていき、いちばん前の席に座らせた。牧師が「救済を受けたい人はいますか」と問いかけるたびにスペンサーは手を挙げた。毎週欠かさず手を挙げた。牧師は毎回笑みを浮かべて言った。「わかりました、スペンサー」ジョイスは聖書のことばを引用して、教会のルールを教えようとした。「いちいち毎週手を挙げなくてもいいのよ！」しかし、スペンサーは一度だけでいいと言われても納得しなかった。誰が決めたの？　どうしてあの人が決めるの？　そう口答えするのは、ただ横柄《おうへい》なだけかもしれないし、もっと神に救われたいと欲張ったからかもしれない。やがてジョイスはもっと別の見方をするようになった。スペンサーはやさしい心を持っていて、毎週神に対して正直にありたかったのだと。そう思ってからはがみがみ小言を言うのをやめた。そういう気力はもっと必要なときのために取っておくことにした。

ジョイスは節約して、おんぼろの古い家を温かい家庭に変えた。気温が摂氏十度以下になったら必ず暖炉の火を入れた。庭の木もきちんと手入れをし、芝はいつもきれいに刈った。土曜日は掃除の日にした。いずれ子供たちの準備が整って、外の世界に飛び立つときに、もとの状態よりもきれいにする習慣を身につけておいてほしかったのだ。親権を獲得してからは女手ひとつで子供たちを育てるために奮闘した。子供たちの安全に気を配り、食事をさせ、宿題を手伝った。やがて日々の暮らしの中で、誰かの助けが欲しいと感じるようになった。そこでジョイスは天を仰ぎ、神に祈った。何か困難があったときや、必要に迫られたときにはいつも祈った。一方、願ってもない機会が向こうからやってきたときにも祈った。隣りに住む夫婦から引っ越す予定だと聞いたとき、ジョイスはこれはチャンスだと思った。さっそく隣家の敷地に行き、担当の不動産業者を調べて、次なる住人に関するリクエストを伝えた。自分と同じシングルマザーが隣人であれば理想的だと。共感できる相手がそばにいてくれたら素敵だろうから。さらに、うちの子供たちと同じ年頃の子供のいる人なら、もっと理想的であるとも伝えた。そうすれば、子供たちにハッパをかけなくても、自然と社会性を身につけられるようになるだろうから。

その不動産業者の男性はなんとも慈悲深い答を示してくれた。隣家に、子供をふたり連れ、もうひとりを腕に抱いて離婚した若い母親が引っ越してきたのだ。スペンサーの姉のケリーは庭の花を摘《つ》んで新しい隣人を歓迎しにいった。そして小走りで戻ってくると、興奮して言った。「ママ、お隣りの人、ママみたいな人だったよ！」ジョイスはその女性、ハイディを家に招き、コーヒーを振る舞った。話をしたとたん、ジョイスは驚いて眼を見張った。「あなたも客室乗務員をしてたの？」ジョイスはかつて世界じゅうを旅する仕事をしていた。ハイディも同じだった。さらにハイディは国内でも旅をしていた。客室乗務員になるまえはバス会社で働いていたのだ。彼女は笑って言った。「ずっと旅行業界で働いてたことになるわね」そして最新の旅で、ジョイスの隣家に移ってきたというわけだった。不思議なくらい共通点が多いことがわかり、ふたりはさらに互いのことを話し合った。

「あなたもご両親を尊敬してる？」

「あなたも息子さんたちを過保護に育ててしまうんじゃないかって心配なのね？」

「あなたも振り返ると、昔の自分は甘かったって少し恥ずかしくなったりする？」

ジョイスの隣人はまるで彼女自身の複製のような女性だった。唯一のちがいはトムの存在だった。トムはハイディがつきあっている真面目な男性で、彼女の子供たちをわが子のように可愛《かわい》がり、しょっちゅうピザ店や、クリス・ファーレイのコメディ映画に連れていったりしていた。まともな職に就き、健全な精神を持った逞しい男性で、申し分のない相手だった。一方、ハイディは、子供たちにつらい経験をさせてしまった自分のことをまだ信じられないと言って、再婚に踏み切れずにいた。それでも、トムは彼女のそばにいて、ハイディの子供たちにとっては――ほどなくジョイスの子供たちにとっても――父親がわりの存在になった。

ジョイスとハイディは姉妹のように親しくなり、二軒の家は同じ敷地にある二棟のようになった。子供たちはまるでドアも壁もないかのように二軒の家を自由に行き来した。ジョイスはそれを神の計らいだと信じた。神がこのすばらしい新しい友を差し向けてくださったのにちがいない。もっと正確に言えば、すべてが神の計らいだ。だから、とジョイスは思った、何かしら自分の手柄があるとすれば、最初に神に祈ろうと考えたことだけだろう。神に感謝を。

ジョイスとハイディは互いに支え合う二本の柱になり、支え合うことで二倍の強さを得た。お互いにとってお互いがまさに必要としていた存在だった。しかも、もっとも互いを必要とする、まさにそんなときに出会ったのだ。どちらも強い意志を持つ賢明な女性であり、どちらも心の底から助けを必要としていた。ふたりは肩の力を抜いて向き合える相手を求めていた。つらい経験をした子供たちには安定した環境が必要で、罪悪感を抱くふたりは、子供たちのためには自分の感情は抑えなければならないと考えていた。子供たちに必要なのは、頼りになる母親であって、感情的な母親ではない。そんなふたりも、互いのまえでだけは肩の力を抜いて自分らしく振る舞うことができた。つらい気持ちを互いに認め合うことができた。

ジョイスとハイディはそんなふうに互いに欠けたピースを埋め合う存在となった。さらにありがたいことに、子供たちの年齢もぴったりだった。最年長はジョイスの長男エヴェレット。最年少はハイディの末っ子ソロン。ハイディの長男ピーターはケリーと同い年。さらにハイディにはスペンサーと誕生日が数カ月しかちがわない次男もいた。普段はおとなしいが、たまにびっくりするようなことをする子だった。ハイディは最初は次男の名前をアレグザンダー——長男のピーターと同じく人気のあるギリシャ系の名前——と名づけて、愛称をアレックスにするつもりだったのだそうだ。しかし、ラマーズ法のクラスで言語セラピストから、アレックスの最後のxの音のあとにファミリーネームであるスカラトスのsの音が続くと発音しにくいと指摘されて、少し調整を加えることにした。息子の名はアレクサンダーにしよう。そして、みんなにはアレクと呼んでもらえばいい。

スペンサーとアレクは母親たちと同じように親しくなり、いつも一緒にいるようになった。アレクは普段はおとなしく口数の少ない子供だったが、ユーモアのセンスがあり、予想もしない方法で自己表現をすることがあった。バットマンに夢中になっていたときには、バットマンの筋肉マッチョな子供用コスチュームを一日じゅう着ていた。それを何日も、何カ月も着つづけた。ハイディと買いものに出かけるときにもその恰好をしていき、スーパーマーケットの在庫係やレジ係の店員から誉められていた。

教会のクリスマスの劇ではアレクはブリキの兵隊を演じた。顔には化粧用のペンでフランス風のふさふさとした顎《あご》ひげを描いた。劇が終わると観客のひとりがアレクのところにやってきて、膝《ひざ》をついてお祝いを言った。すると六歳のアレクは顔を上げてじっと考えた末、しかめっ面をつくって言った。「ぼくのサインが欲しいの？」

ひかえめで表立って感情を表わすことのない子供。それが普段のアレクで、まわりの様子は敏感に察知するが、自分の気持ちをさらけ出すことは少なかった。あるとき、ジョイスとハイディが開いたバーベキュー・パーティが早々にお開きになったことがあった。緊急の通報を受けて、ハイディの家に警察官が来たのだ。まるで身に覚えのない警察の訪問を受けて、ハイディは眉を吊り上げた。そのあと母親ふたりは三十分かけて犯人を突き止めた。にぎやかなバーベキューの最中にあまりかまってもらえなかったアレクが警察に電話したのだった。アレクから事情を聞いたスペンサーは友達の肩を持って言った。「アレクはべつにバーベキューを邪魔しようと思ったわけじゃないんだ。ただちゃんと番号を押さなかっただけなんだよ」アレクはスペンサーの家から五メートル離れた自分の家に電話をかけようとした。そのとき、地域番号の916を押そうとして、指がすべって911を押してしまった。真相はうっかりミスだったというわけだ。

アレクもまたスペンサーのことをよく理解していた。ことばがしゃべれるようになった最初の五年間でスペンサーのいちばん好きな話題は、自分の誕生日についてだった。アレクはスペンサーの話を聞き流さず、些細《ささい》なことまでちゃんと覚えていた。近所の子供たちを招いて開かれたスペンサーの十歳の誕生日会のとき、アレクはハイディにケーキのデコレーションを任せてほしいと頼むと、母親をおもちゃ屋に連れていき、プラスティックの兵隊人形を三つと小さなアメリカ国旗を買ってもらった。そしてそれをケーキの上に立て、海兵隊の硫黄島の戦いに見立てて飾った。

十歳の誕生日。スペンサーはキッチンにはいってそのケーキを見ると、アレクのほうを見て、満面の笑みを浮かべた。古今東西、人類が友から贈られたプレゼントの中でこれほど完璧な友情の証しもなかっただろう。

隣りの席ではアレクが窓の外を見つめている。スペンサーは眠気を覚えながら、背中を丸めて携帯のカメラを構えると、折りたたみテーブルの上に並べたノートパソコンとハーフサイズの赤ワインの壜の写真を撮って投稿する。〝一等車だぜ!〟

まぶたが重くなる。座席の背にもたれ、列車の心地よい揺れに身を任せる。睡眠不足のせいでうとうとしはじめる。

安心を与えるかすかな揺れ。ノイズキャンセリング・ヘッドフォンから流れるリズム&ブルース。どれくらい眠っていたのだろうか。不意にまどろみが破られ、音楽の向こうでかすかに金属音が聞こえる。制服を着た誰かが全速力で視界をよぎる。映画のワン・シーンのど真ん中に転がり込んでしまった――眼が覚めるにつれて、スペンサーはそれを察知する。ヘッドフォンを取る。通路の向こう側の席にいるアンソニーと眼が合う。アンソニーは混乱した様子で、顔を強《こわ》ばらせている。

スペンサーは完全に覚醒する。急いで座席と座席のあいだにしゃがみ込む。脳内のゲートが引き上げられ、アドレナリンが全身を駆けめぐる。筋肉が緊張し、時間の流れが速度を落とす。車両の入口のガラスドアが開く。痩《や》せた男が現われる。怒りの表情を浮かべて、バックパックを体のまえで抱えている。あのバッグには弾薬が詰まっている――スペンサーはとっさに理解する。まえに抱えているのはそのほうが弾薬を再装塡《そうてん》しやすいからだ。

男の足音が聞こえる。まるでわざと大きな音をたてているかのようにはっきりとスペンサーの耳に届く。男は床に手を伸ばし、ライフル――なぜか床に置かれている――を取る。カシャッという銃の金属音が何度も響く。

いっときが過ぎる。誰かがあの男を捕らえなければならない。脳にかすかな失望がよぎる――おれはここで死ぬのか？　その直後、全身の電荷が急増する。エネルギーの洪水とともに、ある考えが意識に転がり込んでくる。ハード・ディスクがデータを読み出すように、脳がその考えにアクセスする。二年前フォート・サム基地の教室で心に誓ったことばが甦る――おれは坐ったまま死んだりしない。そのことばがスペンサーに陶酔をもたらす。

周囲の音が弱まり、悲鳴が聞こえなくなる。まどろみを破ったガラスの砕け散る音だけがおぼろげな記憶に取り残される。まるで音そのものが列車から奪われ、過去に吸い込まれてしまったかのように。そして今、彼に聞こえる世界で唯一の音は重い足音だけになる。テロリストが近づいてくる。まだ銃を撃ってはいない。

スペンサーは立ち上がると、走りだす。アレクの声がまるで別の宇宙からの声援のようにかすかに聞こえ、彼を励ます。〝スペンサー、行け！〟。スペンサーはテロリストをじっと見つめる。視界が狭まり、異質な感覚に囚われる。音がいっさい聞こえなくなる。周辺視野が崩壊する。男の体のほんの一部しか見えなくなる。男の衣服の一部だけを頼りに、その一部めがけて飛びかかる。

スペンサーは自分がまったくの無防備であることに気づく。

なんの防御もない。

テロリストの注意をそらすものもない。ほかのみんなはしゃがんでいる。

彼の体は大きく、恰好の標的となる。無防備な状態のまま時間が流れる。一秒。二秒。

おれはここで死ぬんだ。三秒、四秒――テロリストがライフルのコッキング・ハンドルを引く。銃口をスペンサーに向ける。スペンサーは床を蹴りつづける。テロリストが引き金を引き、撃針が雷管を打つ音をはっきりと耳にする。

すべてが真っ暗になる。

2

ハイディとジョイスの唯一のちがいは銃に対する考え方だった。スペンサーはなんでも好きな玩具で遊んでいた。ジョイスは息子たちが銃を好きだという事実を甘んじて受け入れていた。なんといっても男の子は銃が好きだからだ。一方、ハイディはまだ――ジョイスとしては苦笑するしかなかったが――アレクと兄弟たちを銃のない家庭で育てるという叶うべくもない望みにしがみついていた。せいぜいがんばって、とジョイスは思った。そんな教育方針のちがいに対処するため、姉妹同然となったふたりは境界線を引いた。二軒の家のあいだにある大型のごみ容器を非武装地帯として、ハイディの家の側ではモデルガンの使用を禁止した。

数年後、ジョイスが家の外に出ると、ハイディがSUVの運転席に坐って子供たちを待っていた。見ていると、その後部座席に特殊部隊チーム――迷彩服に身を包んだ十代のペイントボール・プレイヤーたち――が続々と乗り込んだ。ハイディがとうとう白旗をあげて降参したのだ。ジョイスはつい我慢できずに大きな声で言った。「あら、ハイディ！　うしろの迷彩柄、よく似合ってるじゃない！」

ハイディは窓から顔を出し、真面目くさった顔をしようとした。が、結局、ふたりとも笑いをこらえきれずに吹き出した。

それ以降、アレクとスペンサーは近所の子供たちを集めてサヴァイヴァル・ゲームに明け暮れるようになった。二手に分かれてウッドノル通りの両端に並び、エアガンにペレット弾を込めて——通りのごみ容器をひっくり返したり、車のうしろに逃げ込んだりしながら——撃ち合って遊んだ。その熱中ぶりはすさまじく、道路の側溝に蛍光イエローと蛍光グリーンのペレット弾が大量に溜まるほどだった。まるでサクラメント北東部にサイケデリックな色の雨が降ったみたいに。そのうち、ほかの子供たちも参加したがるようになり、一チームが五人ずつになり、やがて十人ずつになった。子供たちは通りの両端から一斉に駆けだして猛然と激しく撃ち合った。

最初はただ撃ち合っているだけだった。それから、〝弾が当たったらアウト〟というルールができた。しかし、誰かに弾を当てたことをどうやって証明すればいいのか？　それをめぐって議論が起こり、その論争はどんどん激しくなり、やがて熱心に話し合って決められた独自のルールが導入された。そんなふうにして、二十数人の子供たちからなるウッドノル通り首脳会議は、平等かつ公平に遊ぶために戦争ごっこの細かいルールを定めた。とりわけ、アレクが誰も太刀打ちできないほど高性能なエアガンを使いはじめてからは、ルールの策定はゲームの存続のためにも不可欠となった。ある日、アレクは（スペンサーの見立てによると）百五十ドルはするコルトM１９１１のレプリカのＣＯ２ガスブローバックガンとおぼしい銃を持ってきた。その銃は秒速百五十メートルで弾丸《たま》を飛ばすことができた。ほかの子供たちが車のうしろに飛び込んだり、植え込みに転がりこんだりする中、アレクは小さなトニー・モンタナ（映画『スカーフェイス』でアル・パチーノが演じた主人公）よろしく近所じゅうを機銃掃射しまくった。結果、秩序を回復する必要が生じた。子供たちはエアガンの性能を考慮してチーム分けをするようになった。アレクは新入りの――ゲームに参加したいけれど、豆鉄砲クラスのへなちょこエアガンしか持っていない――子供と組むことが決められた。

ストーン＝スカラトス前進作戦基地から少し離れたところに、一種の自然保護区となっているエリアがあった。その手前にあるシュヴァイツァー小学校では、アルバート・シュヴァイツァーが唱えた、平和と生命に対する畏《い》敬《けい》の哲学が教えられていたが、少年たちは想像上の戦争に対する畏敬の哲学を強めるために、そのエリアをドイツ占領下のフランスに見立てて遊んだ。想像上の戦車が想像上のオマハ・ビーチ（ノルマンディ上陸作戦で連合軍が上陸した浜辺）に上陸する。それを防ぐ対戦車障害物は、バ《B》イシクルモ《M》トクロス《X》競技場のプラットフォームとハーフパイプだ。子供たちはマスクをかぶり、大量のペイントボールを撃ち合った。ペイントガンの弾丸《たま》はこづかいで買うには高価だったが、エアソフトガンよりもいい面があった。当たったときに色がついて簡単にはインチキできないことだ。当たったかどうかで言い争う時間が節約でき、長い時間戦うことができた。

スペンサーは飽きることなくサヴァイヴァル・ゲームにのめり込んだ。アレクも同じだった。ふたりは緑多きサクラメント郊外でちょっとした反乱を起こし、夜になるまで戦争ごっこをやりつづけた。スペンサーはずっとこんな日々が続けばいいと思った。近い将来、ふたりの人生を変えてしまう力——強大で、立ち向かうのは無謀としか思えない制御不能な力——が外部からやってくることを心のどこかで悟っていたかのように。スペンサーとアレクの必死の抵抗も虚《むな》しく、やがてふたりはその強大な力によって引き裂かれることになる。少なくともしばらくのあいだは。

3

スペンサーは突進した。

もう我慢できなかった。エヴェレットのせいでぶち切れた。くそったれエヴェレット、大馬鹿まぬけ野郎エヴェレット。スペンサーの兄は、不充分ながらも彼なりの方法で、父親不在の家庭にあいた大人の男ひとり分の穴を埋めようとしていた。もっとも、それがどんな形の穴なのか、エヴェレットには知る手立てがなかったのだが。ジョイスは長男が弟と妹を追いつめていることに気づいていた。それは根本的には、家庭を支える強い男でありたい、権威ある家長でありたいという善良かつ純粋な本能によるものだったが、そのすべてが裏目に出ていた。エヴェレットはスペンサーとケリーに威張りちらし、弟妹を——身体的だけでなく感情的にも——コントロールすることで威厳を示そうとした。そして、どのボタンを押せば、スペンサーの怒りの炎をかきたてられるかよく心得ており、そのボタンを押しつづけた。その結果、スペンサーが爆発寸前になると、哀れな弟がなぜそんなにカリカリしているのかまったくわからない、とでもいった何食わぬ顔をしてみせるのだった。ある日、子供たちで留守番をしていたときのこと、エヴェレットはいつものようにスペンサーを煽《あお》った。スペンサーはとうとう爆発し、キッチンからダッシュして、エヴェレットの胸に肩からぶつかった。するとと驚いたことに、エヴェレットが何歩かあとずさって壁にぶつかった。さらにその衝撃で壁にひびがはいり、兄弟はそのままよろめいて壁をぶち抜き、巨大な給水タンク——壁の裏側にそんなものがあるとはふたりともまったく知らなかった——に激突した。

大混乱。

うわ、やばい！

彼らはあわてて立ち上がると、壁の損傷具合を調べた。思春期の少年ふたり分の大きさの穴があいていて、穴の向こうから給水タンクが兄弟を見つめていた。

ふたりはすぐに行動を起こした。まずスペンサーはアレクに電話した。「くそ、アレク。おまえんとこのパパと話させてくれ。すごい困ったことになった」

「ここにはいないよ、スペンス。消防署だ。仕事中だよ」

そこでスペンサーは消防署に電話した。「トムはいますか？」信じられないほど長い時間待たされたあと、アレクの義父のトムが電話口に出た。スペンサーは言った。「トム！　仕事中にごめんなさい。でも、すぐにうちに来てくれませんか。助けてほしいんです。ほんとに困ったことになって」

「落ち着くんだ、スペンス。何があった？」

「ぼくら……その……家を壊しちゃったんです」

「いったい何をしたんだ？」

「その、エヴェレットが悪いんだけど、エヴェレットが家を壊したんです」ちがう、壊したのはスペンサーだ！　とエヴェレットが受話器に顔を寄せ、兄だけに責任を押しつけようとする弟に抗議した。スペンサーは手でエヴェレットの顔を払いのけて言った。「お願いです、トム。ここに来て助けて！　ママが帰ってくるまえに、壁を直さなきゃ！」

「まいったな、スペンス！　悪いけど、まだ仕事中なんだ！　どっちにしても店はどこも閉まってるから材料は買えないよ」

「そんな、困るよ！」

「大丈夫。ほんとうのことをママに言えばいい。大ごとにはならないよ。ちゃんと正直に言うんだぞ」

ジョイスはその二時間後に帰宅した。エヴェレットは家の正面で母親を出迎え、車から降りるのを手伝うと、玄関にはまわらせず、ガレージの奥のドアから家の中にはいった。そして洗濯室にはいると、陽気な不動産業者のように床を示して言った。「ほら、床が新品みたいにきれいになってるでしょ！」エヴェレットは母親に家じゅうを見せてまわった。どこもかしこも掃除され、ぴかぴかに磨かれ、暖炉の炉棚にはキャンドルがともされていた。お宅拝見ツアーの最後に玄関まで来ると、スペンサーと彼のいとこが見張りを務める衛兵のように立っていた。堂々とした騎士のようにも見えるが……少々不自然に壁に近寄りすぎていた。

「まあ、すっかりきれいになってるじゃない！　どういう風の吹きまわし？」

キャンドルがちらちらと揺らめいた。スペンサーは兄の顔を見てから、おずおずとまえに出て壁の穴を見せた。

ジョイスの顔から輝きが消えた。「なんなのこれ、どういうこと？」両手を宙に振り上げて大声で叫びはじめた。罵《のの》りのことばを吐き散らしながら家の中を歩きまわり、玄関に戻ってくると「ちゃんと直しなさいよ！」と言い捨て、気を静めるために部屋に閉じこもってしまった。スペンサーは母親を失望させてしまい、最悪の気分だった。

エヴェレットはスペンサーより一足早く小学校を卒業して、中学校に進むと、しょっちゅうトラブルに巻き込まれるようになった。そんな息子をジョイスは心配しはじめた。どうやら学校でほかの男子生徒たちに眼をつけられ――母親としてはさらに心配なことに――相手にやり返しているらしかった。もう小さな子供同士の他愛のない喧嘩《けんか》ではなかった。大人と変わらぬ諍《いさか》いになりつつあった。あるときは学校の廊下で男子生徒たちから、親指で咽喉《のど》を切る仕種《しぐさ》で脅されたことがあった。エヴェレットが彼らのひとりを押しのけたことに対する意趣返しだった。またあるときはジョイスが帰宅するまえに、男子生徒のグループが家まで押しかけてきて、エヴェレットを脅し、ケリーをからかったこともあった。ケリーは兄を守ろうとして悲鳴をあげて家の外に飛び出たのだが、そんな妹の加勢も兄の矜持《きょうじ》を傷つけ、彼をさらに苛立たせただけだった。プライドを守ろうとするあまり、エヴェレットは男子生徒たちと同じ愚かな行動に走りつつあった。ジョイスは学校の廊下だけでなく、自宅付近でも起こる騒ぎに不安を募らせた。エヴェレットは喧嘩を売られたらあとには引かないティーンエイジャーに育っていた。

学校の対応にも眼に余るものがあった。子供が安全に学べる学び舎《や》とはとても思えなかった。それにエヴェレットはうまく対処できたとしても、スペンサーはどうなる？　スペンサーはまだ体も小さく、傷つきやすい子供だった。ジョイスは末っ子が中学に上がったときにはどんなことが起こるのか心配でたまらなかった。

いじめ問題は別にしても、公立学校のスペンサーに対する対応は適切ではなかった。スペンサーは読むのが遅いという理由で、担任の教師は注意欠陥障害《ADD》の薬を飲ませるよう求めてきた。そのことをハイディに相談すると、学校側はアレクに対しても同じことを求めていることがわかった。その理由は——あまりに馬鹿げていたが——アレクが授業中に窓の外を見るのが好きだからというものだった。ジョイスとハイディはコーヒーを飲みながら、先生たちが子供に薬を飲ませようとするなんて良識に欠ける行動だと話し合った。

だから、ジョイスはわが子に薬を飲ませるつもりはないと保護者面談で告げた（あなたの教え方が悪いのに、と言うのはどうにか我慢した）。すると、スペンサーの担任教師は言った。「今、薬を飲ませなければ、そのうち自分で手を出すことになりますよ」

その瞬間、ジョイスの頭の血管がプツンと切れた。

「シングルマザーのもとで育った男の子は」とその教師は続けた。「統計ではということですけどね、ミズ・エスケル。統計的には、問題を起こす傾向にあるんです」

統計ですって？　ジョイスは怒りで腸《はらわた》が煮えくり返った。この女教師はわたしがシングルマザーで、息子の読み書きがちょっと遅れているというだけで、わたしを見下している。眼のまえの女教師に言ってやりたいことばが百万個も頭に浮かんだ——いいこと、わたしの神さまは世間の統計より偉大なの、あなたの言うことなんて気にしない、わたしに向かって偉そうな口をきくのはやめて！——そのあと落ち着きを取り戻すと、ジョイスは立ち上がってきっぱりと言った。「先生の仕事を楽にするために、わたしが息子に薬を飲ませると思ったら大まちがいです」それを聞いた教師は呆れたように眼をぐるっとまわした。ジョイスは頭から湯気を立てて面談室を出た。

その一件でジョイスの堪忍袋の緒が切れた。スペンサーはもっと良質な学校に行くべきだ。廊下でほかの生徒からぶん殴られることもなく、教師から薬漬けにしろなどと言われることもない学校に。大人が子供たちをちゃんと監督できている学校が望ましい。スペンサーを守り、きちんと目配りをしてくれて、父親不在で育ったスペンサーとアレクに不足している助言を与えてくれるような学校はないものか。しかし、私立学校は学費が高かった。そこでジョイスは祈った。すると親しい友人が小規模なクリスチャン・スクールがあることを教えてくれた。ジョイスは新たな奇蹟がもたらされたことを知った。その学校はすぐ近くにあった。車で五分の距離で、自宅から三キロも離れていなかった。それまで知らなかったのが不思議なくらいで、まるで突然、裏庭に出現したかのようだった。学費も私立学校の標準に比べれば充分安く、ジョイスでも払えそうな額だった。なによりその学校ではさまざまな課外活動がおこなわれていた。子供たちは放課後に大人の監督のもとで建設的な活動をすることができたし、週末も同様だった。学校がもうひとりの親のような役割を果たしてくれていた。ジョイスもハイディもこの学校が気に入った。スペンサーとアレクは新しい学校に行くことになった。ふたりの母親の祈りが神さまに通じたのだ。

あまりにできすぎていて、まるで嘘みたいなほんとうの話だった。

4

最初からスペンサーは新しい環境になじもうとした。いきなり生徒会長に立候補したのだ。アレクのほうは実質的な選挙対策マネージャーになり、ふたりはあれこれ知恵をしぼって、当選したら生徒全員にブリトーをプレゼントするという進歩的な政策を打ち出した。

選挙ポスターもふたりで考えた。迷彩服に身を包んだスペンサーが、M16のレプリカのペイントボールガンを持ってアメリカ国旗のまえに立ち、〝きみが必要だ〟と訴えるアンクル・サム（第一次世界大戦の陸軍募兵ポスターに描かれた、米国を擬人化した架空の人物）のように真剣な表情を浮かべている。

そのメッセージに忠実であろうとして、ふたりは全身迷彩服で学校にかよった。真剣に選挙活動をしているとわかってもらう必要があった。スペンサーには世界を変えるための大きな計画があったからだ——「おれはコカ・コーラの自販機をペプシの自販機に替えてやる。だって、ペプシのほうがアメリカらしいじゃないか！」しかし、会長候補者の選挙演説がおこなわれた日、対立候補の生徒は見事なスピーチ原稿をすらすらと読み上げた。一方、スペンサーは動揺して不安になり、選挙公約をぼそぼそとつぶやくことしかできなかった。あまりにも声が小さすぎて、彼の掲げた公約は誰にも聞こえなかった。より愛国的な自動販売機を導入するという大きな計画は、誰の耳にも届かないまま、彼の胸に向かってささやかれて消えた。投票結果は圧倒的な差がついて、スペンサーは敗北した。

政治的野心が砕かれると、スペンサーは次第に新しい学校を嫌うようになった。学校の親身な対応が逆に神経に障るようになった。教師たちが積極的に生活の隅々《すみずみ》まで関わってくることにうんざりするようにも。母親だけの家庭から、いきなり新しい父親と母親が一ダースもいる場所に放り込まれたようなものだった。彼にしてみれば、これがまともな状態とは思えなかった。どこがおかしいのか説明はできなかったけれども。スペンサーは体が小さく自信のない子供で、新しい先生たちには親しみが感じられなかった。まえの学校の先生たちとは全然ちがった。教会でも学校でも、同じ友達と過ごし、同じ先生に見守られることも好きになれなかった。別々なのがあたりまえだと思っていたふたつの世界が、ひとつになったことが嫌でたまらなかった。新しい学校では大人たちがいつも眼を光らせていた。スペンサーに過剰な関心を寄せて、彼を見透し、探るような視線を向けてきた。まるでスペンサーの体の中に何か腐ったもの――彼自身にはわからないけれど、大人には確かにそこにあるとわかっているもの――があるかのように。スペンサーが苛立って反抗すると、罰が与えられた。校長室に連れていかれ、何時間も――彼には何日にも感じられた――閉じ込められて、人格を蹂躙《じゅうりん》され、神の名を出してついに彼が泣きだすまで説教された。〝あなたは神さまに恥をかかせています、地獄に落ちたくなければ、ちゃんと言うことを聞きなさい〟

「あの先生たち、おかしいよ、ママ。ねえ、ほんとにおかしいって。どうしておれの話を聞いてくれないんだ！」とスペンサーは必死に訴えたが、ジョイスはそのことばを信じなかった。少なくとも最初は信じたくなかった。スペンサーには規律が必要だとわかっていたし、経済的にもほかの選択肢は考えられなかった。スペンサーには倹約して家計をやりくりし、子供たちをその私立学校にかよわせていた。彼女は今の学校以外の私立学校にかよわせられる金銭的な余裕はなかった。かといって、スペンサーを公立学校に戻したくもなかった。体の大きな生徒たちにつきまとわれてひどいことばを吐かれ、教師たちに薬漬けにされるような環境はまっぴらだった。彼女はスペンサーの不満は人格形成期特有のものと考え、そのうち態度が変わることを願った。すぐに学校の価値に気づくようになるだろう、最終的には勉強に励むようになるだろう……。

しかし、実際にはスペンサーの学校嫌いはますますひどくなり、アレクとの絆はますます強くなった。彼らはふたりで、母親たちが盲信している欠陥だらけのおかしな学校という権威に反抗した。ともに戦う同志がいたことは、スペンサーにとって唯一の救いであり、またそれはアレクにとっても同じだった。

アレクは学校の勉強に対する無気力な態度を頑固に貫き通した。そんなアレクを見て、スペンサーは自分だけじゃないと勇気づけられた。悪いのは学校の先生たちだ。先生たちにおれを裁く資格なんてないし、ましてや神さまがどっちの味方かなんてことまで決める権利は絶対にないはずだ。スペンサーとアレクは、心の中に勃発した奇妙な戦争で、ともに塹壕《ざんごう》にこもる同志のようになった。その学校のほかの生徒は幼稚園からの内部進学者ばかりで、学校のやり方を受け入れようとしないのは、途中から編入したスペンサーとアレクだけだった。そのためふたりはどの生徒より学校側の強い怒りを買った。

そんな学校に対して、アレクはその頃から育《はぐく》まれていた彼独特の流儀で対応した。教師たちを意識から閉め出して無視したのだ。自分がやりたいことだけをして、教師たちの言いなりにはならなかった。そんなアレクの態度は教師たちをさらに怒らせた。一方、スペンサーは教師たちのアレクに対する態度を見て、腹を立てた。

こうして学校側対スペンサーとアレクという、はっきりとした戦線ができたのだった。

5

新しい学校はスペンサーにとって悪夢になりつつあったが、少なくともひとつだけいい面もあった。弱小運動部のレヴェルを上げるために、マイノリティ奨学生として黒人の少年が編入してきたことだ。ひとクラスに十五人しかいない学校の運動部を強くするには、助っ人を加えないことには不可能だったからだ。

その少年、アンソニー・サドラーは、編入直後からバスケットボール部のポイント・ガードのレギュラー選手になり、さらにフラッグ・フットボール部（敵味方の身体的な接触のないフットボール）のワイド・レシーヴァーのレギュラー選手にもなった。が、彼はプレー中に感じた苛立ちを隠そうとはしない子供だった。悪態をつき、チームメイトを怒鳴りつけた。そんなわけで、校長室にしょっちゅう呼び出されることになった。その頃には、スペンサーとアレクは校長室の常連になっていた。ウッドノル通りに住む少年たちと、ランチョ・コルドヴァに住む転校生にはあまり共通点はなかったが、少なくとも日常的に素行が悪い点は共通していた。彼らは夜にはそれぞれ市内のまるでちがう地域に帰宅したが、日中は同じ校長室でほとんど一緒に過ごした。

アンソニーには、それ以外にも、スペンサーとアレクの友情の輪に加わることが運命としか思えない要素があった。彼の姓だ。アルファベット順の名簿では、〝サドラー〟の次が〝スカラトス〟で、その次が〝ストーン〟だった。つまり、生徒がアルファベット順に整列するとき、スペンサーはいつもアレクとアンソニーの隣りに立つことになったのだ。三人の友情はアルファベット順の偶然のめぐりあわせによっても強化された。

学校側にしてみれば、これほどありがたくないめぐりあわせもなかったことだろう。もっとも手を焼く三人の生徒がいつも固まっているのだから。

もうひとりのはみだし者が仲間に加わって、スペンサーの学校生活に刺激が生まれた。それは公立学校時代の愉《たの》しい毎日を――過ぎ去った時代の名残を――彼に思い出させた。スペンサーとアレクは、その学校のシステムを完全に受け入れ、それ以外の世界を知らない大勢の生徒と一緒に行動させられていた。アンソニーにはほかの生徒にはない普通の感覚があった。それにクールなやつだった。どんな服を着たらいいか。どんなスニーカーを履《は》いたらいいか。それに腰パンの穿《は》き方。ツーサイズ大きなTシャツの着こなし方。ウッドノル通りに住む少年たちはずっと迷彩服を着て通学していた。それがクールだと思っていたからだが、アンソニーからそれは（まったくもって）クールではないことだと学んだ。さらにアンソニーは四六時中悪態をついていた。「公立学校ではみんなやってただろう？　忘れちまったのか？」と彼はスペンサーに言い、スポーツをしているときも、なんの理由もなくても、口汚いことばを使った。アンソニーに言わせると「やめようとはしてるんだけど、やめちゃうと話すことばがなくなっちゃうんだ。それに気分がすかっとするし！」ということだった。そんなわけで、スペンサーとアレクも一緒になって悪態をつきはじめた。三人の口から卑語爆弾《Fワード》が出るたびに、クラスメイトたちはまるで頬を張られたみたいな顔をした。アンソニーとなら、スペンサーは普通のことを普通に話すことができた。彼らのあいだにあるのは四文字ことばで築かれた絆だった。

ほどなく三人は互いに吸収し合い、ほどなく校長室に一緒に呼び出されるようになった。

「なんて口をきくんです！　ここはクリスチャン・スクールですよ！」

アンソニーは小言を聞き入れた。スペンサーが驚いたことに、アンソニーは周囲に適応するすぐれた能力を持っていた。状況を鋭く察知し、どうすれば周囲に溶け込めるかちゃんとわかっているのだ。一方、スペンサーはまわりのことなど気にしなかった。アレクも気にしているようには見えなかった。

アンソニーは罵《ののし》りことばがここでは受け入れられない——使うと密告される——ことを理解すると、癇癪《かんしゃく》を抑えるようになった。実際、彼はいつどんなときでも振る舞い方を心得ている自分を誇りに思っていた。しばらく学校で過ごすうちにどういう行動が受け入れられないのかわかると、そういう行動を避けはじめた。お坊ちゃんらしく振る舞うようになった。そうなると、学校の教師たちはほかの大人たちと同様、アンソニーを可愛《かわい》がりはじめた。大人はいつもアンソニーを気に入った。あるいは、静かで礼儀正しい子供だと思った。しかし、スペンサーにはわかっていた。アンソニーの態度は見せかけにすぎない。アンソニーは周囲に見られたい自分を演じているだけだ。ほんとうのアンソニーはおれと同じだ。スペンサーはそう思っていた。

そんなスペンサーがアンソニーを家に連れてきたとき、ジョイスは、感じのいい子だが、おとなしくて感情の読めないところがあると思った。案の定、翌朝、隣人からの怒りの電話で叩き起こされる。トイレットペーパーで家をぐるぐる巻きにされたという苦情だった。街灯の下にいた犯人の姿が丸ぽちゃの白人の子供と、背が高くて痩《や》せっぽちの黒人の子供の二人組だったと聞かされ、ジョイスは頭を抱えた。息子が近所で評判を落としたことも恥ずかしかったが、ミスター・サドラーになんと言えばいいのかわからなかった。

何年ものあいだ、学校になじめないのはスペンサーとアレクだけだったが、アンソニーもまた彼らと同じ独立心旺盛な性質を持ち、同じいたずらっ子の眼をしていた。アンソニーと出会うまえ、スペンサーとアレクにとって単調だったのは学校生活だけではなかった。学校の影響はそのほかの部分――教会や週末の活動――にまで及んでいたからだ。ペイントボールガンとエアガンでの戦争ごっこを除けば、彼らには学校以外の世界がほとんどなかった。それが大きく変わった。

アンソニー――ほかの子供たちとはちがって大人の言いなりになったりせず、自分たちと同じように自由な考えの持ち主で、おしゃれな友達――がスペンサーとアレクに新鮮な風を吹き込み、未体験の文化への窓を開いたとすれば、アンソニーもまたふたりによって新たな扉を開かれた。初めてスペンサーの家に遊びにきて、スペンサーの寝室の銃のコレクション

──モデルガン、エアガン、ペイントボールガン、そして一挺の本物のショットガン──を見たとき、アンソニーはあんぐりと口を開けた。

「親に駄目って言われないの？」

スペンサーは肩をすくめた。「エアガンとか見たことないのか？」

「うん。本物っぽい銃はない」

「サヴァゲーで遊んだことは？」

「ない。その……黒人はサヴァゲーはやらないんだ。遊びでやるものじゃないっていうか」

アンソニーはモデルガンにいっさい触れたことがなかった。やがてスペンサーは少しずつ知るようになる──まず、アンソニーの生活には自分たちとは少し異なる部分があることを知る。アンソニーの家族にとっては、犯罪組織による暴力行為という悲劇が現実のものであることも。アンソニーの父親は配送運転手から牧師になり、今では地域に欠かせない存在であることも。サドラー牧師は、サクラメントが生んださまざまな名士たちはもちろん、市長や警察署長とも個人的なつきあいがあった。どんな政治的思想を持ち、どんな宗教を信仰していても、マフィアに直談判し、体を張って暴力を止めようとする人物を人は尊敬せずにはいられない。サドラー牧師は社会の底辺に生きる人々と積極的に関わり、麻薬の売人や非行グループのメンバーを自分の教会の信徒と交流させていた。さらに警察を引き込んで、市内のうらぶれた地域で暴力に走りかねない人々と警察官たちとの交流も促した。両者が初めて顔を合わせるのは銃撃戦が始まったときだった──などという悲劇を避けるために。そして、そもそも銃撃戦そのものが起こらなくてすむように。牧師に任命されるまえから、アンソニーの父親は銃器があまりにも身近な人々のあまりにも多くの命を犠牲にするのを見てきた。そんな彼には、たとえ玩具であっても、子供たちに銃を持たせることなどとうていできなかった。

子供たちを銃に近づけないという彼の教育方針は、本物の銃に蝕《むしば》まれた地域に暮らしているときには遵守されていた。が、皮肉にも、治安の悪い地域の公立学校から安全な地域の小さな私立学校に転校して、アンソニーは初めて銃に触れることになったのだ。

サドラー牧師の眼はスペンサーの家までは届かなかった。アンソニーはずらりと並んだ銃に感動した。さっそくこづかいを三十ドル貯めてエアガンを買った。やがてそれがMP5のレプリカに昇格し、さらにショットガンタイプのエアガンになった。アンソニーは、アレクとスペンサーが自宅のまえやシュヴァイツァー小学校の奥の森で繰り広げる歴史的戦争の数々にすっかり夢中になった。毎週土曜日は一日じゅう、三人はまず森の中で撃ちまくったあと、ウッドノル通りで待ち構える敵軍に攻撃をしかけた。彼らは映画で見た歴史的な戦争を再現して遊んだ。三人が授業の中で唯一興味を持った科目――興味のないふりをするのも忘れて夢中になった唯一の科目――は歴史だった。先生がずっと世界の戦争の話をしていたからだ。三人は放課後や週末に壮烈な戦争を再現した。ノルマンディ上陸作戦やヴェトナム戦争でのケサン攻防戦を。

そのおかげで、三人は歴史の先生をいちばん……彼らに言わせれば、まともだと思うようになった。生き生きと史実を語る先生によって、歴史上の英雄的行為や戦争に対する興味がかきたてられた。フランクリン・ローズヴェルト大統領について学んだときには、重篤《じゅうとく》な病に苦しみながらも、史上最大の国難の時期に国を率いた人物譚《たん》に眼を輝かせた。戦争に関するかぎり、その先生は授業中ほかの先生より深く掘り下げた。第二次世界大戦、ヴェトナム戦争、そしてローズヴェルト大統領について。ローズヴェルト大統領は、世界が危機に瀕した決定的な瞬間に、正しいタイミングで正しい判断をして、混乱に陥った世界をまとめ上げた。三人はそうした逸話をひとことひとこと貪《むさぼ》るようにして聞いた。

三人で戦争映画も見た。『プライベート・ライアン』に『硫黄島からの手紙』。戦争映画に出てくるファシストたちは少し身近に感じられた。『ブラックホーク・ダウン』に『グローリー——明日への行進——』に『地獄の黙示録』。映画のエンド・クレジットが流れる頃には、床に頬杖をついて寝転がって、あれこれと話し合った。「おれだったら上陸したらまずボートの陰に隠れるな。味方が装塡《そうてん》するまで待つよ」歴史を学ぶことには少しも退屈しなかった。心のカーテンを開き、その場にいる自分の姿が想像できるかぎり、退屈するはずがなかった。海岸線を進軍する歩兵団に加わった自分。敵のレーダーをすり抜けて木の上すれすれを飛ぶパイロットになった自分。あらゆる困難を乗り越え、土壇場で敵を打ち負かすシナリオをいくつも考えた。そういう空想をしていると、心臓がどきどきした。三人は外に飛び出し、ペレット弾を撃ち合いながら思い描いた。いつの日か三人のうちの誰かが戦場に立つこともあるのだろうか？

6

「おれはプロム（高校で学年最後に開かれるダンスパーティ）に行きたいんだよ」とアンソニーが言うと——

スペンサーは笑い飛ばした。「それ、おれを誘ってるのか？」

「馬鹿野郎！　そうじゃなくて、おれが言いたいのは、この学校にはプロムがないってことだ。プロムもないし、卒業生との交流会もないだろ、たぶん。公立高校にあるような行事がなんにもない」アンソニーはクリスチャン・スクールをやめて、公立高校に進学することを考えていた。公立学校に行けば、もっとスポーツで活躍できるだろうし、ガールフレンドだってできるだろう。スペンサーとしても引き止める理由はなかった。この学校ときたら、女子生徒と話すことさえ禁じられている。自分だって許されるなら別の学校に行きたい。

結局、アンソニーは転校した。しかし、学校は変わっても彼らの絆は変わらなかった。互いに連絡を取り合い、アンソニーは週末には以前と同じようにスペンサーの家に遊びに来て、一緒にエアガンを撃ち合ったり、第二次世界大戦の映画を見たりした。しかし、学校生活は一変した。アンソニーは、スペンサーとアレクの日常に新しくて刺激的なものをもたらしてくれていたわけだが、彼がいなくなると、今まで以上に学校が耐えがたい場所になった。

新しい学年が始まった。またスペンサーとアレクのふたりきりになった。まわりにいるのは彼らには理解できない人々、彼らを理解しない人々ばかりだった。

学校側の対応が限度を超えたのは、アンソニーが転校した直後、一学年上がったときのことだった。

スペンサーにはわかっていた。アレクは見せしめに選ばれたのだ。彼はおとなしくて口ごたえすることもなかったが、スペンサーと同様、校則破りの常習犯であることは誰もが知っていた。教師たちは校長室に呼び出す儀式だけでなく、さらなるプレッシャーをかけはじめた。ある教師は持ち物検査のときにアレクのバックパックからｉＰｏｄを取り出し、曲目リストをスクロールして、悪いことばを使ったタイトルの曲を見つけた。別の教師はアレクがクラスメイトと口喧嘩《くちげんか》をしているのを洩れ聞いたと言った。学校としてはそれで充分だった。それだけでアレクに問題児だというレッテルが貼られた。

当時、アレクはまだ中学二年生だったのだが、毎朝始業前にまるで前科者のようにボディー・チェックを受けた。それだけでなく、学校側はさらに踏み込んできた。アレクは父親と暮らすべきだと決めつけ、ハイディのあずかり知らぬところで勝手に父親と暮らす手筈《てはず》を整えてしまったのだ。ハイディは不意打ちをくらって動揺した。どう考えてもおかしかった。

彼女に対して何度も――サッカーの練習を見てくれ、食堂の見守りをしてくれ、保育の手伝いをしてくれと――協力を依頼していた学校が突然手のひらを返したように、彼女の息子を他人の家に預けたほうがいいと言いだしたのだ。ハイディにはアレク――アレク！――が問題児だというばかばかしい考えの根拠を知る機会も、それに対して反論する機会もほとんど与えられなかった。そのままアレクは連れ去られた。まずは同じ町の反対側にある父親の家に。それからさらに遠い場所に。

スペンサーにしてみればすべてがでたらめもいいところだった。親友を引き離されたことでなおいっそう学校を憎んだ。よりにもよってアレクが誰かに危害を及ぼすかもしれないなどばかばかしすぎて、悪い冗談としか思えなかった。ただ、スペンサーのそんな心配をよそに、アレクの父親の家を訪ねてみると、アレクは父親とうまくやっているようだった。

「へえ」スペンサーはアレクの父親が設置した最新の室内通話用スピーカーを触《さわ》りながら言った。「おまえ、すごく甘やかされてるんだな」

「まさか。甘やかされてなんかいないよ」ちょうどそのときスピーカーがパチパチという音をたてて、女の人の声が聞こえてきた。「アレク？　ねえ？　ブラウニーにはチョコレート・ソースをかけたほうがいいかしら？」

スペンサーはアレクを見た。「わかったよ」とアレクは言った。「確かにちょっと甘やかされてるかも」

ジョイスは悲しみに耐えるハイディに寄り添った。スペンサーには、学校がアレクを問題児扱いしたことはどう考えてもおかしなことに思えた。が、そのことで母親がついに学校に反旗を翻《ひるがえ》したことをスペンサーは歓迎した。強力な味方を得た思いだった――それも絶妙なタイミングで。アレクの父親は、もっと大規模の普通の公立高校、デル・カンポ高校に進学したほうがアレクのためになると考えていた。それはつまり、あの学校にスペンサーだけがひとり取り残されるということだ。

実のところ、その頃にはすでにジョイスの学校に対する信頼も揺らいでいた。私立学校のほうが子供たちのためになるという思いは捨てがたかったが、学校に関わる人々の態度が彼女の神経を逆撫《さかな》でしはじめていた。日曜日には保護者交流会があったので——教会のミサのあとは子供たちとゆっくり過ごしたいジョイスは、そもそも乗り気ではなかったが——それでもちゃんと参加し、幹事の順番がまわってきたときは、広い心でというか、助け合いの精神で、パーティの準備もした。しかし、ほかの保護者たちとは、どうにも気持ちをかよわせることができなかった。彼らのほうもジョイスに対して積極的に打ち解けようとせず、自分たちでグループをつくっていた。同じ教会にかよっていない人間とは関わり合いになりたくないのだろう。外部の人間に対しては不信感さえ抱き、まるで監視するように接するのだ。そんな態度についてはそもそも不審に思っていたが、学校がハイディの人生に介入したときにジョイスもようやく腑《ふ》に落ちた。彼女は腹をくくってスペンサーに言った。

「スペンサー、ちょっと話があるの」

「わかった……」

ジョイスは深刻な顔をしてスペンサーの部屋にはいると、ドアを閉めた。スペンサーは親戚に不幸でもあったのかと不安になった。「ちょっといい?」と言って、ジョイスはベッドに腰かけると息子の顔をじっと見つめた。「あなた、別の学校に行きたい？」スペンサーは耳を疑った。ジョークじゃないよね？　ほんとにいいの？　分厚い雲に切れ目が生じ、未来がきらきらと輝いた。これでひとりだけ取り残されなくてすむ。アンソニーやアレクのように新しい刺激的な日々を送ることができる。あとは、デル・カンポ高校のアメリカン・フットボール部の入団テストをこっそり受けるために、学校を早退する理由を考え、公立学校という野生の世界にまた戻るだけだ。

スペンサーとアレクは大きな勝利を収めた。これは彼らの存在の根幹に関わる戦争だった。思春期の少年にとって、高校生活の愉《たの》しみ——スポーツ、女の子、パーティ、ダンス——を奪われることほど悲惨なことはない。小さな学校に閉じ込められた経験は、生物学的な反応まで阻害した。彼らの成長ホルモンもまた学校を移るべきだと示していたのだ。

スペンサーとアレクは、アンソニーから二年間貴重なレッスンを受けていた。ふたりの生活にクールな神託のように降臨したアンソニーは、このままではどんなものを失ってしまうのか教えてくれた。プロム、卒業生との交流会、アメリカン・フットボールという高校アスリート界の頂点からの声だ。スペンサーは公立高校に行けることにわくわくした。アレクにとっては、自分を痛めつけた今の学校から出られることがなによりの魅力だった。そのあとの行き先など二の次だった。

施設から逃げ出した孤児のように、ふたりはそろってデル・カンポ高校の門をくぐった。どう振る舞えばいいのか、どんな服を着ればまわりから浮かないですむのか、そういったアンソニーのアドヴァイスを除けば、ふたりはほぼ丸腰で未知の世界に飛び込んだ。スペンサーは愛想はいいが、肥りぎみで、アレクは物静かで暗かった。どちらもクールとはほど遠く、どちらも幸せだったが、新しい環境に気まずさも感じていた。ふたりは誰もいないベンチを見つけると、そこに坐ってランチを食べた。近所の公園にいる老夫婦さながらふたりだけで。

ほかの生徒たちが愉しくやっているのを横目で見ながら。ほかの生徒には居場所があり、いつもの仲間と、部活の友達と、同じグループのメンバーと、互いに興味を持った相手と過ごしていた。そんな彼らを傍目《はため》に見ながら、スペンサーとアレクはワックス・ペーパーにくるんだサンドウィッチをふたりで食べた。スペンサーは普通の生徒たちとどう関わればいいのかよくわからないまま、同時にアレクとずっと一緒にいるのは健全ではないとも感じていた。ふたりには新しい友達が必要だった。あの輪の中にはいるのは大変だろうし、からかわれたりもするだろうが、飛び込んでいくしかない。そこである日、ランチタイムに決心した。行こう。今やるんだ。スペンサーは立ち上がると、アレクを見下ろして言った。「おまえも来るか？」

アレクは首を横に振った。スペンサーはひとりで挑戦した。とりあえず自分がなじめそうな居場所を見つけるため、グループからグループへ渡り歩いた。スペンサーが助っ人のいないまま学校に溶け込もうと努力しているとき、アレクは十代の青春がそばを通り過ぎていくのを眺めながら、特に不満もなく、相変わらずそのベンチにひとりで坐っていた。ふたりともこの学校に来ることを望んでいたわけだが、その目的が達成されると、ふたりの進む道が分かれはじめた。スペンサーはアレクを置き去りにするような気持ちを拭《ぬぐ》えずにいた。

ふたりがそのまま道を分かつことになるとは、そのときのスペンサーはまだ知らなかった。どれだけスペンサーが新しい環境に溶け込もうとしても、それを邪魔する者たちがいた。まずスペンサー自身がその張本人だった。いまだにまともな服装ができなかったのだ。小さなクリスチャン・スクールで過ごしたせいで服のセンスがなく、いつも浮いていて、大勢の中で悪目立ちした。それはアレクも同じだったが、彼の場合は自分の服装が普通の公立高校の生徒たちから浮きまくっていても気にならないようだった。スペンサーとアレクをタックルの練習のペアにしたがるアメフトのコーチがいて、ふたりが向き合って並び、地面に手をつき、ぶつかり合うと必ず「行け、聖戦だ！」と檄《げき》を飛ばした。ふたりが小さなクリスチャン・スクール出身だということをほかの生徒たちに忘れさせまいとするかのように。

ある日、アレクがいなくなった。父親と一緒にオレゴンに引っ越した。スペンサーはしばらくそれを秘密にしなければならなかった。母親のハイディには知らされていなかったからだ。彼女はアレクに電話をして夕食を食べにこないかと誘い、オレゴンにいるから行けないと言われたときに初めてその事実を知ったのだった。アレクはあっというまにいなくなった。スペンサーにしてみれば、あまりにも突然でつらい体験だった。アレクがいなくて寂しかった。が、こうも思った。オレゴンか、いいんじゃないか。きっとあいつにとってはそっちのほうがいいかもしれない。自然があって、広々とした野原があるところ——どういうわけか、それがスペンサーの思い描いたオレゴンのイメージだった。そして、それは彼が親友にとって必要と感じたものだった。

7

スペンサーが卒業証書を受け取るために壇上に上がると、ブーイングのような声が起きた。

まさかブーイング？

ブーイングなんてありえない。だろ？

ええっ、なんで……？

まさにブーイングだった。最初は三人くらいの声だった。もしかしたら五人だったかもしれない。あとで知ったのだが、最初はお調子者の友達が始めたことだった。スペンサーが卒業証書を受け取るときに何人かでブーイングをしたら面白いだろうと思い、まわりの生徒たちはこれに乗らない手はないと思ったらしい。あちこちでブーイングが始まり、またたくまに生徒席全体に広がった。スペンサーは壇上を歩きながら、拳《こぶし》を握りしめていた。腸《はらわた》が煮えくり返り、怒りが爆発寸前になった。家族全員が列席しているまえで、こんな辱《はずかし》めを受けるなんて。全員に向かって中指を突き立て、聴衆に向かって卑猥《ひわい》なことばをわめき散らしてやりたかった。が、怒りを抑え、卒業証書を受け取ると壇上から降りた。さっさと高校生活を終わらせてしまいたかった。卒業後の進路がまるで冴《さ》えない自分にはふさわしい見送りだ。そう思った。

実際、高校を卒業しても定職には就かず、とりあえずスムージーのチェーン店〈ジャンバ・ジュース〉でアルバイトを始めた。すると体重が増えた。たまに柔術のクラスにかよう以外はほとんど運動をしなかった。兄のエヴェレットは運動をしていて、車も持っていた。だからエヴェレットが車で遊びに出かけるときにはいつもついていった。戦いに関わることならなんでも好むスペンサーは、武術が好きだったが、空手には満たされなかった。空手のクラスから帰宅して、アレクの弟を練習台にしようとしても、相手が素人《しろうと》で厳密な形《かた》が取れないと、スペンサーのほうも技を披露できないからだ。いろんな相手に技をかけたいのに、空手の形を知らない相手にはかけられなかった。

その点、柔術はちがった。柔術はほかの武術とはちがった。誰に対しても技をかけられた。相手が柔術を知っていても使えたし、相手が柔術を知らなくても使えた。とりわけ相手が柔術を知らないときには抜群の効果があった。

さらに柔術は実践的でもあった。親友の弟がどんな抵抗をしてきても裸絞めにできるからだけではない。自分に襲いかかってくる相手だろうと、誰かに危害を加えている相手だろうと、どんな相手でも組み伏せられるからだ。相手のほうが柔術の上級者でないかぎり、誰でも倒すことができた。

時給八ドルのスムージー販売の仕事では月謝を払うことができなかったので、新設のジムへ行き、無料体験メンバーになって柔術クラスを受講した。無料期間が終わると「すみません、ちょっとここまでかようのは不便なので」と謝って、また次のジムの無料体験を探した。結果、一ダースの講師から一ダースの戦い方を学んだ。

実のところ、まったく上達しなかったが、柔術の持つ仲間意識が好ましかった。それから、自信とそこから生まれる謙虚さ——まったく正反対に思えるふたつ——の珍しい組み合わせも。相手が通りを歩く痩《や》せっぽちの老人であっても、その人のほうが上級者であれば、簡単に絞め技をかけられてしまう。そういうことがわかると、人を見た目で判断せず、誰にでも敬意を払うようになる。反対に自分のほうが上級者であれば、どんなに相手が有利であっても、抑え込むことができる。少なくとも、相手が刃物や飛び道具を持っていないかぎり。

しかし、それ以外はたいてい大学にかよいはじめたアンソニーとつるんだり、アレクとメールをしたりという毎日だった。ただ、〈ジャンバ・ジュース〉で一緒に働くメーガンという女の子と仲よくなった。メーガンは体にピアスの穴をあけ、腕全体にタトゥーを入れた、やさしい顔つきの女の子だった。サンフランシスコの湾岸地域《ベイ・エリア》から出てきたばかりの彼女をスペンサーは何かと助けてやった。当時はまったく意識していなかったが、彼女が新しい生活になじみやすいようにと、なにより進んで彼女と世間との緩衝剤になった。彼女のほうもスペンサーの緩衝剤となってくれた。

〈ジャンバ・ジュース〉は募兵センターの向かい側にあり、男性や女性の軍人がしょっちゅう店にやってきた。スペンサーはその頃にはすっかり退屈していたので、彼らが店に来るとあれこれ質問しはじめた。軍服のちがいが見分けられるようになるまではどの軍に所属しているのかと尋ねた。もし最初からやり直せるとしたら、どの軍を選ぶかとも尋ねた。彼らの話を聞くのは愉《たの》しかった。彼らの姿に自分を重ねると、まるで自分自身が戦地に赴き、危険な体験をしたかのような気分になれた。そうやって航空母艦の甲板に立つ自分や、アフガニスタンの砂漠に立つ自分を思い描いた。

やがて、この退屈を解消するには自分も軍にはいればいいのではないか、と考えるようになった。それもただ軍にはいるのではない。軍にはいるなら一流の兵士になりたかった。家族が誇りに思うような、とびきり最高の兵士に——海軍のSEAL隊員だとか陸軍のグリーン・ベレーだとか。スペンサーはさっそく米国空軍パラレスキュー部隊で訓練中の高校時代の友達ディーンに話を聞いた。関連書も読んだ。パラレスキュー部隊はどんなふうに今後の人生を生きるべきかについて、いくつかの衝動——変化が欲しい、地元を離れて冒険がしたい、弾丸《たま》の飛び交う場所に行って、数々の危険と隣り合わせで、頭がおかしくなるような経験をしてみたい、それも正当な理由で——をもてあましていたスペンサーにぴったりな職業だった。人々を救助するというパラレスキュー部隊の目的は、そんな衝動を正当化したいという彼の考えにも合致した。戦場へ赴き、銃撃戦の最中にヘリコプターから降下して、負傷した兵士の応急手当てをしたり、脱出させたりして、仲間の兵士の命を救う部隊より自分に適した部隊があるだろうか？　そのモットーが〝他者を生かすために〟という部隊より適した部隊がどこにある？

考えれば考えるほど、パラレスキュー部隊の仕事は自分にとって完璧な仕事に思えてきた。

そんな仕事はほかにはない。ただの仕事ではなく、天職と思えた。海軍のSEALはエリートだが、パラレスキュー部隊は目的が人を救助するという点で、もっと立派に思えた。

スペンサーはどうしてもその望みを叶えたかった。叶えなければならなかった。彼は思い描いた。ファルージャやクンドゥーズの戦場の上空を飛び、一千フィートの高度でパラシュートを開く自分を。あるいは、ハーネスをつけてヘリコプターから飛び降り、負傷した兵士のもとに降下する自分を。危機に瀕した負傷兵に話しかけ、体に触れて応急処置を施し、命を吹き返させる自分を。鼓動が脈打った。これしかない。おまけに救急医療隊員の免許を取ることができるから、除隊したあとは地元の消防署で仕事を得ることもできる。何から何まで完璧だった。

ただ、体重が多すぎた。それまでの人生で何かに必死で取り組んだことなど彼には一度もなかった。これまでは。スペンサーは考えた。人生で一度も何かに没頭したことのない自分について。兄のエヴェレットは目的を達成していた。カリフォルニア州警察のハイウェイ・パトロールの試験に合格していた。才能にあふれた陽気な姉ケリーは、エンターテインメント業界に挑戦してみたいとロスアンジェルスに行った。では、自分はこれまで何かひとつでも成し遂げたことがあったか？　どんなリスクを冒したか？　勉強には一度も真剣に取り組んだことがなかった。おそらく私立のクリスチャン・スクールでの苦い経験が忘れられないせいだろう。アメリカン・フットボールはバスケットボールに集中するためにあきらめた。バスケットボールはレギュラー選手になれなくてあきらめた。

唯一必死になったのは、地元の食料品店で袋詰めのバイト中に、客の男が三百ドルの酒を盗んで逃げだしたときだ。スペンサーは万引き犯の追跡に加勢し、駐車場まで追いつめた。男は非番のレジ係に取り押さえられた。それだけだ。ほかにいつ与えられた責任以上のことをやり遂げたことがあっただろう？　思い出せなかった。高等教育を受けることにも興味が湧かなかった。アメリカン・リヴァー・カレッジでいくつか履修登録をしたものの、集中できず、意義も見いだせなかった。

それが当時のスペンサーだった。大学へもかよわず、将来の計画もない。毎日スムージーの材料をプレスして、かきまぜて、掃除して、それからスーパーマーケットに行って掃《は》き掃《そう》除《じ》と片づけをして、ぶらぶらしてベッドにはいる。ここまで華やかさとほど遠い生活もほかにない。自分でもそう思っていた。が、いちばん始末が悪いのはそんな生活が自分ではそこそこ気に入っていることだ。彼はなんのプレッシャーも受けず——母親のジョイスは口出しをやめ、スペンサーが自分のペースで人生を歩むことを甘受していた——好きな友達に囲まれていた。メーガンと彼はことばにこそ出していなかったが、温かな気持ちで本能的に互いを守り合っていた。ディーンは友情に篤《あつ》く、いつもアドヴァイスをしてくれた。それ以上のことを望む必要があるだろうか？　彼はすでに大切なものを手にしていた。安定した職があり、たまに酔っぱらうことが赦《ゆる》され、友達がいた。スムージーをかきまぜているメーガンがそばにいて、ディーンがいて、同じ町の反対側にあるカリフォルニア州立大学サクラメント校に通いはじめたアンソニーがいて、州境を越えたところにはアレクがいた。それだけで充分いい人生ではないか。

しかし、そこに栄誉はなかった。

このまま何ひとつ本気で挑戦したこともないまま年を重ねてしまうのか？

自分にはもっとできるはずだ。もっと何かが欲しい。パラレスキュー部隊員になれば、まさにその何かを得られるような気がする。

人生初の個人的なビッグ・プロジェクトは、全米軍最高峰のエリート部隊の入隊にチャレンジすることだ。

「なあ、ビッグ・ニュースがあるんだ」とスペンサーはアレクにメールを送った。「おれ、空軍パラレスキュー部隊に志願しようと思う」てっきり速攻で興奮したメールが返ってくるとばかり思っていたのに、一分が経ち、五分が経ってもなんの反応もなかった。ようやくその日の遅い時間になって、「そりゃいいな。がんばれ」とだけ返ってきた。

重大な決断を伝えたと言うのに、なんとも熱のこもらないことばだったが、思えばいかにもアレクらしかった。あいつはことばで自分の気持ちを表わすやつじゃない。

スペンサーが入隊するには、体を極限まで絞る必要があった。が、ジムの無料体験でたまに柔術クラスを受講するだけでは肉体改造はできない。しかし、月謝を払う余裕はない。

いや、大丈夫だ。もう旅は始まっている。

彼は一日に二回トレーニングをした。十キロ近く走り、二千メートル泳ぎ、ウェイトリフティングもした。そのメニューを毎日繰り返した。好物をやめて、体にいいものだけを食べた。一年間、夜は液体しか口にしなかった。〈ジャンバ・ジュース〉はまさにうってつけの仕事だった。時給はたった八ドルで仕事は単調だったが、上司がいないときには自分用の野菜ジュースをつくることができた。新鮮な野菜ジュースの値段は馬鹿高い。

人生で初めて懸垂《けんすい》にも取り組んだ。それまでは体が重すぎて一回もできなかったのだが、今のスペンサーは体重が減り、筋力もついていた。

六カ月が経ち、八カ月が過ぎた。そのときには体重が十三キロ落ちていた。プールのマネージャーにかけあって一般客よりひと足先にプールに入場させてもらい、自分でプールのカヴァーをはずして、潜水の練習をした。まずは二往復の基準タイムをクリアしなければならなかった。訓練プログラムを修了するには、それよりはるかに高い泳力が要求される。〈ジャンバ・ジュース〉では、パラレスキュー部隊員の話ばかりした。やがて彼らのことを親しげに〝パラ・ジャンパー〟と呼ぶようになり、そのうち〝ＰＪ〟になった。まるですでに自分が所属している部隊であるかのように。考えることも話すことも、ＰＪに入隊するまえにやっておくべきことは何か、入隊したらどうするかということばかりになった。メーガンは笑みを浮かべ、呆れたように頭を振りながら彼のそんな話を聞いた。

十カ月が過ぎた。懸垂回数は十三回に達したが、まだ準備不足だと思った。体を鍛え上げ、筋量を六キロ増やしたものの、懸垂十五回、二分間で七十回の腕立て伏せができるようになるまでは志願するわけにはいかなかった。

一年が経った。が、まだスペンサーは志願しなかった。これまでの努力を無にしたくなかった。しくじりたくなかった。しくじるわけにはいかなかった。この夢こそ今の彼のアイデンティティだった。すでにスーパーマンになったような気さえしていたが、それでもまだ足りなかった。だから彼はひたすら先延ばしにした。準備ができたと確信できるまでは入隊テストを受けるわけにはいかない。

そんなとき、友達のディーンから連絡が来た。内転筋の肉離れを起こしてパラレスキュー訓練をやめさせられたディーンは、スペンサーにこうアドヴァイスした。「いいか、スペンサー。引き金を引くんだ。今やらなきゃ、一生できないぞ。もたもたしているうちに怪我《けが》をするかもしれないし、人生じゃ何が起こるかわからないんだから。やりたくてもできなくなるかもしれないんだから。今、志願するんだ」

彼は引き金を引いた。志願した。筋肉をつけすぎて、基準体重を三キロオーヴァーしていた。その分の体重を三週間で落とした。ディーンに言われて一カ月も経たないうちに、彼は募兵担当官の車に乗って、特殊部隊向けの体力テストを受けるためにスポーツジムに向かっていた。不安でたまらなかった。が、驚くべきことが起こった。すべての体力テストで合格したのだ。しかも一項目を除いて全テストでほかの受験生よりすぐれた記録を出し、二キロ走では九分を切る自己ベストを記録した。できすぎの結果だった。ＰＪになるための準備を整えようと必死で努力してきた結果、準備はすでに整っていたのだ。彼は大きく羽ばたこうとしていた。数カ月後、〈アーデン・フェア・モール〉のそばにある広大なダブル・ツリー・ホテルに宿泊し、翌朝、最終手続きのために米軍入隊手続所《MEPS》へ向かった。彼は一年間望みつづけたたったひとつの夢を達成しようとしていた。肉体改造にまで取り組んで、人生でいちばん必死に取り組んできた夢を今。目標を見つけ、それを達成できた自分に彼は大きな満足を覚えた。

MEPSで血液検査をした。ボクサーショーツ一枚になり、異常がないか医師の診察を受けた。異常はなかった。そこからあとは形式的な手続きだけだった。スペンサーは興奮を抑えるのに苦労した。健康診断の最後に視力検査があり、視力検査の最後に奥行《おくゆき》知覚検査があった。

「ほかとちがう円はどれですか？」と医師が尋ねた。スペンサーは栄光に手を伸ばしかけていた。すでに頭の中では今夜の祝賀会で何を飲もうかと考えていた。彼は奇妙な検査装置をのぞき込んだ。古くさい機械だなと思った。こんな時代遅れの機械がまだ軍で使われてるなんて面白い。

まあいい。集中しよう。

「えっと……そうですね」と彼は言った。十二列の黒い丸が並んでいた。ぜんぶ同じに見える。おかしい——そうか、それが正解なんだ。ある種の認知課題にどう反応するかをチェックする引っかけ問題なんだな。彼は「すべて同じです」と答えた。いっときが過ぎた。

「いや、ちがうと思うものをひとつ挙げてください」医師の声音《こわね》にふざけたところはなかった。スペンサーはどうすればいいのかわからなかった。どう見ても全部同じ形だった。なのに医師はほかとちがうものをひとつ選べと言っている。しかたなくスペンサーはあてずっぽうで答えた。「三番がちがいます」

すべての検査を終えると、スペンサーは空軍連絡事務所の受付に寄った。三等軍曹から入隊資格のある職種のリストを渡された。それを見て、自分の眼が信じられずに、もう一度見た。

「すみません。ここに私の希望職種が載ってないんです。パラレスキュー志望なんですが」と言って、スペンサーはリストを差し出した。三等軍曹はリストを受け取り、じっと見た。

「きみには資格がないようだね」そう言って、三等軍曹はリストをスペンサーに返した。

ありえない。「すみません、ちょっといいですか」とスペンサーは三等軍曹に言った。うしろに並ぶ者たちがじれったそうに体を揺らしているのがわかったが、気にしてなどいられなかった。「資格がないっていうのはどういう意味ですか？ 体力テストは全部合格しました。身体検査も全部受けましたし、どこも悪いとは言われてません……」

「奥行知覚検査が不合格だったようだ」と三等軍曹は言った。

「なんですって？」

「きみには奥行知覚がないんだよ」

「奥行知覚？」

「奥行知覚が欠如してる。それがないとPJにはなれない。リストの中から別の職種を選びなさい。ちなみに私がきみなら今すぐに選ぶね。そうしないと仕事がなくなる。帰るまえに選びなさい。事務所が閉まるまであと三十分あるから」

「私が希望してる職種はＰＪだけです」

「今日職種を選んで帰らないと、仕事はなくなる。ほら、あと二十九分しかない。急いで選びなさい」

それで終わりだった。そんなふうにして、スペンサーの挑戦は終わった。

あとからその場面を思い返し、こう思った。奥行知覚が欠如してる？　馬鹿げてる。じゃあ、どうやっておれはカップを持ち上げてる？　どうやってバスケットボールをやってた？　しかし、今さら何を言っても意味はなかった。検査結果に不服を申し立てることはできない。スペンサーは部隊に不適格だと判断された。空軍パラレスキュー部隊員になることはできない。これからさきも一生ありえないのだ。一年間自分に鞭《むち》打って努力してきたことがすべて無駄になった。人生でこれほど落ち込んだことはなかった。彼は家に帰って部屋のドアを閉めると、男泣きに泣いた。涙が止まると、それまで保ってきたモチベーションがすべて消え去り、心にぽっかりと穴があいた。もう何をする気にもなれなかった。あんなにちっぽけなどうでもいいことのせいで行く手を阻まれるとも知らずに、あんなに必死に努力してきた自分が馬鹿みたいに思えた。

奥行知覚？

何かのまちがいだ。そうに決まってる。が、どうすることもできなかった。軍のお偉いさんの誰かが、必死に努力してきた者の希望を叶えるかどうかの判断をあの無意味な古くさい装置に任せると決めたのかと思うと、やるせないだけでなく腹立たしかった。あんな古くさい金属の塊なのに。おれならきっと立派なパラレスキュー部隊員になれるはずなのに。人の命を救って、充実した人生を送れるはずなのに。あんな規則を決めた上層部の誰かのせいで、その夢が断たれたのだ。

いったいなんだったのか？　どうしてあんなに必死に努力したんだ？　スペンサーは人生で何ひとつ成し遂げたことがなかった。しかし、少なくとも以前は本気になったことがないからだと言いわけができた。今の彼にはそんな言いわけすらできない。状況は以前より悪くなっていた。

彼はディーンに電話をかけた。ディーンは最初の身体検査は合格したが、怪我を負ったあと、パラレスキュー訓練を二度脱落し、三度目の挑戦に備えているところだった。ディーンはスペンサーを励ましてくれた。数分間はそれで心が軽くなった。しかし、薬の効果が切れるようにその励ましの効果もすぐに消えた。スペンサーにはもう何もできることはなかった。彼は敗北したのだ。眼のせいで。

視力が失われる。スペンサーは眼が見えないまま走りつづける。絶体絶命のピンチに陥り、感覚が失われる。世界がぎゅっと狭まり、一本の無防備な通路に集約される。ほかの乗客は隠れている。彼は駆けだす。武器を持つ男に向かってまっしぐらに。男は武器を持っているはずだが、スペンサーには見えない。両眼の毛様体筋《もうようたいきん》が収縮し、水晶体がふくらむ。周囲にあるものすべてが視界から消える。スペンサーは暗いトンネルの中を走る。トンネルの先にある小さな光だけを頼りに。やがてその光すら消える。彼はひたすら走りつづける。弾丸《たま》に撃ち抜かれるのを覚悟して。うまくいけば、ほかの乗客のために時間稼《かせ》ぎができるかもしれない――そんな考えが頭に浮かぶとほぼ同時にスペンサーは男に飛びかかる。

光が射し、顔に痛みが走る。口の中で胡椒《こしょう》と金属――火薬――の味が爆発する。弾丸《たま》が口に撃ち込まれたのか？　額が轟音《ごうおん》をたてて燃え上がる。ひどい怪我をしたことだけはわかる。が、それ以外のことはまったくわからない。自分がどんなふうに怪我をしたのかも、弾丸《たま》が当たったのかどうかも、正確なところ、何が起こったのかもわからない。ともかく自分は床に伏せている。体はまだ動く。そこで闘いはじめる。テロリストを抑え込もうとする。片眼に血が流れ込んで、また眼が見えなくなる。どのみちその眼は腫《は》れ上がっていて、開けられない。男は痩《や》せているが、驚くほどの力がある。超人的だ。ドラッグのせいにちがいない。だからこんな異常な力を出せるのだ。彼らは通路で揉《も》み合う。スペンサーにはほとんど何も見えない。光と形だけが視界をよぎる。ライフルを抑え込もうとするがつかめない。指が金属をかすめるたびに銃は手からすり抜ける。男はまだ銃を握っているのか？　スペンサーはテロリストを殴る。それからライフルを奪おうとするが、男の手にはすでに武器はない。

どちらもさきを争って立ち上がろうとする。スペンサーは男に殴りかかるが、体が近すぎてうまく殴れない。取っ組み合い、男の体を自分の体に引き寄せて抑え込み、そのまま立ち上がる。それから男の背後にまわると、柔術の技を思い出し、裸絞《リア・ネイキッド・チョーク》めをかける。テロリストの動きに合わせて体を揺らし、相手の攻撃をかわす。右に動けば右に。左に動けば左に。踊るように体を揺らしながら、相手に有利な状況を与えないようにする。バランスを崩せば、男はすぐさま次の武器を取り出して反撃に出てくるだろう。スペンサーは男の首に上腕と前腕をくい込ませ、いったん互いの体をまっすぐに立て直すと、渾身の力でうしろ向きに跳ぶ。テロリストを道連れに背中から座席を越えて倒れ込む。スペンサーの頭が列車の窓に激突する。眼のまえに星が散る。窓ガラスに頭の形の血の痕がつく。男はスペンサーの腕から逃れようと、左右に大きく体を振ってもがいている。スペンサーは上腕に力を込め、男の首を絞めて、男の脳に流れ込む血液を止めようとする。しかし、男の抵抗はやまない。力が弱まっているようにさえ見えない。スペンサーの心に恐怖が走る。この男を一刻も早く失神させなければならない。アレクが何か叫んでいる。アレクが一緒なのは心強い。それにアンソニーもすぐそばにいて、事態を見守っている。テロリストがうしろ向きにパンチを繰り出す。それが、スペンサーの顔に決まる。スペンサーはダメージを受ける。テロリストの拳がすでに血まみれで腫れている片眼をかすめる。スペンサーの体から力が抜ける。顔が石で叩かれた生肉のようになっている。視界の上半分が、覆《おお》いがかかったようにぼんやりしている。どのくらい時間が経ったのか？　もしテロリストを抑えきれなくなったらどうなる？　もしおれが死んで、この男を止められなくなったら？　腫れた眼に血が流れ込み、スペンサーはほとんど見えない状態で格闘を続ける。テロリストはいまだに驚くべき力を発揮し、まったく疲れた様子を見せない。スペンサーは窓ガラスに押しつけられている。この男はどれだけ大量の武器を持っているのか？　もしこの死闘にこっちが敗れて、男が銃を取り戻したらどうなるのか？　男がスペンサーの腕から抜け出せば、男は俄然《がぜん》有利になる。どこかに転がっているライフルを見つけて、態勢を立て直すだろう。そのとき意識の隅でかすかな声がする。聞き慣れた声だ。

「動くな、このくそったれ！」

アレクがテロリストの頭にライフルを突きつけている。

8

募兵担当官から連絡が来たときには、スペンサーは自分ではもう立ち直ったつもりでいた。パラレスキュー隊員不適格の烙印《らくいん》を押された日、ショックで呆然《ぼうぜん》となったスペンサーが選んだのは、SERE指導教官という職種だった。SEREとは敵陣で捕虜となった場合に備える訓練のことで、少なくともその頭文字が表わす内容——Survival（生存）、Evasion（回避）、Resistance（抵抗）、Escape（脱出）——はいかにもすごそうに思え、ほかにやりたいことがなかったこともあって、これはこれで何かを成し遂げるいいチャンスかもしれないと思ったのだ。TACP——戦術航空統制班——もよさそうだったが、空爆指示を出すのはクールだけれど、TACPの職務内容を説明した短い文章を読むかぎり、航空管制と似た仕事のように思えた。TACPに所属すると〝衝突回避〟をおこなうことになる、とそこには書かれていた。スペンサーは、実際に操縦するパイロットに衝突の回避を指示する仕事をしたいとは特に思わなかった。それより生き延びる手段をパイロットに教える手助けをしたいと思った。そんなわけで、傷心のスペンサーはSERE教官を選んで帰途に就いたあとは、そのことをすっかり忘れていた。

だからSERE指導教官育成プログラムの内容もほとんど知らなかった。その道に進む覚悟もなかった。いまだにふたつの感情――何かをめざして必死になるなんて無駄なだけだという自暴自棄な気持ちと、軍の採用の権限を持つ人たちに対して失格の理由を問い質《ただ》したい衝動――のあいだで揺れ動き、まえに踏み出せないでいた。

つまるところ、どんな環境に身を置くにしろ、準備などまるでできていない状態だったということだ。

パイロットが完全に敵の慈悲にすがらざるをえない状況に置かれたことを想定し、そうした状況でも自制心を失わないように訓練する。それがSERE指導教官育成プログラムの主な目的だった。実際に囚人になった場合を想定した訓練もあった。決意の強さを試すための訓練であり、決意とはまさにそのときのスペンサーに欠けているものだった。

空軍に入隊する日の夜、アンソニーがサクラメントのホテルに訪ねてきた。ガールフレンドを連れて。しかし、スペンサーと長く過ごした。彼らは数時間一緒に過ごし、写真を撮ったり、テレビを見たりした。テレビではバスケットボールの試合をやっていた。スペンサーはテキサス州で基礎訓練に参加し、そのまま配属先に直行する予定だった。配属先が世界のどこになるにしろ、空軍を除隊するまで地元に戻ることはないだろう。配属先がどこになるかはわからず、戦地に赴任する可能性もあった。つまり、これを最後にしばらくの別れになるかもしれなかった。だから、スペンサーもアンソニーも、次に再会するときはスペンサーが外国での冒険を終えて帰国したときになるだろうと思った。

しばらく一緒に過ごし、バスケットボールの試合を見たあと、別れのときが来た。ここでハグをすべきなのかどうか、ふたりともよくわからなかった。結局、握手するだけにした。スペンサーは「まあ、きっと会えるときにまた会えるさ」と言って、部屋に戻ろうとした。「なあ」とアンソニーは言った。「ちゃんと……頭を低く下げとくんだぞ」

スペンサーは笑みを浮かべた。アンソニーの心遣いが嬉しかった。ちょっと大げさな気もしたが――おれは空軍で働くだけで、テロリストと直接戦うわけじゃないのに。

そんなことばを交わすと、アンソニーはガールフレンドのところに戻っていった。

9

テキサス州サンアントニオにあるラックランド空軍基地には航空教育・訓練軍団があり、基礎訓練を終えた新入隊員はそこで専門教育を受ける。残酷なことに、SERE指導教官候補生の宿舎はパラレスキュー部隊を含むあらゆる特殊部隊訓練施設の真向かいにあった。スペンサーは極度の睡眠不足に陥りながら、毎日、隣りの建物で戦場パイロットになるための訓練を受けるパラレスキュー部隊訓練生を眺め、たえず過去の挫折と向き合わなければならなかった。彼もSERE指導教官候補生たちと一緒にSERE校舎まで走り、体力トレーニングはしていた。が、パラレスキュー部隊訓練生のほうは、リュックサックを背負って、専門訓練施設まで走り、さらにプールまで走っていた。スペンサーの眼には彼らのほうが強そうで、誇り高そうで、輝いて見えた。

最初の一週間は大きな問題もなくやり抜くことができた。プログラムの内容も単純だった。必死に努力して、不安を乗り越え、技術を習得する。その繰り返しだった。

しかし、プログラムが不得意な分野に及ぶと耐えるのがむずかしくなった。その内容にまったく魅力を感じないとなれば、なおさらだった。さらに指導教官からの干渉が増え、マッスル・メモリー（一度ついた筋肉はすぐに取り戻せること）さながら母親から受け継いだ反骨精神に火がついた。常に反抗の種を探し、種を見つければ反抗心を燃やし、ときには種がなくても反抗心を燃やすようになった。権威に対して従順になれないのに、軍には従うべき権威がそこらじゅうにあった。そもそも、SEREは個人の尊厳が失われた事態を想定してつくられたプログラムだ。が、いずれにしろ、さまざまなことに耐えなければならなかったスペンサーを最終的に追いつめたのは裁縫《さいほう》だった。

裁縫は生き延びようとする兵士にとって秘密の武器となる。失速する戦闘機から脱出したあと、裁縫の技術があればパラシュートの生地を使ってあらゆるものを製作できるからだ。ハンモック、テント、防衛のための仕掛け線《トリップ・ワイヤ》、狩猟の道具などなど。つまり、裁縫を学ぶことにはちゃんとした意味があるのだ。それはわかっていた。それでも――空軍にはいって裁縫をさせられるとは！　スペンサーはひと晩じゅう腕の悪い裁縫師になるために練習するより、外に出て善玉を救い、悪玉を殺す訓練に参加したかった。裁縫の練習に飽きれば飽きるほど、上官の命令に――それがどんな命令であれ――神経を逆撫《さかな》でされた。誰かに裁縫の練習をしろと命令されると、それだけで裁縫そのものに価値がないように思えた。なぜ裁縫に取り組むべきなのかわかっていても、条件反射でそう感じてしまうのだった。

そもそも彼は手が大きく、不器用ということも災いしていた。見かねた同期生が、食堂から拝借したスプーンを半分に曲げてテープを巻きつけ、即席の保護具をつくってくれた。それを手にはめておけば、針を布地に突き刺したときに手のひらを血だらけにしなくてすんだ。

スペンサーはすでに何百針と刺して練習していたが、それでもまだ縫《ぬ》い目が粗《あら》かった。課題の内容はシンプルだ。パラシュート・コードを使って、ウォーター・バッグと、土埃《つちぼこり》や瓦礫《がれき》から装備を守るためのマットをつくることだ。しかし、彼は細かい縫い目で縫うことがどうしてもできなかった。朝の四時に起きて課題に取り組み、午後一時まで体力トレーニング、さらに一日の締めくくりには、体力トレーニングの難易度を上げて罰を追加しただけのメニュー――〝チームワークを高める運動〟が待っていた。課題をこなすペースは次第に遅れた。おまけにプログラムの内容は、次々と課題をこなさないと、やるべきことが雪だるま式に増えるように設定されていた。スペンサーはひと晩じゅう、非協力的なキャンヴァス地に針を通そうと悪戦苦闘した。一列縫いおえるのに四時間以上かかった上、何度も失敗をして睡眠時間が削られた。結局のところ、それがまずかったのだろう。

教官は容赦なく課題を出しつづけた。さらに授業計画の準備もしなければならなかった。なぜなら、このSERE指導教官育成プログラムの目的は、敵陣で生き残ることだけではなく、敵陣で生き残る技術をほかの兵士に教えることだったからだ。候補生は指導者になることを求められた。自分の頭で考え、創造力を駆使しなければならないのだ。そんな課題の締切を守ろうと思ったら、睡眠を削ってその準備をするしかなかった。

八日目には、とうとう三十分と眠れず、五分、十分居眠りをしただけで朝食の集合時間になった。

ひと晩じゅう、分厚いキャンヴァス地に針を突き刺しつづけたのに、課題は半分しか仕上がらなかった。疲労と苛立ちでぼろ雑巾《ぞうきん》のようになりながら、スペンサーは教官にやりかけの課題を提出した。すると教官は赤いペンを取り出し、縫い目の粗い部分すべてに赤い丸をつけた。つまり、最初の不合格の縫い目まで戻って、それ以降は全部縫い直さなければならないということだ。

その夜も睡眠時間を削って、さらに必死にさらに手早くひたすら縫いつづけた。そのあいだにも課題は次々とたまっていった。

翌日は、方位磁石を使った航行方法や、二地点を結んだ航路を地図上に記入する方法を学んだ。さらに地図上の小さな記号や図柄の示す内容など、頭に来るほど些細《ささい》で無意味なことまで覚えなければならなかった。ただ地図を見るだけで集中力を要した。あまりにも疲れ果てて、眼の焦点を合わせることができなかった。立ったまま舟を漕いではっとわれに返るということを繰り返した。教官の姿が亡霊のようにぼんやりとかすんで見えた。体がふらついた。まばたきを繰り返し、なんとか眼を開けていようとした。名前を呼ばれた気がした。誰かが何か言っている……が、よくわからない。そのとき耳にことばが飛び込んできた。「…

…トーン……ストーン空兵……ストーン空兵！」

「すみません。もう一度お願いできますか？」

「……航路を記入するための次の手順は……？」

「すみません、何を……それは質問でしょうか？」スペンサーはもうほとんど眼を開けていられなかった。今おれはみんなに見られてるのか？

「ストーン空兵、そんな態度ではおまえのためにも仲間のためにもならない。そこで腕立て伏せでもしてなさい。そうすれば眼も覚めるだろう」スペンサーは言われたとおり腕立て伏せをした。そして、自分の未来はこれで終わったのだと思った。混乱した気持ちを抱え、ぼんやりと半分寝ている状態で、航法の残りの授業を受けた。授業の終わりに教官は言った。「まだ裁縫の課題を仕上げていない者はあとひと晩猶予をやる。朝食前に校舎に来て、教官に課題を提出するように」

スペンサーは自分の寝台に戻った。疲れ果て、意気消沈し、体力トレーニングのせいで体じゅうのあちこちが痛かった。彼は寝台に仰向《あおむ》けに横たわった。少しだけ……のはずが眼を覚ましたのは六時間後だった。彼はうろたえた。もう零時を過ぎている。午前四時には出頭しなければならないのに。少なくとも八時間はかかる裁縫の課題を半分以下の時間で仕上げなければならなかった。

早朝、とても及第点をもらえそうにない課題を提出してから朝食に行くと、教官が食堂にやってきて言った。「ストーン空兵、おまえは落第だ。奥の事務室に行って、手続き書類をもらってこい」

スペンサーはまたしても負け犬となった。今回はカリフォルニア州の実家ではなく、テキサス州の基地で途方に暮れることになった。

パラレスキュー部隊に門前払いされたことがいまだに尾を引いていることはわかっていた。

が、これだけたくさんの証拠があれば、スペンサーとしても認めないわけにはいかなかった——おれはただの負け犬にすぎない、以上。彼はモチベーションを失い、負のスパイラルに陥った。入隊して二ヵ月、空軍に全力を注いできた。心底やりたかった唯一の職種でも、これなら耐えられると思えた唯一の職種でも、不適格の烙印《らくいん》を押された。魅力を感じたふたつの職種を禁じられたからには、なんとかあと四年間、空軍で生き抜く手立てを見つけなければならない。〝訓練脱落者〟であるスペンサーは、どこからもオファーが来ない自由契約選手のようなものだった。しばらくは雑務員の仕事をした。ＳＥＲＥ指導教官を手伝ってジムに新しいマットを敷いたり、校舎の教室の準備をしたりした。華々しさのない雑務はなんでも彼の仕事だった。それから、たくさんの職種の中から六つを選ぶよう指示された。どれひとつとしてエリートの仕事でも、悪いやつらを殺す仕事でも、屋外で活動する仕事でもなかった。彼が選べる職種の中で、もっとも理想の仕事に近いのは、救急救命士《EMT》だった。少なくとも、サクラメントに戻ったときに消防士の職に就くことができるからだ。それでＥＭＴを選んだ。その一ヵ月後、スペンサーはラックランド空軍基地を出て、特殊部隊の世界に永久に別れを告げた。夢破れて。

10

同じサンアントニオ市内の東側にあるフォート・サム空軍基地に向かうバスの中で、スペンサーは自分に言い聞かせた——きっとなんとかなる。おれはまだ指針を失ったわけじゃない。目的を完全に見失ったわけじゃない。しかし、フォート・サム基地に着いたとたん、ずしりと胃が重くなった。そこはラックランド基地とはまったく異なる場所だった。あの特殊部隊特有の雰囲気は彼が常々思い描いていた軍隊のイメージそのものだった。基地にいる人々は自分たちがエリートだと自覚していて、それを証明する必要もなかった。

一方、この基地の人々は足並みをそろえて行進し、空軍の歌を声を合わせて歌っていた。いろんなことに口出しされ、さらに悪いことに、それに従順であることを求められた。宿舎には門限があった。まるで大人向けの託児所にいるみたいだった。

それでも、スペンサーは努めてそこでの生活を愉《たの》しもうとした。もう自分にはそこしかなかったからだ。残りの人生をずっとみじめなままで過ごすのはごめんだった。だから気を引き締めて、真剣に取り組んだ。なんとかうまくやることができた。刺激的な生活ではなかったが、自分の手を使って何かをすることができた。最初は教えられることにも納得できた。

呼吸が止まった人に対しては、胸を押して血流を促す。血を流している人には血を止める方法を考える。

ＥＭＴ訓練を終えると、第二段階――五週間の看護訓練――に進んだ。これはさらに民間医療に近い研修だった。戦場で負傷した兵士の応急手当ての方法を知恵を絞って考えることとはかけ離れていた。看護訓練は医療設備が整った病院で、実際の患者を相手におこなわれた。訓練生は最新の医療機器を使った人命救助の方法を学ぶ一方で、入院患者への接し方《ベッドサイド・マナー》をはじめとして、戦場では不要なことも学ばなければならなかった。ブーとかピーとか鳴る生命維持装置の使い方も覚えた。

看護訓練は病院でおこなわれることがほとんどだったが、教室で授業を受けなければならない日も多かった。校舎で教科学習を受ける日には、いつもの権威に対する条件反射の反抗心に火がつきかけたが、なんとか抑えることに努めた。相変わらず教科書は好きになれなかった。屋外での活動が恋しかった。一日じゅう教室に坐って教官の話を聞くことは彼の考える栄光とはほど遠かった。それでもこの仕事をしていれば、戦地で活動する道を見つけられる可能性があった。つやつやしたポスターの中で戦闘機からジャンプして降りてくるパイロットのようにはなれなくても、自分も戦地で役立てるはずだ。

ある日の午後、スペンサーが授業を受けながら戦場に思いを馳《は》せていたときのことだ。校舎のまえの通りをまっすぐ行ったところに陸軍病院があり、そこに入院中の妻を退役した五十二歳の陸軍上級曹長が訪ねた。別れる決心をした妻に対して話をしにきたのだ。ふたりは話を始め、やがて会話は口論になり、口論はエスカレートした。妻は夫をヴェランダに連れ出した。すると曹長は四五口径の拳銃を取り出して妻を撃った。妻は倒れ、這《は》って逃げようとしたが、曹長は弾丸《たま》がなくなるまで八発連射した。そのうちの一発が、妻のポケットの中のキーフォブ[1]（認証機能付きのキーホルダー）に当たったおかげで、かろうじて重要な臓器は損傷されずにすんだ。

　スペンサーはまずサイレンの音を聞いた。それからパトカー、基地警備車両、州警察車両が次々と教室の窓の下を走り去った。

　いったい何が――？

　銃撃事件《アクティヴ・シューター》発生警報が基地内放送で鳴り響き、コンピューター端末にも表示された。が、その銃撃が夫婦喧嘩《げんか》に起因した発砲であり、テロリストによる軍事設備攻撃の類いではないことまでは通達されなかった。そのため基地内の三万人の民間人と軍人に対し、〝立てこもり避難《シェルター・イン・プレイス》〟命令が出された。

　スペンサーたちは看護教官から指示を受けた。

「いい、聞いてちょうだい。たった今、基地内で発砲事件がありました」と言いながら顔を上げた教官の眼には恐怖の色が浮かんでいた。

　神経質そうな笑い声が教室に起きた。

「みんな、聞いて。そこのふたり、その机でドアをふさいで開かないようにして。早く！ほかのみんなは机の下に隠れて。これは避難訓練じゃありません」

教官の口ぶりにも緊急車両の急行にもただならぬ気配があった。銃撃犯はすぐ外にいるのかもしれない。スペンサーは思った。もしかしたらこの校舎の中にいるのかもしれない。犯人は今、廊下にいて、ここから数十メートルと離れていない場所を歩いているのかもしれない。じきにドアを蹴破って、銃の乱射を始めるかもしれない。それなのに、どうして机の下に隠れなければならない？　おれたちは軍人なんだぞ！　おれたちがやらずにほかの誰に銃撃犯が取り押さえられる？

軍ではこうした事態に備えた危機管理規定が定められている。軍人が集まる施設はある種の動機を持つ犯人にとっては恰好の標的となるからだ。しかもその軍人たちが非武装で、民間人と同じように教室に坐っている施設となればなおさらだ。苦もなく、米軍を攻撃したと喧伝《けんでん》できる。そのため普段から訓練がおこなわれ、対応内容も明確に規定されていた。逃げろ――逃げられなければ、その場に立てこもれ、隠れろ。闘おうとするな――闘えば、犯人がさらなる暴力行為に及ぶ可能性がある。救援部隊が到着したとき、犯人とまちがわれる可能性もある。現場で動いているのは犯人と治安部隊だけという状況をつくれ。逃げられなければ、入口を見張ることができる場所に身を隠せ。室内の脆弱《ぜいじゃく》な部分を補強しろ。ドアに――可能であれば窓にも――バリケードを築け。ラジオをつけて、ヴォリュームを下げてニュースをよく聞け。人がいるとわからないように明かりを消せ。

まるで臆病者のような行動だ。スペンサーには受け入れがたかったが、校舎のあちこちに張られた通知書にはそうした明確な指示が記されていた。〝緊急事態〟に直面したときには、

〝脱出／避難〟を最優先にすること。不可能な場合は〝状況／現場を見きわめて――弾丸《たま》から身を守れるものを探し――進入／脱出経路を確認し――上官の指示に従うこと〟。

スペンサーの知るかぎり、それが彼の取るべき行動だった。上官に従うこと。しかし、彼の本能は命じていた――檻《おり》の中の動物のようにおとなしくしろという命令には逆らえと。

訓練生たちはドアのまえにバリケードを築いた。教官は机の下に隠れろと大声で指示しつづけていた。スペンサーは文句を言いながら、ゆっくりと四つん這いになって、もぞもぞと机の下にもぐった。またもや、お偉いさんたちが不当に取り決めた意味のない命令に服従する破目になった。こんな血が騒ぐ瞬間に縮こまっているように指示されるとは。クソ机の下で。これじゃあ撃ってくださいと言わんばかりのいいカモじゃないか。彼は情けない気持ちになった。しかし、彼はあくまでも訓練生であり、このプログラムからも追い出されるわけにはいかなかった。しぶしぶ指示に従った。

しばらくのあいだは。

スペンサーは同期生が机の下で折りたたみナイフに手を伸ばすのを見た。ふたりの眼と眼が合った。同期生はスペンサーに向かってうなずいた。もし銃撃犯が襲ってきたら、ふたりで飛びかかろうぜ、とでも言うように。その視線を受けてスペンサーは考えた。もし全員が机の下にいるときに銃撃犯が侵入してきたら、おれは無防備なまま殺されることになる。この部屋にいる全員が殺されることになる。誰かがほんとうに侵入してきたら、ほんとうはどうするべきなのか？

　スペンサーは立ち上がった。教官が小声で叱りつけるのも無視して、立ち上がってドアのそばに立ち、誰かが来たら飛びかかれるよう身構えた。犯人が単独犯なら闘える。犯人を押さえつけて動きを弱めれば、ほかのみんながぶちのめしてくれる。こちらの唯一の利点は人数の多さだ。それにすばやく動けば、相手の虚を突くこともできるかもしれない。いいさ、と彼は思った。処分したけりゃ、また書類をよこせばいい。実際、このとき銃撃犯に襲われたら、少なくとも彼は死力を尽くして闘っただろう。

　一時間後、緊急事態は解除された。それまでのあいだ、スペンサーはあらゆる事態を想定してどう行動すべきかを自問自答しつづけていた。そのとき想定したシナリオのひとつが彼の脳の奥深くに焼きついた。もし机の下に隠れているときに銃撃犯がはいってきたらどうする？

　もしその状態で発見されたら？　もし人々に記憶されるスペンサー・ストーンの最後の姿が隠れようとして殺された死体だったら？

　もし次にこんな状況になったら――スペンサーは決意した――おれは机や椅子の下で発見されたりしない。もし死ぬなら、少なくともなんらかの役に立ってから死にたい。

11

　連射音が轟いていた。サイレンが鳴り響いている。ライフルが掃射され、迫撃砲が着弾する音がした。混乱の真っ只中、眼のまえには男が横たわり、血を流していた。あまりに激しく噴き出すそのさまは滑稽《こっけい》ですらあり、くだらない映画の小道具のように見えた。三人の男が背後に立っていた。スペンサーは何が起きているのか読み解こうとする。眼のまえの男は骨折し、意識を失っている。腕が吹き飛ばされ、出血している。二頭筋を走る長い動脈も真ん中で切断されている。残っている上腕から噴き出す血液がスペンサーの全身に飛び散っている。それ以上に重要なことは――いや、それ以下だろうか？――男が呼吸をしているように見えないことだ。スペンサーは男の頭の上にまわると、首の下に両手を差し入れ、池で水をすくうときのように手のひらを丸めて首を支え、口と鼻が上向くように顎《あご》をそっと持ち上げた。咽喉《のど》に何かが詰まっているときに、あるいはねじれた気道をもとに戻したいときにおこなう処置だ。しかし、もちろん、この男の気道はねじれていない。傷害のメカニズムを知るスペンサーにはわかっている。さらに、この男は咽喉を詰まらせてもいなかった。スペンサーは気を落ち着かせた。男の腕のそばに戻ると、止血帯を取り出し、腕を止血帯の輪の中に通した。もちろん男は抵抗しない。スペンサーは腕をいささか手荒に扱う。骨のひび割れや骨折の心配などしなかった。心配すべきは失血だ。失血が血圧を低下させ、血圧の低下がさらに大量の失血を招き、酸素を含んだ血液が脳に送られなくなって脳障害を起こす。スペンサーは止血帯を二重に巻き、組織を圧迫したと感じるまできつく縛った。この男の腕の形が永久に変わってしまいかねないくらいに。これでよし。それからまた頭のそばに戻って、次の火急の問題に取りかかった。この男は呼吸をしているだろうか？ 男の胸は上下に動いていない。心肺蘇生法《CPR》をするべきか？ いや、まだだ。まずは気道を確保しなければならない。男の意識はない……ということは――スペンサーは思い出した――顎の筋肉がゆるみ、舌が咽喉の奥に下がって気道をふさいでいるのだ。その上、外傷のせいで血液も気道を塞いでいるはずだ。スペンサーは応急セットを引っかきまわして、一方の先端がラッパ型に広がっている、外科手術で使用される長いカテーテルを取り出した。が、それを落としてしまい――くそっ！――あわてて拾ってきれいに拭く。それから潤滑油の小袋を出し、破って開封しようとするが、またしても落としてしまい――くそっ！――それも拾って、もう一度破って開封しようとするが、うまく指でつかめず、小袋をどこかに飛ばしてしまう――くそっ、くそっ！――潤滑油を使うのを――ちくしょう、しかたがない――あきらめると、左手を男の頰骨にあて、カテーテルの先端を男の鼻の穴に差し込んだ。背後では銃声が轟いている。片手でカテーテルを支えながら、もう一方の手で中に押し込んでいく。鼻腔《びこう》から気管のずっと奥まで挿入しつづける。カテーテルのほとんどが鼻の中に消えて、まるで右の鼻孔から小さなマッシュルームが生えているみたいに、数ミリのカテーテルとラッパ型の先端だけが残るまで。そのとき、背後の音が消えた。文字どおり完全に消えた。突然、完璧な静寂が訪れ、誰かに肩を叩かれた。

「ストーン空兵、おめでとう。これでおまえはこの男性に一生完治しない脳障害を与えた」

スペンサーはカテーテルから手を離して上体を起こすと、前腕で額の汗を拭き取った。

「気道を確保しなければならないんじゃゃ……」

「そのとおりだ。しかし、そのまえにわれわれの友人の両耳の中に透明な液体が溜まっていることに気づいたか？　この透明な液体が意味するところはなんだ、ミスター・ストーン？」

「そうか、くそ！」

「くそは液体じゃない、ストーン空兵。もう一度よく考えろ」

「髄液《ずいえき》です。その液体は髄液だと思われます」スペンサーの背後で、チームのほかのメンバーはうしろにさがった。

「正解！　髄液だ。では、われわれの友人の耳の中に髄液が溜まってるということは、どういうことだ？」

「頭蓋骨《ずがいこつ》に損傷を負っている可能性があります」

「そのとおり！　この哀れな老いぼれ救助訓練人形《レスキュー・ランディ》は頭蓋骨折を負っている可能性が高い。そんな相手にカテーテルを挿入すれば、脳まで突き刺さってしまう。おまえの行動を要約すると、のこのこ歩いてきて、われわれが察するに、すでに最悪な目にあっていたこの男性に対して、シリコン製チューブを脳まで突き刺すという暴挙に出たというわけだ。おめでとう、ストーン空兵。たった今、おまえは自分の患者に前頭葉白質切除《ロボトミー》手術を施したんだよ」

そんなふうにして、スペンサーは負傷兵役を務めた人形から、教科書どおりの判断は命取りとなるという救急医療の鉄則を叩き込まれた。

患者の呼吸が止まっていても、ただ気道を確保すればいいというものではない。

患者の呼吸が止まっていても、さきに出血を手当てしなければならない場合もある。

患者が出血しているとき、ただ止血帯を巻けばいいとはかぎらない。

人間の体というのは自らを終わらせる手段を持つ複雑で美しく精巧な組織だ。肉体自らが治癒《ちゆ》もすれば破壊もする。患者の出血を止めるには止血帯が必要だが、長いあいだ止血帯を巻いておくと、その部分は壊死《えし》——細胞が死ぬこと——する。つまり、患者を失血死から守ろうとしたがために、治癒不能な四肢感染症を患者に起こさせかねないということだ。

あるいは、脇の下や股間の関節から出血している場合には、止血帯をうまく巻きつけることができない。だいたいどこに巻けばいいのか？

あるいは、もっとも厄介なのは、肩から上の部分を負傷した場合——頭の怪我や首のひどい切り傷——の手当てだ。授業では〝出血を止めるために傷口に圧力を加えましょう〟と教わるが、どうやってその圧力を加えればいい？ タオルやTシャツを丸めて患者の首に押しつければいいのか？ 首には止血帯をきつく巻くことはできない。首に巻いた止血帯がそのまま首を絞める輪なわになりかねないからだ。ということは、もし首から出血した患者を手当てすることになったら……そのときはどうしたらいいのか？　スペンサーにはよくわからなかった。戦地では首の負傷を手当てすることは重要な任務だと思われた。なぜなら、兵士は頭にはヘルメットをかぶり、胸部には防弾ヴェストをつけているが、首は保護されていないからだ。じゃあ、そのときはどうすればいい？

スペンサーは思った。

そのときは祈りを捧げて、何か独創的なアイディアを思いつくことを願う。それしかなさそうだった。

12

スペンサーの運も最初の海外任務に就いた頃から上向きはじめた。まず赴任したのはポルトガル沖に連なる火山島、アゾレス諸島だった。緑豊かで、美しい九つの島からなる群島にいると、空軍基地が不自然な添えもののように感じられた。まるでハワイのような離島の楽園にいるみたいだった——海を見渡すと、軍服を着た人がちらほら眼にはいることを除けば。滑走路の先にも眼をみはるような断崖と大西洋が広がっていた。

シフトは楽だった。一日働いて、二日休む。島には娯楽があふれているわけではなかったが、彼には活用できる時間がたっぷりあった。自由そのものがあった。

その時間を使って島を探検したい。スペンサーはそう思った。そう話しても、誰にも止められなかった。ただ、難点は基地の車のほとんどがマニュアル車だったことだ。それでも、問題ない、と彼は思った。マニュアル車の運転を覚えればいい。それまでは一度も休暇を取ったことがなく——通常勤務でも遊ぶ時間が充分あって、必要を感じなかったのだ——有給休暇の日数も貯まっていた。

基地は平穏だった。スペンサーの知るかぎり、その平穏は長く続いていた。その基地は第二次世界大戦中、あまり知られていない兵器の整備のために造られた基地だった。彼はアレクとアンソニーと一緒に受けた歴史の授業でその兵器——軟式飛行船——のことを学んでいた。米国海軍は、地中海を航行する連合国船舶に攻撃をしかけるドイツ軍潜水艦対策として、軟式飛行船の投入を思いついた。[1] しかし、北アメリカからジブラルタル海峡までの距離は一気に飛ぶには遠すぎた。そんなわけで最初の飛行船が大西洋を渡るときに中継地が必要となり、この島がその中継地になったのだった。当時の飛行船はスペンサーの眼のまえの滑走路に着陸し、ここから戦闘に出たり、モロッコ北部の飛行場に向かったりしていた。[2]

しかし、今はこの基地には大きな役割はない。そのため、スペンサーにも自由時間がふんだんにあるのだった。彼がそんなポルトガルの島での余暇を利用して磨きをかけたのは、マニュアル車の運転技術だけではなかった。基地内の小さな柔術愛好会にも参加した。柔術家たちは、壁一面が鏡張りになっていて、反対側には東に面した窓があるエアロビクス・ルームで、鏡を見ながら技の決まり方を確認したり、大西洋を眺めたりして柔術の練習をしていた。

固い絆で結ばれた柔術愛好会の人たちはスペンサーを歓迎してくれた。メンバーにはアメリカ人もポルトガル人もいて、スペンサーには、出身国はちがっても柔術の形《かた》でつながる仲間ができた。最上段者はジョンという名前の中佐で、インストラクターを務めていた。それを知ったスペンサーの心に俄然《がぜん》自信がみなぎった。ジョンは小柄で、とても自分より強いとは思えなかったからだ。初対戦が愉《たの》しみだった。マット上でのふたりの対決は、予想どおりあっというまに決着がついた。しかし、結果は、スペンサーの予想どおり、彼の圧勝とはいかなかった。涼しい顔で勝利したのは小柄なインストラクターのほうで、スペンサーは息を切らし、ひたすら恐れ入ることとなった。

そもそも柔術とはそういうものだ。初めて兄について柔術クラスに参加したときのことが思い出された。小柄な人でも形《かた》の熟練度が高ければ、自分よりも大きな相手を倒すことができる。そうした柔術の心得があれば、通りで見知らぬ男女を見かけたときに、見た目だけで相手の実力を判断することなく、先入観に囚われずにすむようになる。足を引きずった痩《や》せっぽちの男が実は黒帯保持者かもしれないのだ。相手をなめてかかれば、取っ組み合って負かされることもある。見た目に惑わされてはならない。ジョンとの最初の対戦で、スペンサーはそのことを改めて肝に銘じた。ジョンにはそれ以降も試合を挑みつづけ、負けつづけたが、負かされるまでの時間だけは少しずつ引き延ばせるようになった。

二カ月後、スペンサーはいくつか重大なことに気づいた。

まず、ジョンとの対戦時間が延びたのは、単にスペンサーに実力がついたからではなく、ジョンがスペンサーに長時間闘わせるよう仕向けていたからだった。スペンサーが上達するにつれ、小柄なジョンはスペンサーに優勢だと信じ込ませて疲れさせる作戦に出た。冷静に流れに身を任せ、スペンサーに引っぱられるままに動き、彼が息切れするのを待ってから勝負を逆転させるようにしていたのだ。

スペンサーはまだ体格と腕力で闘おうとしていた。そんなスペンサーに対し、ジョンは身を持って示した——柔術で重要なのは技であり、肉体は二次的、付随的なものにすぎないということを。大きな男にも敏捷《びんしょう》な動きが可能なら、小さな男が強くなることもできる。それが柔術の神髄《しんずい》だった。

スペンサーは相手を力でねじ伏せようとするのではなく、体力を温存し、技を駆使し、てこの原理を用いて、物理の法則を味方につけて戦うことを学んだ。そんなふうにほかのメンバーと対戦していると、ジョンはじっとスペンサーの戦いぶりを見て、それでいいとでも言うようにうなずいた。

三カ月目になると、ジョンとの勝負が互角になりはじめた。「おい、汚ないぞ！」ジョンがスペンサーのしたたる汗を避けながら叫んだ。スペンサーは笑いをこらえながら言った。

「すみません！　汗の止め方を知らないもんで」

小柄な策略家のインストラクターから、スペンサーがすっかり忘れていた第二の教訓を叩き込まれたのはちょうどその頃のことだ。柔術の基本的な決め技には、〝裸絞め〟——〝ザ・ネイキッド・ストラングル〟または〝リア・ネイキッド・チョーク〟とも呼ばれる——という技があり、多くの試合がこの技で決着がつく。対戦相手の首に一方の腕をまわし、もう一方の手を敵の後頭部に添えて、同時に力を加えて頸動脈《けいどうみゃく》を絞め上げる技のことだ。頸動脈が圧迫されると、脳への血流が止まって意識が奪われる、あるいはそれを悟った相手が降参する。こちらの勝利というわけだ。

スペンサーが初めて裸絞めをかけたときには、しっかり抑え込んだつもりでも、対戦相手が当然のごとくのたうって体をずらしたため、首を固定することができなかった。彼は腕のまわし方をいろいろ工夫したが、改善すべき点は腕だけではなかった。最大の問題は腕ではなかった。

スペンサーは知らなかったのだ。意外なようだが、両腕で相手の首を固定するのと同じくらい、両脚で相手の下半身を固定することが重要なのだ。裸絞めをかけるときには、自分の脚を〝フック〟にして相手の体を押さえつけ、相手の動きを封じなければならない。そうすれば、相手は身をよじって首絞めから逃れることができなくなる。最初にしっかり脚をかけておけば、全力で相手の首を絞めることができ、試合の勝者となれる。しかし、相手の太腿《ふともも》の内側に両足を引っかけて下半身を抑え込んでおかないと、相手が身をよじって抵抗し、首を充分に絞めて血流を止めることができなくなる。

ジョンはスペンサーの技の欠点に気づき、スペンサーがほかのメンバーと練習しているときにはその欠点を指摘し、自分と練習しているときにはその欠点をすかさず利用した。スペンサーはマットの上で何時間も奮闘し、自分よりも小柄なメンバーを抑え込もうと挑んでは失敗しつづけた（相手に汗をかけまくったのはそのときのことだ）。何度もこれはいけると思ったが、完全に抑え込むことはできなかった。相手がジョンの場合には、ジョンはほんの少しの隙間でもそれをすかさず利用し、両脚を曲げて、スペンサーの腕に顎を食い込ませて痣《あざ》を残し、血流を求めて身をよじり、スペンサーの拘束から逃れてしまうのだった。

そうした練習がずっと続いた。スペンサーは相手をあと一歩のところまで抑え込めるようにはなったものの、最後には身をくねらせた相手に拘束を解かれてしまう。そんなスペンサーに、ポルトガル人とアメリカ人の練習仲間たちは声援を送った。

「スペンス、まだかかってない、肘《ひじ》で顎を上向かせろ。それから足をフックして抑え込め！」

「体勢を立て直せ、降参するにはまだ早い！」

「スペンサー、スペンサー！　脚を狙え！　腕だけじゃ駄目だ、脚を忘れるな！」

「フックをかけろ、スペンス！」

海外基地赴任四ヵ月目になると、ようやくスペンサーにもジョンを負かすことができるようになった。ほかならぬジョンの指導のおかげで。それは大きな自信になった。いかに見た目が弱そうでも、相手の実力次第では負かされることもあるということを学んだように、真剣に練習に励めば、高段者でも倒すことができるということを学んだ。

スペンサーは数年前に再建された消防署に行ってインターネットに接続すると——これも米軍基地勤務の特典のひとつだった——メッセージを入力した。「アレク、おれ、うまくなってるぜ！」

当時、アレクはアフガニスタンの極秘の基地にいた。アフガニスタンの時間は、アゾレス諸島よりも五時間半進んでいる。スペンサーはアレクが今寝ているのか、基地の福利厚生関《MW》連《R》施設でウェイトリフティングをしているのかわからなかったが、とにかくメッセージを送信した。

すぐにスペンサーのパソコンの画面に返信を知らせるアイコンが光った。「うまくなるって何が？　お肌の手入れが？」

「ちがう。柔術をやってるんだ。やっとなにかつかみかけてきたんだ。毎回負けてばっかりじゃなくなった」

「そうか。いいよな、おまえ。こっちにはなんにもすることがなくてさ。まるでガードマンになったみたいだ。ショッピング・モールの警備員と同じだよ」

「まあ、もうすぐ冒険が始まるじゃないか」

親友と一緒にヨーロッパを旅するという計画は現実というより夢みたいに思えたが、どの都市を訪れるかという検討はすでに始めていた。あと二カ月後には、休暇を利用して一生に一度の三週間の外国旅行に出かけることになる。アレクも資金と時間をやりくりして合流することになっていた。スペンサーの休暇が始まるまえにアレクのアフガニスタン任務が終了する予定で、タイミングもぴったりだった。ふたりは中学校の歴史の授業で習った史跡を片っ端から訪ねようと思っていた。

その旅行にアレクは基地の知り合いも誘っていた。旅行するなら三人がちょうどいいし、部屋代も節約できると思ったからだが、都合の合う相手は見つかっていなかった。スペンサーは尋ねた。「ストラッサーはどうなった？」

「ああ、行けないってさ。今、ソロンに声をかけてるけど、きっと金がなくてむずかしいんじゃないかな」

「オーケー。わかったら教えてくれ。だんだん愉しみになってきた」

「おれほどじゃないさ。おれがどんなにここから出たいと思ってるかわかるか？　それはそうと、やっぱりドイツには何泊かしたほうがいいんじゃないか？」

「ああ、そうなんだけど、見たいものがいっぱいありすぎてさ。こんなことができるのはこれが最後のチャンスだよ。だからいっぱいしたいことがあるんだ。おまえの彼女がドイツに……」

「いや、それだけじゃなくって、毎日移動したくないんだよ。ゆっくり味わいたいっていうか」

「おまえがドイツにしばらくいたいんなら、それでいいよ。そうしよう」

「いや、いい。おまえの計画に合わせるよ。どっちみちヨーロッパのほかの国にも行ってみたいし」

スペンサーはアレクのことばを信じなかった。これまでのところ、アレクが興味を示したのは、ドイツとスイス――彼の家族のルーツである国々――だけだったからだ。それにドイツにはアレクの仲のいい女の子がいることも知っていた。しかし、どういうわけか、アレクはあくまでドイツはどうでもいいようなふりをして、スペンサーにそう思わせようとしていた。

「わかったよ」とスペンサーは言った。「まあ、今決める必要もないしな。もしソロンが来られそうなら知らせてくれ。ほかにはそっちで何かあったか？」

「文字どおり、なんにもない。本気で何か始めないと駄目だな。このままじっとしてるなんてもう耐えられないよ。攻撃されますようにって祈りたくなるほどだ。頭がおかしくなりそうだよ」

「そりゃよくないな。おれはこっちですごく愉しんでる。ビールを飲んで、ビーチでだらだらして、海で泳いで。これぞ人生だ！」

「むかつくやつだな。じゃあな、もう夜中だから、そろそろ寝るよ」

「がんばれよ。じゃあな」

アレクはログアウトした。

スペンサーはあることを思いついた。この旅行のテーマのひとつは、中学の歴史の先生から教わったことを実際に見てまわることだ。となると、この旅に興味を持ちそうな人物がもうひとりいるじゃないか。彼はサクラメントの時間をチェックした。この時間ならもうアンソニーは起きているだろう。連絡してみよう。

アンソニーの顔がスクリーンに現われた。

「よお、どうした？」

「何やってたんだ？」

「朝の日課だよ」

「おまえの日課って『スポーツセンター』（ESPNのスポーツニュース番組）を見ることぐらいだろうが」

「ちぇっ。『スポーツセンター』だけじゃない。『ファースト・テイク』（EPSNのスポーツトーク番組）も欠かさず見てるし、『ヒズ・アンド・ハーズ』（EPSNのスポーツ討論番組）も毎日見てる。スポーツは、おれの宗教みたいなものだ。あ、ちょっと待って」画像がぼやけたかと思うと、画質が乱れて、またもとどおりになった。アンソニーの顔がまた現われた。「そっちで何かあったのか？」

「いや。でも、これを見てくれ」スペンサーはノートパソコンの電源を抜くと、内蔵カメラをゆっくり反対側に向けてアンソニーに眼のまえの景色を見せた。

「すげえええええ！　楽園じゃないか。基地から出たりもできるのか？」

「いつでもできる。実は、おまえに話があってさ。おれたちパーッと旅行に行こうかと思ってるんだけど」

「ポルトガルをまわるのか？」

「いや、いろんなとこに行くんだ。ヨーロッパめぐりをするんだよ。有給が数週間分あるから、一カ月くらい夏休みを取ろうと思ってさ。そうやっておれたちは長旅に出ようって」

「おれたちって？」

「おれとアレクだ」

「そりゃいいな。ポルトガルでの任務が終わったら、次にどこに行くかわからないんだろ？もしかしたらテキサスに帰ってこられるかもな」

「ああ、でも、そのまえにおまえがおれに会いにこいよ」

「どこに行けばいいんだ？」アンソニーが意味を理解するのには少しかかった。「待て――もしかしてヨーロッパに会いにこいって言ってるのか？」

「そのとおり！　これはおれのポルトガル任務の最後を飾る旅だ。おまえ、夏は休みだろ？　今来ないでいつヨーロッパに来る？」

「そんな金持ってないよ。まあ、いつか稼《かせ》いだら行くよ」

「ああ、いつかきっと稼げる。だからだよ――いいか、こうすればいい。まずクレジットカードを申し込むんだ。それであとで払えばいい」

「おい、そんなこと言って。おまえの母さんが聞いたら腰抜かすぞ。だいたいおれじゃ、旅行に行けるだけの額を貸してくれるようなカードの審査は通らないよ」

「まあ、やるだけやってみろよ。とにかくクレジットカードをつくるんだ。できることはなんでもやれって」

考えれば考えるほど、スペンサーにはアンソニーが来るべきだと思えてきた。「これは一生に一度のチャンスだ。おまえ、今までこういうクソ最高な旅を逃したことがあったか？　タホに行ったのを覚えてるだろ？」基礎訓練の直前に、スペンサーとアンソニーは三日間一緒に山小屋に行った。ふたりとも二十一歳になったので、途中で〈クアーズ〉を買い、ジェット・スキーをレンタルして湖岸をぶっ飛ばした。住宅購入希望者のふりをして、室内に日焼けマシンが置かれ、玄関前には四輪バギーが置かれているような大邸宅を見てもまわった。

「冒険に出られる機会なんてかぎられてる。おれもクレジットカードを持ってて、ギリギリまで使うけど、ちゃんと期限には払ってる」

「そうだろうけど、おまえには軍の給料があるじゃないか」アンソニーは強くは反論しなかった。あともうひと押しだとスペンサーは思った。

「とにかく、クレジットカードをつくれって。〈クレジット・カルマ〉（クレジットカードの信用情報を提供する会社）のアプリで、いくらぐらい借りられるのか調べるといい」

アンソニーはいっとき黙ってから言った。「なあ――すごい偶然なんだけどさ。まさに昨日、倉庫のバイトで一緒の人から、いきなり信用を築くことがいかに大事かって話を聞かされたとこなんだよ」

スペンサーはにやりと笑って、ビデオ通話を切った。しばらくすると、アンソニーから頻繁にメールが届くようになった。消防署でＷｉ‐Ｆｉに接続するたび、少なくとも一通は受信するようになった。

〝バイト先の人から、マイルの貯め方を聞いたよ〟

別のメールにはこうあった。〝〈クレジット・カルマ〉にログインしてみた。おれの信用情報で、旅行用でたまに使うだけだったら、このカードがいいんじゃないかって勧められたよ。航空運賃とかでボーナス・ポイントがつくらしい。ぴったりだな！〟

やがて、五月のある日、シフト終了後にスペンサーが消防署でメールをチェックしていると、コンピューターからビデオ通話の着信音が鳴りはじめた。アンソニーからだった。彼は画面に顔が映るまえから叫びはじめていた。

「くそ、くそ、くそ！ 取れたよ！ 審査に通ったんだ！ それも限度額一万ドルだ！」

「マジかよ？ 一万ドル？ おれの限度額だってそんなに高くないぞ！」

「もう行くっきゃないよな、ああ？」

「これで決まりキンタマだ！」

13

数週間後、アンソニーのメールの文面から熱意が薄れはじめた。突然気が変わって、ヨーロッパ旅行そのものに対する興味が失せたかのようだった。怖気《おじけ》づいて逃げ腰になっているように思えた。旅行の計画そのものが揺らぎ、白紙撤回にもなりかねなかった。

一方、アンソニーが計画に加わったと知ったとたん、アレクは最初の個人的な計画——彼の家族が昔住んでいたドイツとアルプス山脈のふもとに滞在すること——を優先しはじめた。どこかでふたりに合流するつもりだと言ったが、望みは薄そうだった。あくまでも自分の計画にこだわっているようだった。そんなわけで、アンソニーがアレクのかわりになったのだが、そのアンソニーの熱が冷めかけているのだった。

「何をそんなに心配してるんだ？」

「ホームシックになりそうでさ。ほら、おれが春休みにサン・ルーカス岬に行ったときのこと覚えてる？」それはアンソニーがかつて一度だけ外国旅行に行ったときのことだった。そのときはすっかりふさぎ込んで誰とも会いたくなくなったのだ。「五日間でもああなったのに一ヵ月近くも行くなんてさ」さらに、彼は旅の予算を四千ドルで抑えたいと考えていた。

しかし、往復チケットだけで二千ドルほどかかり、旅に必要な鞄《かばん》や旅行用品をそろえたら予算ぎりぎりになる。それ以上は一泊の宿代すら出そうになかった。

「なあ、それは金の問題だろう」旅の計画に集中すれば、アンソニーの気分も変わるだろうと思ってスペンサーは言った。故郷に残すものではなく、ヨーロッパでどんなことをするかに話を戻そう。「いいか、これはぐるっとヨーロッパをまわる旅になる。だろ？　イタリアからスタートして、ドイツ、フランス、そしてラストはスペインで派手に盛り上がろうぜ」

唯一意見が合わなかったのは、その途中でもう一カ国、どこに立ち寄るかだった。アンソニーはオランダのアムステルダムに行きたがったが、スペンサーはベルギーに行きたかった。しかし、それはあとでゆっくり決めればいいことだった。ふたりの意見が完璧に一致したのは、旅の最後はハイな気分で締めくくりたいということだった。可愛《かわい》い女の子に美しいビーチ。いろんな話を聞いたかぎり、スペインほど盛り上がれる国はなさそうだった。そんなわけで休暇の最後がスペインということだけは決まっていた。

スペンサーは顔を起こす。アレクがテロリストの頭に銃口を押しつけている。金属のにおいがするほどすぐ近くで。スペンサーは体を引いて反《そ》り返り、頭を横に背《そむ》けようとする。AK‐47にどれほど威力があるか知っているからだ。もしこの銃が火を噴いたら、弾丸《たま》はテロリストの頭を貫通し、おれの頭も直撃するだろう。スペンサーは疲れかけている。この男の筋金入りの強さに苛立っている。男を殴り倒して、屈服させ、意識を奪うことも、抵抗をやめさせることもできない自分の非力に苛立っている。しかし、この男がほかにどんな武器を持っているのか、共犯者がいるのかどうかもまったくわからない以上、慎重に事を運ぶ必要がある。

スペンサーは息を切らしている。ことばを発することもできない。それでもアレクのほうを見て、眼と眼を合わせる。口をぎゅっと引き結び、眉を吊り上げ、アレクに伝えようとする——この男を殺せ。たとえそれでおれが死んだとしても。

アレクの持っているライフルの銃身が下がり、男の頭に突きつけられる。その角度で発砲すれば、弾丸はスペンサーの首を直撃する。

スペンサーは男の首にまわした腕に力を込める。

アレクの人差し指が銃身をなぞり、トリガー・ガードに触れる。

指先が引き金にかかる。

スペンサーは眼を閉じる。祈りのことばを考えている時間はない。テロリストを押さえつけたまま死ぬ覚悟を決める。

アレクが引き金を引く音がする。

何も起こらない。

スペンサーは眼を開ける。全員がそこにいる。テロリストは腕の中でもがいている。アレクはライフルを持って立っている——顔をしかめて。いったい何が起こったんだ？

それから硬い金属が体にぶつかる音がする。が、痛みはない。痛みはないが、テロリストの体を通じて衝撃が伝わってくる。鈍い音が続く。殴られているのはスペンサーではなく、テロリストだ。アレクがライフルでテロリストを殴りつけているのだ。渾身の力を込めて何度も何度も。すると、スペンサーの視界で何かがさっと動く。軽そうな金属の何かだ。やがて眼の焦点が合い、その形が浮かび上がる。拳銃だ——犯人は拳銃を持っている。スペンサーはさらに力を振りしぼる。顎《あご》をテロリストの左肩に食い込ませる。男は右手に拳銃を握っている。スペンサーにははっきりとは見えないが、時折黒い銃身が視界をよぎる。スペンサーは身をくねらせて銃口を避けようとする。が、隠れる場所はない。座席のテーブルと背もたれのあいだの狭いスペースにはまり込んでいて、身動きが取れない。どこにも逃げられない。形勢を逆転することはできない。どうすることもできない。おれは頭を撃たれて死ぬのか？

また銃口が視界をかすめる。ありがたいことにまだ発砲はされない。が、それも時間の問題だろう。

スペンサーは眼を閉じ、少しでも狙いにくくなるように首をすくめて身を縮める。頭を前後に揺らし、テロリストの体を盾にして銃身をかわそうとする。少しでも撃ちにくい角度になるように。しかし、隠れることはできない。身を隠すものもなければ、時間もない。銃身が振り上げられ、スペンサーの頭に突きつけられる。男は引き金を引く。

14

「とうとう来たな！」ローマのホステルのロビーで待っていたスペンサーは、タクシーから降りてきたアンソニーに声をかけた。最後に会ったときと全然変わっていなかった。ただ、今回はキャスター付きの旅行鞄を引いて、カメラを取り付けた自撮り棒を持っていた。スペンサーは呆《あき》れて頭を振った。その恰好はなんとも都会ずれしていた。全身に〝アメリカ人観光客〟――場ちがいとまでは言わないにしても――とでかでかと書かれているようなものだった。

「やばい」とアンソニーは言った。「おれたち、ほんとにヨーロッパにいるんだよな！」

「ヨーロッパだぜ！　信じられるか？」スペンサーはアンソニーの到着を待っていた。旅のすべてを共有したくて、チェックインはふたりそろってからと決めていた。部屋に荷物を置くと、ふたりとも興奮してそわそわしはじめた。さて、これからどうしようか？　宿のホステルさえ新鮮な刺激だった。スペンサーもアンソニーもこういう宿泊所に泊まるのは初めてで、何から何まで至れり尽くせりなことに驚いた。ホステルには驚いたことに――そしてすばらしいことに――バーがあり、レストランもあった。無料のパンフレットが並ぶラックでさえ、じつに寛大な贈りものに思えた。

「よし、まず今夜はどうしよう？」と言うと、スペンサーはカウンターにいた若い女性に尋ねた。「何かお勧めはないかな？　おれたちイタリアに着いたばかりで、こいつはヨーロッパに来たのも初めてなんだ。しかも今日は旅行の初日で」

受付の女性は笑みを浮かべた。「それならぴったりのイヴェントがあります」と完璧で魅力的なアクセントの英語で言った。「このホステルにはバーがあるでしょ？　今夜、そのバー主催のパーティ・バスが出るんです。〝背徳のナイト・トリップ〟っていう名前の」スペンサーはアンソニーを見た。アンソニーは眉を吊り上げた。「二名さまで申し込みしておきましょうか？」と受付の女性は言った。

パーティ・バスが発車したとたん、バーテンダーが立ち上がり、スペンサーには発音できない名前のイタリア・ビールと、カラフルな酒を注いだ男根を模《かたど》った小さなショットグラスを配りはじめた。バスはどこかのバーで停まっては次のバーに向かった。やがて夜の輪郭《りんかく》がぼやけはじめ、バーテンダーはさらにカクテルを配り、参加客の口にも直接酒を注ぎ込んだ。大音量の音楽がビートを刻み、客たちはバスの内部に設置されたストリッパー・ポールを昇っては降り、女の子たちはくすくす笑いながらポールからほかの乗客の腕や脚の上に落っこちた。スペンサーは酔っぱらった。冒険とリキュールとビールと最高の天気とまわりの女の子たちの若くて美しい肉体に酔い痴《し》れた。アンソニーは新しい友達をつくっておしゃべりをしていた。やがて、スペンサーは自分が人生でもっとも切羽詰《せっぱつ》まった尿意をもよおしていることに気づいた。それから、バスは何時間も走りつづけたかのように思われたあと、ようやく停車した。そこは眼下にヴァチカン市国が広がり、遠くにライトアップされたコロッセオが見える見はらしのいい絶景ポイントだった。アルコールで朦朧《もうろう》とした視界の数キロ先でおぼろげな光がスペンサーに向かってまたたいていた。もっとも、彼には歴史をしみじみと振り返っている余裕はなかった。股間を押さえながら駆けだすと、芝生を突っ切り、十九世紀イタリアの戦争の英雄たちの胸像のまえを駆け抜け、馬に乗ったガリバルディの像をすっ飛ばし、遠くで希望の光のごとく彼を手招きしている小さな木――そのときの彼が何より必要としていた、人目を避けられるささやかなスペースを提供してくれるもの――に向かって突っ走った。ギリギリで用を足し、ほっと胸を撫《な》でおろしたときのことだった。酒でむくんだ足を丸石を敷きつめた歩道に踏み出した瞬間、スペンサーは右にふらついて足首を横にひねった。グキッという音が三回、足元から聞こえた。

そのあと焼けつくような鋭い痛みが走った。まずい、足首の骨を折っちまった。アルコールが痛みをいくらか和らげてくれているおかげで、なんとかもう一方の足でバランスを取ることができた。スペンサーは怪我《けが》したほうの足を引きずりながら、石の壁までたどり着いた。四百年前か、もしかしたら四千年前に造られたその壁――誰かがなにやら説明していたが、聞いている余裕はなかった――にもたれ、眼を閉じて痛みをやり過ごそうとした。いったいなんてヘマをしたんだ？　くそっ。離れたところから、なにやら愉《たの》しげに笑うアンソニーの声が聞こえた。それから物音がして眼を開けると、ヘソだしルックのふたりの女の子が彼のほうに向かってくるのが見えた。

「あれ、なんでコノヒト、ひとりぼっち立ってる？」

「あなた、アメリカ人？」

「どうしてひとりぼっちいるの？」

スペンサーは気さくに話しかけてくれた女の子たちを見て、愛想よく対応することに意識を集中させた。すると痛みが引っ込んだ。その頃にはもう時間の感覚を失っていた。アンソニーが撮ったスナップ写真には、壁にもたれ、しなやかな浅黒いふたつの体を両側に侍《はべ》らせ、まるで水を得た魚のように生き生きしているスペンサーが写っており、その写真を見た人はまさか彼の足首が通常の三倍近くまで腫《は》れ上がり、青黒く変色しかけているなどとは夢にも思わないだろう。スペンサーが感じていたよりもずっと多くの時間が流れたあと、彼は参加客の群れについて、よろよろとパーティ・バスに戻った。ブラジル人の女の子たちのどちらか――ルイーザだったか、友達のほうだったか？――に腕をまわして。そうやって、騎士道精神を発揮した。実は、ルイーザ（またはその友達）を杖がわりにしていたのだが。

ホステルに戻ると、アンソニーに先を越された。アンソニーも女の子と一緒に笑いながら歩いていた。が、彼のほうが最短距離を歩いており、スペンサーよりひと足早く部屋にはいった。遅れを取ったスペンサーは、ルイーザ（またはその友達）を振り向かせ、なんとかその場に引き止めようと――なんのためにそんなことをしたのか自分でもわからない――廊下でジョークを言いはじめた。が、女の子のほうはホステルの廊下に立ちっぱなしでいることに飽きて、ほかの愉しみを求めて去っていった。スペンサーは部屋のまえに立ったまま、室内でどんなお愉しみがおこなわれているにしろ、いきなりはいって驚かせないように細くドアを開けて中の様子をうかがった。しかし、部屋ではアンソニーがひとりでいびきをかいて眠っていた。

スペンサーはベッドにもぐり込んだ。まったくさんざんなヨーロッパ初日の夜だった。せっかくひと夏の恋のチャンスが訪れたというのに、それをふいにした自分たちに苦笑しながら、彼は眠りについた。

やばい。スペンサーはずきずきする足の痛みで眼が覚めた。

昨夜の記憶が紗《しゃ》のかかった写真を見るようにとぎれとぎれに甦った。眼を開けて数秒で、バケツ一杯の冷水を顔にかけられたかのような痛みに襲われ、はっきり覚醒した。

シーツを引っぱり上げて足首を見た。眼のまえにあるものが信じられなかった。巨大すぎてとても自分の足とは思えなかった。誰か他人の足のようだった。そもそも足には見えなかった。まるでめった打ちにされた熟れすぎの野菜のようで、両側にふくれ上がり、人体ではいまだかつて目撃したことのないどす黒い色をしていた。スペンサーは口から胃が飛び出そうになった。

アンソニーになんて言えばいい？

こんな足でどうやって三週間ヨーロッパを歩いてまわれる？

スペンサーはアンソニーをつついた。アンソニーも眼を覚まし、うめき声をあげた。「あああああ。いったい何を飲んだんだ、おれたち？」

スペンサーはアンソニーの二日酔いのことなどまるで心配していなかった。背後でアンソニーがうなっているのを聞きながら、もぞもぞと移動すると、足をベッドの端にかけて、下を見ないで数をかぞえた。「一、二……」それからそっと足をおろし、尻の体重を浮かせた。足の裏が床についた瞬間、足首から膝《ひざ》にかけてナイフで向こう脛《ずね》を切り裂かれたような痛みが走り、その鋭い痛みのせいでベッドに押し戻され、呼吸を奪われた。

「アンソニー、なあ……おい、おれの足が大変なんだ。マジで……ひどい」

「ううん」アンソニーはまだ眼を開けていなかった。

「この足じゃ歩けそうにない。ほとんど立ってることもできない」

それでもまだ反応がなかった。スペンサーはアンソニーを揺さぶって起こし、自分の足を見せた。アンソニーの眼が大きく見開かれた。「うわ、これはやばい」

「ビビってるわけじゃないんだけどさ、この足で歩いて旅行できる気がしないんだよな」

アンソニーは首を振った。彼の眼には同情と失望をないまぜにしたような色が浮かんでいた。

旅行はもうおしまいだ。この旅は、おそらく彼らがヨーロッパを旅行できる唯一のチャンスだったのに、終わってしまったのだ、初日で。

スペンサーはよろよろとフロントまで行った。受付係の女の子はあわてて氷嚢《ひょうのう》を取りにいってくれた。

「診《み》てくれる医者を知ってます」と彼女は言った。「すぐに電話します」

アンソニーが階上《うえ》の部屋で二日酔いを覚ますために寝ているあいだ、スペンサーはロビーに坐って足を冷やしながら、心の中でみんなにどう説明するべきか考えた。観光名所を一ヵ所もまわらずに、予約済の高速列車に一回も乗らずに、ヨーロッパ旅行が初日で終わってしまった事情をどう説明すればいいか。医者が奇蹟でも起こしてくれないかぎり、そうした悲惨な結果になることが眼に見えていた。

その医者は奇蹟を起こしそうな名医にはとても見えなかった。あちこちをつつき、X線検査をしてから、レントゲン写真で足首の微小骨折の痕を示してみせた。その痕は新しいものなのか、子供の頃の怪我によるものなのか判別できなかった。それから、スペンサーにイブプロフェンの処方箋《しょほうせん》と百二十ユーロの請求書を渡した。

スペンサーはその日一日じゅう、氷をもらうために部屋とフロントを片足で飛び跳ねて行き来しながら、奇蹟が起こって少しはましになりますようにと祈った。もし明日までによくならなければ――半日でソフトボール大に腫《は》れた足首がよくなることなどあるのだろうか？――彼は明日のフライトで基地に戻ることになるだろう。その日の夜、彼はその残酷な事実を受け入れながらベッドにはいった。青春を謳歌《おうか》するはずの三週間ヨーロッパ周遊の旅が始まるまえに終わってしまったという事実を受け入れながら。ドイツもなし、ベルギーもなし、フランスもなし。

そしてなによりスペインもなし。
たった一日だけのローマ、パーティ・バスの旅。
スペンサーは陽が沈むまえに眠りについた。

15

翌日、スペンサーは失意のどん底で眼が覚めた。今日は基地に帰る手筈《てはず》を整えなければならない。正式に連絡をするまえに、もう一度足の調子を確かめてみよう。そう思いながら、ベッドから足をおろし、床につけて、立ち上がった。彼はたじろいだ。痛みがまた襲ってきたものの、それは鈍い痛みで、怒れるナイフに脚を切り裂かれるような痛みではなかった。膝から下全体を包む込むような鈍痛だった。

スペンサーは少し前かがみになった。痛みはあるが、特に変化はない。体重をうしろにかけたり、横にかけたりした。何歩か歩いてみた。足首はしっかりしている。靴のひもをはずして、足をねじ込んでみた。4サイズ小さい靴を履《は》いているような感じだが、なんとか足を入れることはできた。靴を履いて何歩か歩いてみた。

「アンソニー！　歩けるみたいだ！」

「マジか？」

「これならいけると思う。これなら――旅行を続けられる！」

小さな奇蹟のおかげで、あるいは意志の力によって、ふたりはまた旅行を続けることになった。

次の目的地はヴェネツィアだった。

ローマ駅に到着したヴェネツィア行きの列車は、公共交通機関というより宇宙船のようだった。あるいは、塩類平原《ソルトフラッツ》で地上最速を競うために造られたジェット・カーのようだった。車体がきらきらと赤く光っていて、まるで未来に迷い込んだみたいだ、とスペンサーは思った。

いざ乗ってみると、スペンサーがアメリカで乗っていた電車とはまったくちがうものだった。座席はフラシ天張りのシンプルな造りで、清潔だった。客室乗務員はきちんとアイロンをあてた制服を着て、乗客に飲みものを配っていた。インターネット回線も高速で安定していた。車窓は大きかった。乗客はみんな裕福そうで、きちんとした身なりをしていた。祖国の地下鉄にいるような車両を歩いて金を無心してまわる物乞いも、麻薬常習者も、犯罪者もいなかった。

しかし、いちばん印象に残ったのは、列車が加速する力だ。ささやくような音しかたてていないのに、列車は時速二百四十キロまでスピードを上げ、さらに加速した。車窓の田園風景が早送りした映画のようにぼやけはじめた。そのとき、スペンサーは何か運命めいた予感を覚えた。

列車は静かに、同時に途方もない力で、彼を目的地へと運んでいった。

16

　アンソニーは機嫌が悪かった。初日の夜の騒動のショックが二日後の今日もまだ尾を引いていた。さらに悪いことに、ヴェネツィアで列車を降りた瞬間、じめじめしたうだるような暑さに襲われた。まるで無理やり服を一枚余分に着せられたみたいだった。スペンサーのほうはそこまで暑さは気にならなかった。それより眼のまえの景色にすっかり心を奪われていた。ヴェネツィアが〝水の都〟と呼ばれていることは知っていたが、ここまで……何もかもが水の上にあり、市《まち》じゅうに大小の運河が張りめぐらされているとは思いもよらなかった。人々はまるで車のように船を使っていた。この市《まち》の交通渋滞とは、高速道路でミニヴァンのバンパーとバンパーが連なることではなく、運河でスキフ（小型モーターボート）の船尾と船首が連なることだった。予約したホステルからは水上バスに乗るよう案内されていた。

　ヴェネツィアはふたりに多くの試練を課したが、最初の試練はその水上バスだった。不思議なことに、チケットを購入している人たちがいる一方、何もせずに水上バスに乗り込んでいる人たちもいるようだった。ということは――無料なのだろうか？　よくわからなかった。アンソニーは機嫌が悪く、相談に乗ってくれそうにもなかった。そこで道行く人たちに尋ねてみたが、スペンサーと同様に何もわからないか、英語が話せないかのどちらかだった。結局、水上バスのチケットらしきものを売っている人物――まったくちがうものを売っていた可能性もあるが――に料金を払って水上バスに乗り込み、目的の島をめざした。

ふたりを降ろした水上バスは岸を離れ、大運河《カナル・グランデ》を進みだした。水上バスでの移動は最高だった。冒険心をくすぐられた。また歩けるようになったおかげで、スペンサーはすっかり気力を取り戻していた。一方、アンソニーはスーツケースを転がして運ぶのに苦労していた。バックパッカーのようにヨーロッパをまわる旅行に、そんな鞄《かばん》を選んだのは失敗だったと思い知らされていた。スペンサーはうしろを振り返り、四苦八苦しているアンソニーに言った。「なんで〝バックパッカー〟ってことばがあると思う？　〝ゴロゴロパッガー〟とは言わないだろ？」アンソニーのスーツケースは、スーツを着込んだビジネスマンが国内線の空港で荷物を運ぶのに適した鞄であって、古い石畳の上で引っぱるための鞄ではなかった。そのとき、背後で何かが砕けた音がした。ついにアンソニーはキレた。「くそっ、このくそ鞄！」スペンサーは顔をそむけて必死で笑いをこらえた。アンソニーの手から持ち手が離れ、スーツケースが横ざまに倒れていた。キャスターのプラスティック製留め具が割れて石畳に引っかかっていた。「ちくしょう！」アンソニーは激怒してスーツケースを蹴とばした。「この野郎！」

スペンサーは拳《こぶし》を口にあてて笑いを押し殺した。アンソニーは車輪がひとつ欠けたスーツケースを引っぱりはじめた。一歩進むたびに、車輪を失ったプラスティックの留め具が石畳に引っかかってこすれる音がした。

スペンサーは予約したホステルをめざしていた。が、水上バスの停留所をまちがえて降りたことに気づいていなかった。アンソニーは車輪のひとつ欠けたスーツケースを引いて、島の中を最初は大まわりに、次第に小まわりにぐるぐると歩きまわる破目になった。スペンサーの案内で永遠にたどり着くはずもない角を――「ここを曲がった先にあるはずだ！」――何度も曲がったあと、ようやくホステルがあるのはその島ではないことが判明した。

ふたりは水上バスの停留所に戻った。

うだるような暑さの中、歩きつづけた。

スペンサーは方向感覚をつかむことに集中できないでいた。車のない市《まち》にいるという事実に感激せずにはいられなかったのだ。翼のない飛行機か何かを見ているような気分だった。あまりにも不思議な世界で、あちこちを見上げては感嘆するのに忙しく、立ち止まって方向を調べ、いったい自分たちが今どこにいるのか確認することがおろそかになった。

さらに一時間半、ふたりはぐるぐると通りを歩きまわった。通りには――これはスペンサーにとっても腹立たしいことに――標識がまったくなかった。みんなどうやって現在位置を知るんだ？　必要な道順は全部覚えてるのか？　通りは碁盤の目状に並んでいるわけでも、何か秩序だって並んでいるわけでもなかった。外国人観光客を困らせる目的で通りがつくられているとしか思えなかった。ひとつの輪になった通りが同心円状に連なり、そのあちこちに階段状の橋が架けられていた。もはやアンソニーの血圧を上げる以外の目的があるとは思えなかった。

アンソニーは怒鳴りちらし、汗を流し、〈サムソナイト〉のスーツケースを引きずって、嫌がらせとしか思えない階段をのぼったり降りたりした。この市《まち》には標識だけでなく、店や建物の看板もほとんどないように思えた。これはもう誰かに道を尋ねるべきだ——スペンサーはそう思ってまわりを見まわした。気づくと、人通りがなくなっていた。なんとも気味が悪かった。水の都ヴェネツィアはゴーストタウンだったのか？　イタリアには陽が高く昇り、暑さが耐えられない昼間に帰宅して休息を取る〝昼休憩《リポーソ》〟と呼ばれる習慣がある。スペンサーもあとになってそれを知ることになるのだが、そのときは単にこの市《まち》は寂れているとしか思えなかった。知らないうちに何かウイルス性の病気でも流行したのだろうか？

アンソニーもそのことに気づいて言った。「なんで誰もいないんだ？」アンソニーのなけなしの忍耐はもはや切れかかっていた。「通りの名前はどこに書いてあるんだ？　なんで見つけられないんだ？　このクソ階段はなんのためにあるんだ？」

スペンサーは人の姿を探した。が、たまに頭上の窓から顔を出す人がいるだけだった。ルールのわからないゲームかコンテストに放り込まれたふたりが競い合う様子をのんびり観戦するかのように。

ようやく、夜のローマの公園で尿意をもよおしたスペンサーを手招きした小さな木のように、ホステルのパンフレットで見たロゴと同じ色の小さなロゴが、遠くでふたりを手招きしていることにスペンサーが気づいた。

「あれだと思う!」

アンソニーは何も言わなかった。

「今度こそほんとだって。あれでまちがいない。元気を出せよ、おれたちはヴェネツィアに来たんだぜ!」

うしろを歩くアンソニーから返ってくるのは、カタッカタン、カタッカタンという壊れた車輪が石畳に当たるリズミカルな音だけだった。

やがて大声で外国語を話す声が聞こえてきた。イタリア語だろうか? よくわからないが、明らかに英語ではなかった。ホステルに近づくにつれて、誰かが口論していることがわかった。ホステルの建物にはいると、カップルがフロントにいる女の子を怒鳴りつけているのが見えた。フロントの女の子と眼が合った。どうやら彼女は笑いをこらえているようだった。スペンサーとアンソニーは今さら外に出るわけにもいかず、鞄を隅に置くと小さな玄関の端に立って、彼女が客の怒りを礼儀正しくかわすのを見ていた。

スペンサーはアンソニーを見た。アンソニーは眉を吊り上げた。ようやく怒りを発散させおえたのか、カップルはどかどかと外に出ていった。フロントにいる女の子はくすくす笑いだした。

「なんの騒ぎだったの?」

「お恥ずかしいところを見せちゃってすみません! このホステルにはエアコンがないから警察に通報するって怒鳴られちゃって。こんな暑すぎて眠れない宿は警察に営業停止にしてもらうぞって」

スペンサーは笑った。「中にはそんな客もいるんだね。警察だなんてね」彼は首を振りながらつづけた。「おれたちは警察を呼ぶなんて言って脅さないから」そう言って笑った。フロントの女の子はチェックインの手続きをして、ふたりの部屋を指さした。

部屋の中にはいったとたん、あまりの暑さに膝から力が抜けた。「なんだこれは！」まるでオーヴンの中にいるみたいだった。さきほどのカップルがどうしてあんなに怒っていたのかようやくわかった。室内は外より暑いくらいだった。運河から立ち昇る熱を全部集めてこの部屋に閉じ込めたかのようだった。呼吸もままならない暑さだった。さらにそこらじゅうに蚊がいた。スペンサーは数をかぞえはじめた。途中で数えきれなくなった。おそらく三百匹はいただろう。窓を閉めれば蚊がはいってこないかと思ったが、よろい戸を閉めたとたん、部屋の温度がさらに跳ね上がった。

「こりゃ駄目だ」とスペンサーは言った。「この部屋には泊まれない。こんなところじゃ一睡もできない。あとでなんとかしよう」

アンソニーはただ首を振るだけだった。手元の携帯電話に気を取られていた。

「Wi-Fiは使えそうか？」

「ああ。ジョンからメールが来た」

「ジョン……それってジョン・ディクソンのことか？」アンソニーにはヨーロッパのどこかのセミプロのバスケットボール・チームでプレーしている友達がいた。「そいつはイタリアでプレーしてるのか？」

「ドイツだ。ヨーロッパに来たら連絡しろって言われたんだけど、あいつ、ずっと遠征中なんだよ」アンソニーの携帯の着信音が鳴った。アンソニーは画面を見て言った。「ミュンヘンに来たら会おうって言ってる」

今のところ、ヴェネツィアには一泊しかしない予定だから、ミュンヘンに寄ることもできるだろうとスペンサーは思った。「いいんじゃないか。おれたち、時間を無駄にしてる。今から観光と行こうぜ」彼らはシャワーを浴び、服を着替えると、本島に戻るために水上バスの停留所に向かった。水上バスを待ちながら、スペンサーは運河と建物をバックに記念写真を撮ろうと思い立った。しかし、アンソニーは暑さをしのごうと身じろぎもせずベンチに坐っていた。そのとき、ゴーストタウンの一角から女の子が現われ、同じ停留所で水上バスを待ちはじめた。スペンサーは声をかけた。「あの、すみません、英語は話せますか？」

彼女は笑って言った。「うん、話せる」

「よかった、カメラのシャッターを押してもらえるかな？」

「いいわよ！」スペンサーはポーズを取ってから、彼女の写真も撮ってあげようかと尋ねた。

「大丈夫。もういっぱい撮ったし。旅を始めてずいぶん経つから」

「ひとりで？　おれはスペンサー。話は変わるけど」

彼女はまた笑った。「こんにちは、わたしはリサ」

「初めまして。それでこっちのやつが――アント！　立てよ。この子はリサ、リサ、こいつはアント、またはアンソニー」

「やあ、よろしく」

スペンサーはふと思いついた。「おれたち、これから中心街に行くんだけど、よかったら一緒に行かない？」

スペンサーとアンソニーとリサは一緒に混雑した市場を歩いた。アンソニーは自撮り棒を取り出して、撮影を始めた。ようやく機嫌が直ったようだった。三人はゴンドラに乗ることにした。なにしろ〝ローマにいるときはローマ人に従え〟と言う諺《ことわざ》もあるではないか——そこはローマではなかったが。ゴンドラ乗り場に行き、列に並んでいた観光客のカップルと世間話をした。彼らはマレーシア人の夫婦だった。アンソニーがみんなで一緒に乗って料金を割り勘にしようと提案し、話をまとめた。順番が来ると、ひとりずつゴンドラに乗った。マレーシア人の女性、その夫、リサ、それからスペンサーとアンソニー。次々と客が乗り込んでくるので、ゴンドラの漕ぎ手は眼を丸くしたものの、揺れる舟を安定させ、岸から漕ぎだした。オールを巧みに操りながら急カーヴを曲がって狭い水路を進み、石壁にぶつかりそうになると片足で壁を蹴って軌道修正した。五、六回ほど危うく転覆しかけて、そのたびにマレーシア人夫婦から「おっと！」という声があがった。広い運河に出ると、揺れが大きくなった。が、そんなふうにひやりとさせられた瞬間を除けば、だいたいのところゴンドラは狭くこぢんまりした水路をのんびりと進んだ。水路につながる船庫《ふなぐら》の扉のまえを過ぎ、橋の下をくぐり抜け、水辺のレストランで食事をしている人々のそばを通り過ぎた。その一部始終を、アンソニーはカメラに収めた。

夏の夜があの魔法のように穏やかな空気をまといはじめた。スペンサーは無防備な開放感を味わっていた。マレーシア人夫婦は愉しい人たちだった。新しい友人たちと狭い舟の上で身を寄せ合い、ライトアップされた市《まち》の中を水面《みなも》に揺れながら進む――そんな温かな時間が流れた。

リサはニューヨーク出身、夏休みを利用してヨーロッパをひとりで巡っているところで、ヴェネツィアでは地元の家庭に数日間ホームステイしていた。そんなふうに旅費を節約しつつ、旅先で片言のことばを覚えながら旅をするのが好きなのだそうだ。ゴンドラを降りると、彼女は有名な教会やお気に入りの景色の写真を見せてくれた。混雑した市場を歩きながら、アンソニーは自撮り棒を旗手のように高く掲げ、まるでカメラなど持っていないかのように、ヨーロッパを探検する自分自身をさりげなく撮影していた。リサが教養のある女性であるのは明らかだった。で、ふたりは今夜ばかりは思いきって奮発することにした。中心街の高級レストランのまえを通りかかると、アンソニーが店の中をのぞいて言った。「ええい、どうにでもなれ！　ここにしよう」

三人は自家製パスタを注文した。アンソニーは珍しいことに――スペンサーも初めて見た――グラスワインを頼んだ。そこでスペンサーは提案した。「みんなでボトルワインを頼もうか？」三人はワインをひと壜注文した。スペンサーもアンソニーもそんなことをしたのは初めてだった。短パンにTシャツという恰好で、仕立てのいいスーツを着たウェイターに給仕され、彼らはキャンドルのともるテーブルでディナーを大いに愉しんだ。ワインを飲みながら、リサがふたりの旅行の計画について尋ね、聞きおえると言った。

「すごくいいじゃない――フランス以外は」

「どうして？　フランスは好きじゃないの？」

「ううん、パリはまあいいんだけど。フランス人って無礼なところがあるっていうか」スペンサーはアンソニーを見た。アンソニーは肩をすくめた。リサは顎を引いて、眼を細めてふたりを見ると言った。「ねえ、フランスはやめといたらどう？」スペンサーはみんなのグラスにワインを注ぎ足した。

食後、三人は洗練されたヴェネツィア人を気取って広場をそぞろ歩きした。店をのぞいて家族におみやげを買ったり、広場で売られているちゃちな玩具の光るヘリコプターが何十メートルも飛び上がるのを見て驚いたりした。物売りや大道芸人がどこからともなく現われては、彼らに商品を見せたりパフォーマンスをしたりした。三人は雑多な喧騒そのものを愉しんだ。リサと一緒にジェラートも食べた。さらに歩きつづけると、路上でクラシック音楽を弦楽四重奏で演奏している人たちと出くわした。そのカルテットは三人がそばを通り過ぎた瞬間、イギリスのロックバンド、コールドプレイの『美しき生命』を奏ではじめた。まるで、天にいる音楽番組の司会者が近づいてくる三人を見て、彼らだけのために最新の曲を演奏させようと思いついたかのように。

ホステルに戻ったスペンサーとアンソニーは、サウナのような部屋で眠るまえに、涼を取るために屋上に上がった。スペンサーは煙草《たばこ》に火をつけた。ふたりは海を見つめた。

背後でアンソニーがぽつりと言った。「なんかずっと移動ばかりしてる気がする。もう少しペースを落としたほうがいいのかも」

スペンサーは言った。「そうだな。一都市にひと晩ずつじゃなくて、もう少し長く泊まってみることにしようか」はるか遠くで閃光が見えた気がした。彼はアドリア海の向こうをじっと見つめた。背後ではヴェネツィアの市《まち》の明かりがきらめき、眼のまえに広がる空はほとんど真っ暗だった。また閃光が走った。どこか遠くで雲が一瞬きらめいた。奇妙なことに、遠くでは千分の一秒の尋常ではないエネルギーが轟きながら大地を引き裂いているはずなのに、ここではなんの音もしなかった。ただ無音の光が一瞬きらめき、遠くのどこかで何かが起こっていることを暗示しているだけだった。とはいえ、空気には湿気が感じられた。あの雲はこちらに向かってくるはずだ。

「嵐が来るまえに部屋に戻ろう」

17

ミュンヘンはどこもかしこもメルセデス・ベンツとBMWだらけで、タクシーでさえ例外ではなかった。アンソニーは高級車だらけの市《まち》に圧倒された。今回は一刻も早くホステルに到着して、メールをチェックしたがったのはスペンサーのほうだった。次の配属先の内示の連絡が来ることになっていたのだ。

「ハラル・ショップ（イスラム教徒向けの食材を売っている店）がたくさんあるな」とアンソニーは言った。イスラム教徒の多さに眼を奪われているようだった。市《まち》じゅうに中東出身らしき人々がいた。が、スペンサーは気にとめていなかった。さまざまな米空軍基地にいる自分を想像するのに忙しかった。次はアメリカの田舎《いなか》だろうか？　それともハンガリーのパーパ空軍基地か？　ヨーロッパのどこかだろうか？　もしかしてこの旅で訪れる国のどこかとか？　もしそうなったら面白い。スペインのモロン空軍基地か、それとも、ここドイツのラムシュタイン空軍基地だろうか？

そこまで考えて、スペンサーは大事なことを思い出した。「ネットに接続してアレクがどこにいるのか確かめないと」

「わかった。それにしても、ケバブのレストランが多いな。頭を布で覆《おお》ってる女の子がいっぱいいる」

「ヨーロッパはどこもそうじゃないか？」とスペンサーは言った。

「おれはハンバーガーが食べたい。〈マクドナルド〉を見つけないと」

「マジか？　〈マクドナルド〉だって？　もうアメリカン・フードが食べたくなったのか？

地元の名物料理を食べようぜ」

「ここの名物料理ってなんだ？　そう……〃プレッツェル〃とか？」

「ううん……ソーセージじゃないか？」スペンサーはアンソニーのことばを半分聞き流しながら、地図を再確認していた。

「〃ジュニッツァー〃だったかな」

「〃ジュニッツァー〃？　〃密告屋《スニッチャー》〃？　なんだよ、それ？」

「あっただろ、〃ヴィンナー……スニッチャー〃とかいうの」

「そんなのないよ」

「いや、あるって」

「なあ、なんの話をしてるんだ？」

「ううん」とアンソニーは言った。「とにかく、おれはビッグマックを食べたいんだよ。今すぐ」

「いいよ、わかった。急いで食っちまおう。そのあと宿に行って、おれの未来がどうなるのか確認しなくちゃ」

脂《あぶら》っぽいアメリカン・フードをたらふく食べたあと、ふたりはホステルを見つけた。今回はヴェネツィアのように騒々しい喧嘩《けんか》に出迎えられることはなかった。さっそくＷｉ－Ｆｉに接続すると、アンソニーは友達のジョン・ディクソンにメールを送った。「ジョンはまたどっかに行ってるんだって。ここより北にある町にいるみたいだ。あいつが言うには……」

一方、スペンサーはアンソニーの話をほとんど聞かずに、アレクにメールを打った。〝次はベルリンに行く〟

〝わかった〟とアレクは書いてきた。〝だったら、ベルリンで会えるようにするよ〟

そうこうするうちに、上官から待ちに待った知らせが届いた。スペンサーは大声をあげた。

「すげえ！」

「どうした？」アンソニーがやってきた。

「ネリスだ！　次の配属先はネリス空軍基地になった！　ラスヴェガスに行くことになった、やった！」スペンサーは、あまりにも嬉しくて申しわけない気持ちになるほどだった。アゾレス諸島のような楽園の島にある基地に赴任したあと、世界じゅうのどこに配属されてもおかしくなかったのに――イラクやアフガニスタンの可能性も、グリーンランドやウズベキスタンや台湾の可能性もあったのに――自宅から飛行機で短時間で行けて、しかもアンソニーの親戚がいる土地に配属されたのだ。

「うわ！　そりゃ祝杯をあげなきゃ！」

スペンサーがグーグルでバーを検索し、ふたりはホステルのいちばん近くのバーに繰り出した。

行ってみると、そこは娼婦のいるようなバーだった。店内は文字どおり真っ赤な光で照らされ、奇妙な装飾が施されていた。首を切り落とされたバービー人形が並んでいたりして、誰かがLSDでトリップしたときに考えついたような倒錯的な空間だった。ふたりはビールを注文した。周囲には会話を愉しめるような興味深く──そして危険のなさそうな──相手がいなかったので、ビールを飲みおえると、早々に奇天烈《きてれつ》な世界から逃げ出した。よろめきながら通りに出ると、ゲイのパレードが通過するところだった。スペンサーが母親から聞いた大壜のビールが飲めるお勧め店のことを思い出し、ふたりはタクシーを呼んで行ってみたが、店内はがらがらだった。

次にクラブを見つけてはいったが、そこもほとんどががらがらだった。

それからサルサ・バーにはいった。スペンサーはだんだん自分がどこにいるのかわからなくなってきた──ドイツでラテン・アメリカ音楽？　アンソニーは次のクラブに行きたがったが、スペンサーは一風変わった店にも飽きてきて、疲れてもきた。ふたりはそこでその夜はお開きにすることにした。体力を温存しておこう。何も無理に夜遊びをすることはない。ふたりはミュンヘンは一泊で充分だろうと考え、翌日にはベルリンに向かうことに決めた。

ベルリンはきっと愉しめるような気がした。スペンサーは胸を躍らせた。ベルリンのことを考え、旅行のあとヴェガスに赴任することを考え、最終目的地のスペインのことを考えてわくわくした。
彼らの旅にも勢いがついてきた。

18

ベルリンのホステルは電車の駅から遠く離れたところにあった。ベルリンには石畳が多く、アンソニーのスーツケース——それに彼の機嫌——を脅《おびや》かした。少なくともドイツには標識があり、市《まち》は計画的に造られていて、それはヴェネツィアよりいい点だったが、標識に書かれた単語がやけに長くてあまり役に立たなかった。電車を降りてからホステルに到着するまでに一時間もかかった。

しかし、ホステルに着いてみると、ふたりは運が上向いたことを知った。広々とした部屋にツインベッドが置かれ、室内は清潔で涼しかった。ヴェネツィアのオーヴンのような部屋で寝苦しい夜を過ごしたことがトラウマになっていたスペンサーは、ほっと胸を撫《な》でおろした。シャワーを浴びて着替えをし、スペンサーはイブプロフェンを飲んだ。足はまだ炎症のせいで変色して腫《は》れていたが、徐々によくなっているようだった。少なくとも、さんざん歩いているにもかかわらず、悪化はしていなかった。それから階下《した》に降りた。盛り上がれるようなお薦《すす》めの店を教えてもらおうと、スペンサーがフロントの女性に話しかけたとき、アンソニーが横から口を出した。「あそこの店の看板、〝ルイジアナ・ソウルフード〟って書いてあるよね？」

「ええ、アメリカの……〝家庭料理《ホームスタイル・クッキング》〟って言うんだったかしら？」

「うわ、ほんと？　ベルリンにソウルフード？　なあ、スペンサー、こりゃ、味を確かめにいかないと」

そんなわけで、ふたりはベルリンでソウルフードを食べた。フライドチキン、マッシュポテト、カラードグリーン（野菜の一種）、コーン。スペンサーはたらふく食べた。アンソニーは料理の味には合格点を出したが、ファンタだけは例外で、不満そうな顔をした。「なんか気持ち悪い味がする」そう言って壜を持ち上げると、ラベルをじっくり見た。「たぶん本物の砂糖が使われてるせいだな。これは好きじゃない」

そのファンタを除けば、ベルリン滞在は上々のすべり出しだった。

翌朝、スペンサーとアンソニーが黙って朝食を食べていると、女の子がやってきて、ほかに十以上も空いているテーブルがあるにもかかわらず、彼らの隣りの席に坐った。その女の子はスペンサーをじっと見て、それからアンソニーを見た。そして、早朝には不釣り合いなほどエネルギッシュに言った。「おはよう！　わたしはクリスティ！」

「え……」スペンサーは驚いてことばにつまった。「ああ、初めまして」彼はアンソニーをちらりと見た。この子、おれたちを逆ナンしてるのか？

「クリスティ、やあ」アンソニーは手を拭いて差し出し、握手した。「おれはアンソニー。こっちはスペンサー」

「で」と彼女は言った。「ふたりは今日はどうする予定なの？」

「えっと」スペンサーはまだ新しい食事相手に戸惑ったまま答えた。「朝食を食べたら計画を立てようと思ってたとこなんだ」

アンソニーが口をはさんだ。「何かお薦めはある？」

「わたしは自転車ツアーに参加するの。一日に二回あるんだけど、十時からの回に行くつもり。よかったらあなたたちもどう？」

クリスティは逆ナンしているわけではなく、単に気さくでエネルギッシュなだけなようだった。リサといい、クリスティといい、アジア系の女の子たちのあいだではヨーロッパひとり旅が流行《はや》っているのか？　とはいえ自転車で観光するというのは悪くない考えに思えた。足に体重をかける時間を減らすことができる。それに、旅先で出会う女の子たちがそろいもそろって、どこへ行って何を見るべきかとっておきの情報を知っているというのも何かの縁のような気がした。まるで行く先々で彼らのまえに神託を授けるガイドが現われるみたいだった。

自転車ツアーの参加者は一列縦隊で道路を走った。時折自転車を停めて、歴史のミニ講座が開かれた。スペンサーにとっては、学校で習ったどんな内容よりもわかりやすかった。当然だ。実際に見て学ぶほうが理解しやすい。あるいは、自主的に学んでいるせいなのか、外の空気に何かがあるのか、ともかく理由はなんであれ、何もかもが重要なこととしてすんなり頭にはいってきた。もしかしたら、ツアー・ガイドのおかげかもしれない。ベルリン在住のそのロンドンっ子のガイドは、つばをうしろにして帽子をかぶり、サングラスをかけた――かけなくても困らないんじゃないかとスペンサーは思ったが――ヒップスター風の痩《や》せた男だったが、知らないことはひとつもないかのようになんでも知っていた。また、彼が案内する史跡はどこも戦争に関連したところのようだった。かつて世界が直面した大きな危機を思い出させるツアーのようだった。

フンボルト大学のまえでは、ナチスが数千冊の本を焼き払った場所を見学した。この大学の学生たちは毎年書籍の特売セールをすることで過去の邪悪な力に対抗しようとしている、と男性ガイドは言った。「それが本を人々に取り戻す彼らなりの方法なんです」ガイドは片足を地面につけて自転車にまたがったまま、ツアー客を見まわすと、最後にスペンサーだけを一拍長く――まるでそれがスペンサーにとって特別意味のあることだとでもいうように――見つめて言った。「歴史とされているものを変えるための」

彼らはさらに自転車を漕ぎ、パリザー・プラッツで停車した。そこはフランスの首都の名前を冠した広場で、正面には、頂上に銅像のある六階建ての高さの柱を並べて造られた門があった。その何かがアンソニーを惹《ひ》きつけたようで、ほかのツアー客から少し離れて、写真を撮りはじめた。やがてカメラをおろすと、どこか腑《ふ》に落ちないといった顔でじっと門を見つめた。スペンサーも眼を細めて門を見上げた。

「これはブランデンブルク門」とガイドが言った。「あなた方のレーガン大統領がゴルバチョフ書記長に対して〝ベルリンの壁を壊しなさい〟と言った場所です」その門の頂上には四頭の馬が戦闘馬車《チャリオット》を牽《ひ》いている銅像が載っていた。『グラディエーター』に出てきたような馬車だった。が、そのチャリオットに乗っているのは翼の生えた女性だった。「あのように女神を乗せた四頭の馬で牽くタイプのチャリオットの銅像は」とガイドは言った。「〝クアドリガ〟と呼ばれています。〝クアド〟というのは、アメリカ人のみなさんにもわかるでしょう。〝四〟という意味です」ガイドの話によると、あのクアドリアに乗っているのは勝利の女神ヴィクトリアだが、噂の女神ペーメーが乗っている銅像も多いそうだ。

このクアドリガには、さらに興味深いエピソードがあった。最初にチャリオットに乗っていたのは、エイレーネという平和を司《つかさど》る女神だった。しかし、エイレーネの乗るチャリオットは、ベルリンを制圧したナポレオンに戦利品として奪われ、フランスに持ち去られた。やがてプロセイン軍がパリを占領したとき、チャリオットはベルリンに戻された。その際、チャリオットに乗っている女神は、エイレーネから勝利の女神ヴィクトリアに変更されたのだという。

アンソニーはツアー参加客の輪に戻ってきて、ガイドの説明の最後の部分だけを聞くと首を振った。「持っていくにはちょっとでかすぎだよな。あんな像をどうやってまるごと盗むんだ？　建物を一棟盗むようなもんだぞ？」

それからガイドはツアー客を国境検問所《チェックポイント・チャーリー》跡に連れていき、それから総統地下壕《フューラーブンカー》に案内し、ソ連軍に攻め込まれたときにヒトラーが自決した場所だと説明した。

「えっ、それほんとですか？」と言うと、スペンサーは困惑してアンソニーの顔を見た。アンソニーも同じように困惑していた。スペンサーは続けた。「ヒトラーはアメリカ軍が攻め込んだとき、イーグルズ・ネストで自殺したんだと思ってました」

「それはあなたたちの教科書がまちがっています。えっと……約七百キロメートル、南にずれています。ヒトラーの別荘ケールシュタインハウス、別名イーグルズ・ネストはここより南にありますから。ヒトラーは自殺したとき、妻のエヴァと一緒にこのフューラーブンカーにいました。ちなみに攻め込んだのはソ連軍です。悪が倒されたときにはいつでもアメリカ人の手柄になるわけじゃありません」

よく考えてみれば、驚くにはあたらないことかもしれない。スペンサーはそう思った。たぶん珍しくもないことなのだろう。人はつい自分をヒーローにしたくなるものだ。アンソニーも自分も同じことをしていたのではないか？　自分の家のまえで、エアガンで戦争ごっこをしていたときに。『ブラックホーク・ダウン』や『プライベート・ライアン』を見たあと、日曜の午後に一緒にかっこいい戦争のエピローグを勝手に創作していたときに。

ガイドは参加客を急がせ、次の観光スポット――虐殺されたヨーロッパのユダヤ人のための記念碑――に向かい、自転車を停めると、石碑の広場の中を歩いてまわった。外から見ると、計画的に整備された単調な墓地のように規則正しく整然と石碑が並んでいるように見えた。が、実際に歩いてみると方向感覚が失われた。地面から数センチの高さしかない石もあれば、スペンサーの二、三倍の高さのある石もあった。足を踏み入れたとたん、迷路に呑み込まれたかのようだった。ある瞬間、完全に影の中にいたかと思えば、次の瞬間には鋭い光線に行く手をさえぎられた。

いっときひとりきりだと思えば、次の瞬間には、いきなり横から現われたほかの観光客の一団とぶつかることもあった。

アンソニーはカメラを高く掲げて、数歩うしろからついてきた。

ガイドが戦勝記念塔を指さした。その建造物もまたアンソニーを驚嘆させたようだった。

「公共の場にあんなに金ぴかな像を置いとくなんて！　誰かがよじ登って盗んだりしないのか？」

それから一行はランチに立ち寄った。そのとき、ふたりはクリスティがどんな人物なのかもう少し詳しく知ることになった。このいちばん新しい旅の友はふたりに、このさきの旅行に関する有益なアドヴァイスをいろいろと与えてくれた。彼女はフランスのこともよく知っていた。彼女が育ったのはフロリダだが、パリで仕事をしているのだ。

「フランスでは何をしたらいいと思う？」とアンソニーが尋ねた。

「あなたたちはフランス語を話せる？」

「まさか！　全然。ふたりともしゃべれないよ」

スペンサーは笑ってつけ加えた。「おれたち英語だって怪しいもんな」

「そっか。わたしはフランス語をけっこう話せるの」

「どれくらいで話せるようになった？」

「向こうに住んで四年になるわ」と言ったあと、クリスティは驚くべきことを言った。「だけど、旅行ならフランスにはそんなに長く滞在しなくてもいいと思う。むしろ、行くべきなのかどうかもわからないっていうか」

「え、それはパリに行くのはやめとけってこと?」

「うん。やめといてもいいかも。もしわたしだったらやめとくな。フランス語を話せない人は無礼な態度を取られたりするし。物価もすごく高いし。それにフランス人はアメリカ人のことがあんまり好きじゃないから」

スペンサーはちょっと考えてから、アンソニーを見た。

「パリを誉める人が全然いないな。行くのはやめといたほうがいいのかも」

アンソニーは肩をすくめた。「エッフェル塔と一緒に写真を撮りたい。やっぱはずせないよ」

「そうだけど。でも、わざわざ行くほどの価値があるかな?」スペンサーは、出会った人たちが口をそろえてパリを悪く言うので、行き先からはずしたほうがいいのかもしれないと考えはじめていた。「ちょっと考えてみようぜ。まっすぐスペインに行ってもいいし」

アンソニーはうなずいて、サンドウィッチを食べた。そのあとしばらくして言った。「なあ、クリスティ、あっちじゃ何をしてるの?」

「あっちってどこ?」

「パリだよ。仕事は何をしてるの?」

「ああ! ニュース専門局で働いてるの」

19

自転車ツアーのあと、ふたりはホステルに帰った。いくつか用事をすませるために、アンソニーはWi‐Fiを使いに部屋に戻った。友人のジョンが今どこにいるのかメールで確認しないといけないと言って。

スペンサーはホステルのバーで彼を待つことにした。

ストゥールに腰かけ、クリスティのアドヴァイスについて考えた。何か気になった。ビールを注文したついでに、フランス行きをやめるべきかどうか、バーテンに訊いてみようと思った。

少し離れて坐っているバーカウンターの客が声をかけてきた。「このあとどこへ行くんだい？」

スペンサーは声のほうに眼をやった。ここには場ちがいな男だった。五十代半ばなのにユースホステル？　ぼさぼさの長い髪に、身につけているものは窮屈そうな革製のものばかりだ。かすれた声でしゃべるアクセントはわかりにくかったが、ドイツ訛《なま》りではないかとスペンサーは思った。

「フランスに行って、最後はスペインに行くつもりです」とスペンサーは答えた。「でも、いろんな人からフランスはよせって言われてて。どっちみち、いちばん行きたいのはスペインなんだけど」

「アムステルダムは?」声のかすれがひどかったので、スペンサーは少し体を寄せてようやく何を言っているのか聞き取ることができた。

「いや、アムステルダムには行きません。考えたこともあるんだけど、時間が足りなくて」首を横に振りながら男は言った。「時間をつくってでもアムステルダムには行ったほうがいいよ」

スペンサーは男をじっと見た。髪を伸ばしたり、なかなか勇気のいる服を着ることで、苦労のために実際より老けて見えるのをごまかそうとしている、そんな類いの男に見えた。

「そうなんですか?」

「今、そこから帰ってきたばかりでさ。バンドと一緒に」

「え? バンド……?」

「バンドだよ、おれのバンド。アムステルダムに行ってたんだ」

「へえ、バンドをやってるんですか? どんなジャンルの?」

「もっぱらハードロックだ」

「すごいですね。ほかのメンバーもドイツの方ですか?」

「ドイツじゃない」男は不満そうだった。「おれはスウェーデン出身だ」そう言って、ビールを飲んだ。「あそこに行ったときのおれのお気に入りの過ごし方を教えてやるよ」スペンサーは聞き洩らさないように身を乗り出した。「幻覚トリュフを買い込んで田舎《いなか》に出かけるんだ。それで何をすると思う?」

スペンサーは相手に調子を合わせて尋ねた。「何をするんです?」

男はにっこりと笑い、間《ま》をおいて、その間を愉《たの》しんでから言った。「何も。何もしないのさ。ただまわりの景色を眺めるんだ」

スペンサーは笑った。「それも悪くなさそうですね」

「ほかにもいいところがある。おれみたいにドラッグをやらなくてもな。あそこの人たちは世界でいちばんいい人たちさ。それに、ほとんど英語が話せるしな」彼はウィンクして続けた。「美人も多いぞ。歴史も古い」

スペンサーはうなずいた。心惹《ひ》かれる話だった。頭の中で彼のこれからの予定が変わりはじめていた。

「友よ、悪いことは言わない。フランスのことは忘れて、アムステルダムに行け。絶対そのほうがいい」

スペンサーのうしろでドアが開き、アンソニーがはいってきて隣りのストゥールに坐った。

「新しい友達?」

「ああ。なあ、聞いてくれ。予定を変えたほうがいいかもしれない」そう言って、少し離れて坐っている新しい友を見やった。

アンソニーは手を振ってバーテンを呼びながら言った。「そうなのか？」

「ああ、アムステルダムに行くべきだと思う」

　銃身をスペンサーの頭に向け、男は引き金を引く。カチッという音がスペンサーに聞こえる。それでもまだ生きている――なんで？　いったい何発撃たれそうになったんだ？　男はまた引き金を引くだろうか。アレクは男の手をつかみ、発砲するまえに拳銃をもぎ取ろうとしている。男の動きを封じようと、スペンサーは腕に力を入れるが、何か黄色いものが視界を横切る――刃物に反射した光だ。男の手から拳銃はもうなくなっている。が、スペンサーはまだ身動きが取れない。カッターナイフが振りおろされるたび、男の首に自分の頭を押しつけるくらいしかなすすべがない。何か冷たいものが首に沿って引かれる感覚があり、大量の血が見える。そのときお互いの体が反対方向に動き、男の肩の上に置かれた自分の親指がちらっと見える。恐怖が稲妻のように体を突き抜ける。骨だ――おれの骨が見える。親指が反対方向に曲がり、皮一枚でつながっているように見える。だから最初はわからなかったのだ。まるで自分の体じゃないみたいだ。映画に出てくる誰かの体を見ているようだ。スペンサーは自分の叫び声を聞く。必死にもがき、男の体から少しでも離れようとしている自分がいる。自分の声が「カッターナイフを持ってる！」と叫んでいるのが聞こえる。体を反らせて蹴りながら男を引き離し、通路の真ん中まで押し出す。

　そこにはアレクとアンソニーが立って待ち構えている。

スペンサーはよろめきながら立ち上がる。

左側にはアレクがいる。

右側にはアンソニーがいる。

男はその真ん中で身をかがめている。

一瞬、四人は動きを止める。三人の友人とひとりのテロリスト。今何をすべきなのか、誰もわかっていない。通路に突っ立ったままスペンサーもほかの者たちもはっとした表情を浮かべる。その瞬間、四人全員が同じことに気づいたかのように――厄介なことになった、と。

いっときが過ぎる。スペンサーはふと列車の中で鳴り響いている警報に気づく。いつから鳴ってるんだ？　その音はひどく耳障りで大きい。ずっと鳴っていたのか？

また一瞬、間があく。

まずアンソニーが男に殴りかかり、その拍子に男はアレクのほうに押しやられる。すると今度はアレクが二発ジャブを放つ。しまいには全員で殴りかかって男を屈服させようとする。それでも男はなかなか倒れない。スペンサーは新しい怒りが込み上げてくるのを感じて、負傷していないほうの手を男の背中にまわして頭をつかみ、反動をつけて思いきりテーブルに打ちつける。アレクは男を抑え込もうとするが、激しい抵抗にあう。痩《や》せているのになんて力だ。スペンサーはまた驚く。

「じっとしてろ！」とアレクが叫び、男の頭に拳銃を押しつける。男はじっとするどころかカを込めて体を回転させようとする。スペンサーは全体重をかけて男の顔がテーブルから離れないように抑え込む。それでも男は力まかせに体を回転させようとする。首から体がもげてしまいそうなほどに。

「暴れるな!」とアレクがまた叫ぶ。「動くな! じっとしてろ! 抵抗するんじゃない!」

スペンサーにはこれから起ころうとしていることがわかる。まるでもう起こってしまったことのようにはっきりとわかる。アレクはスペンサーが男を抑え込んでいるあいだに男を撃つつもりだ。こいつの頭の破片がおれの体じゅうに飛び散る。

アレクは拳銃のスライドを引く。

スペンサーは考える。おれたちはこの男を処刑するんだ。

アレクは引き金を引く。

何も起こらない。

アレクは薬室に弾丸《たま》を送り込もうと再度スライドを引く。今度は容赦なく銃を男の頭に押しつけて引き金を引く。

またしても弾丸《たま》は発射されない。男の抵抗はさらに激しくなる。スペンサーは男の肩をつかんで体を回転させながらうしろ向きに跳ぶ。座席を跳び越え、前腕を男のあごの下に食い込ませて首を絞め、頸動脈を圧迫して脳を酸欠状態にしようとする。

スペンサーには何も見えない。

力は戻ってきていてもそう長くは持ちそうにない。額の傷口から流れる血が顔を伝い、まぶたが腫《は》れ上がってほとんど眼を開けることができない。首からも血が流れているが、どこに傷があるのかもわからない。切断されかかっている親指からの血で手はぐっしょりと濡れている。武器はどれも使いものになりそうにない。テロリストを屈服させることはできそうにない。さっきまで男が持っていたカッターナイフも見あたらない。

男は拳《こぶし》をうしろに突き上げ、スペンサーの顔を殴ってくる。

「まだ抑え込めてない！」アレクが叫んでいる。裸絞めの効果的なかけ方を親友が教えてくれようとしている。「もっと深くだ」スペンサーは腕の位置を調整するが、まだちゃんと首を絞めることはできていない。そのとき記憶が甦る。ポルトガルでの柔術の練習中の中佐の怒鳴り声。「フックを使え！　フックを！　腕だけじゃない、肝心なのは脚だ！」スペンサーはかかとを小刻みに動かしながら男の両脚のあいだにねじ込ませ、そしてうしろに思いきり引く。男の力が少し弱まり、前腕がすっぽりと男の首にはまったのがわかる。ジグソーパズルのピースが所定の位置にはまったように。

体を反《そ》らし、体重をかけて裸絞めの絞めつけを強める。安定感がある。

男はまだ拳を開いて手を突き出してくるが、スペンサーはあえてそれに向かって体をかがめ、パンチを受けながら絞めつける。今までの練習を信じて。アレクを信じて。やがてパンチが弱まるのを感じる。ついに開かれたままの男の手がだらりとスペンサーの顔にかかる。

スペンサーは眠りに落ちる。警報がすすり泣くようにまだ鳴り響いている。

アイユーブ

アイユーブは二〇〇七年に父親を追ってヨーロッパに渡った。

アイユーブの父親はスペインの首都で一旗揚げようとしていた。父親と合流したアイユーブはそこからトラブルに巻き込まれるようになる。

二〇〇九年、ハシシ販売の容疑で逮捕された。[1] 自分では麻薬を使わなかったが、ほかに金を稼《かせ》ぐ道はほとんどなかった。

アイユーブはそもそも信仰深い男ではなかった。だから、麻薬でハイになっている連中と一緒にいても気にならなかった。それより自分はアスリートだという意識があった。特にフットサルがお気に入りの気ばらしだった。

二〇一三年、一家はスペイン南部の〝蜂蜜の川〟というミエル川の河口、ジブラルタル湾に面したアルヘシラス市に移り住んだ。

そこは居心地の悪い格差の市《まち》だった。大西洋に向かう船舶の計量所で、巨大な貨物船のすぐそばには小さな釣り船が無数に浮かんでいた。豊かな漁場のある港であると同時に、そこは世界でも有数の積み替え港でもあった。毎秒何百万ドルもの商取引がおこなわれていたが、アイユーブは貧しい移民の中で暮らし、住民の半数近くが職を持たない人々だった。[2] 何千トンもの貨物を積んだ船が行き交う一方、アイユーブのまわりでは、鉄くずやハシシを売るしか金を稼ぐ方法がなかった。まわりには美しい自然が広がっていても、アイユーブが住んでいたのは白いペンキの剝《は》げかけた築数十年というおんぼろ公営住宅だった。[3]

伝説では、この市《まち》には預言者ムハンマドの五十メートル近い巨像が立っていたといい、キリスト教徒が侵略してくることをイスラム教徒に警告するために巨像が建てられた、という説がある。[4] 別の説では、巨像は魔法と風と潮の流れで市《まち》を守り、巨像が崩れ去ったときに初めて船舶が行き交い、世界との貿易が可能になる、とも言われていた。

現代のアルヘシラスは路地や横道が入り組んで迷子になりやすいところだが、望楼が多いことで知られるアンダルシアにある。アイユーブが移り住んだ地域はかつては商人の楽園と呼ばれており、商人たちは、人や貨物の往来を望楼から見張っていた。アイユーブの家族の中にも商人はいた。父親はがらくたを売り、アイユーブはハシシを売った。ふたりとも自分たちでは使わないものを売っていた。ふたりには望楼はなかった。ふたりが住んでいた公営住宅からは、主にアメリカからやってくる人も貨物も見えなかった。

アイユーブは普通の若者だった。ビーチでは友人たちとよくサッカーをしたが、同じ年頃の若者たちと同じようにいつも職を探していた。[5] 二〇一二年にはモロッコに帰ったが、そこでもドラッグ販売の容疑で逮捕された。[6] その後スペインにまた戻ってきたときにはもうやめようと思った。ドラッグの世界から抜けたかった。[7] もうたくさんだった。もっとましな生き方がしたかった。

　しかし、ふたつの大陸をつなぐ主要な通過点であるアルヘシラスの市《まち》には、職を持たない下層階級の人々が大勢いた——つまり、麻薬密売にはうってつけの市《まち》だったということだ。麻薬と関わりを持たないのはむずかしかった。すぐそこに安易な方法が転がっているのに、別の稼ぎ口を見つけるというのは誰にとっても困難なことだ。それでもアイユーブは努力した。[8] 祈りの中に規律を求め、そこになんらかの仕組みを見いだし、いくつもの集会に[10]参加して、弱かった信仰を強めていった。[9] そんな折り、家の近くの大型のスーパーマーケットと外国人収容施設[11]とのあいだにモスクが建設された。自動車修理工場を改造したモスクで、アイユーブの父親も手を貸した。[12]〝タクワ〟の概念に従うモスクだった。[13]〝タクワ〟とは神を畏怖することを意味し、それに従う者はいつも全能の神を意識していなければならないという思想だ。信者は神を悲しませるようなことをしないために、いつも気をつけていなければならない。

　犯罪だらけの世界から自分の身を守ろうとしている若者にとって、そのモスクはこれ以上にない場所だった。そこでは男も女も一緒に祈った。

　しかし、スペイン警察にとっては脅威だった。モスクは開設された瞬間から監視対象になり、そのためモスクに足を踏み入れた瞬間からアイユーブは新しい問題を抱えることになる。アイユーブ自身はそのことにまだ気づいてもいなかったが、アイユーブは脅威となりうる要注意人物として監視対象になった。[14]

そのことが自分にどうつきまとうのか、自分の将来にどう影響するのか、アイユーブには知るよしもなかった。彼は一所懸命に努力し、トラブルに巻き込まれないように注意した。礼拝以外の時間は喫茶店《ティーハウス》で働いた。

しかし、その仕事も失った。

ほかに仕事は見つからなかった。

アイユーブが宗教に救いを見いだそうとしていた頃、ちょうど彼が祈りを捧げていた方角、四千キロ[15]離れた東の地では、アイユーブの人生にもほかの何百万人の人生にも影響を及ぼすことになる出来事が起きていた。イスラム過激主義のふたつのグループが合併したのだ。ヌスラ戦線と呼ばれたシリアの反政府武装組織と、イラク・イスラミック・ステートと名乗っていた組織が合併し、〈イラクとシリアのイスラム国（ＩＳＩＳ）〉となったのだ。彼らが成し遂げようとしていることはあまりにも大胆だったため、長いあいだ単なる夢想家集団として片づけられていた。ほかの過激派組織からは空想的と拒絶され、アルカイダにさえ関係を断ち切られていた。それでも、ＩＳＩＳの望みはただひとつ、イスラム国の実現だった。彼らは千年の時を経て、イスラム帝国の復活をめざしていた。そうしたＩＳＩＳの存在は、アイユーブが麻薬売買から手を引こうとしていた頃にはもはや見過ごすことのできないものになりつつあった。

二〇一四年一月、ISISはイラクの首都に近い都市ファルージャを掌握した。

その数週間後にはさらに大きな都市、ユーフラテス川北岸のラッカも奪取した。ラッカ掌握の重要性はラッカが主要な大都市であることや、事実上シリアとイラクの国境を消滅させたことだけではなかった。千二百年前、イスラム世界が科学や発見、公正さや秩序の中心だった頃のアッバース朝の首都がラッカだった。

すなわち、ISISは復活させようとしている帝国のかつての首都を支配下に収めたのだ。イスラム国の復活は単にその可能性が見えてきただけではなく、もはや差し迫ったもののように思われはじめた。

目的の達成をよりいっそう強く主張していくことで、ISISはあらゆるところで現状に幻滅している若者たちに、世界を変える力の一部になるように呼びかけた。彼らが闘っていた地域の人々を悪魔の世界に引きずり込むのはたやすいことだった。シリアでは、装備もなく組織化もされていない、ただ自由を愛する反乱軍が独裁者と戦っていた。民に向かって軍隊を差し向け、ヘリコプターから子供たちめがけて爆弾を落とすような残忍な独裁者を食い止めようとしていた。

ISISの指導者アブー・バクル・アル＝バグダディは戦士の募集を呼びかけた。

彼のメッセージは、人生に意味を見出そうとしている若者[16]に向けて入念に練られたものだった。彼らは、世界じゅうに〝ジハードの火山〟を噴火させることで、無用の干渉でイスラムの地を毒で汚し、高潔な若者たちにとって尊厳の感じられない場所に変えてしまった異教徒たちを追い出すことをめざした。そういう厄介者を追い出すことができれば、正義と平和と発見の世界――イスラム国――は必ず復活する。

ＩＳＩＳの戦闘員たちも典型的な米軍の兵士と同じように酒と女に興味があった。聖なる戦士になることには、信仰に従うという一面もあったが、魅力的な刺激への唯一の道だったことのほうが大きい。バグダディが求めた忠誠は、まるでサインだけで車を購入するような簡単なものだった。頭金なし、信用関係なし、ただ名前の頭文字をサインするだけで、はい、この車はあなたのものです。彼が若者に与えたのは、規則、課題、自分より大きな存在の一部になる方法。それに女の子に自慢できる話題だった。

ＩＳＩＳに忠実な導師たちは若者ひとりひとりの不満の声を聞き、それをイスラム教への迫害に当てはめて巧みに語り聞かせた。自分が成功できないのは自分にその能力がないからだと思うか、あるいは世界から虐《しいた》げられているからだと思うか、そのいずれかで納得するしかないアイユーブのような若者は、導師たちから聞かされるこのような話にただちに共感した。

少なくともアイユーブの場合は、ヨーロッパに虐げられていた。ヨーロッパはＩＳＩＳにとって新たな重要性を持ちつつあった。

ＩＳＩＳとしては、イラクやシリアやそのほかの中東の戦闘地域だけで敵と戦うのではなく、〝できればそれ以外の場所でも戦うことで、敵の同盟間の戦力を分散させ、最大限に弱体化させたかった〟。理由は簡単だ。〝異教徒がよく行く観光リゾートのひとつを攻撃すれば、ほかの国のリゾート地も警備の増強を余儀なくされ、それは人員の倍増と巨額な費用負担につながる[17]〟。

敵の血を涸《か》らせろ、敵の財布を空《から》にしろ。ＩＳＩＳはこう強調する。〝もっとも効果的なのは、満足のいく警備など不可能なソフト・ターゲットへの攻撃だ[18]〟。

彼らの言うターゲットとはたとえば旅客列車だ。

数カ国が明らかな選択肢となった。メッセージが届きやすく、歩兵の調達ができそうな国。たとえばフランスには、ヨーロッパ大陸の中でももっとも大きなイスラム社会が存在する。そして、そのほとんどが下層階級だ。刑務所では服役者の七十パーセントがイスラム系だ。フランスの調査データ[19]によれば、国内には一万千五百人近いイスラム過激派がおり、彼らはＩＳＩＳを高く評価していた。もしＩＳＩＳが、若い兵士の潜在的志願者が多く、象徴となるようなソフト・ターゲットの多い場所を中東から離れたところから選ぶなら、フランス以上にお誂《あつら》え向きの場所はなかった。

フランスはこうして新たな戦争の舞台として、いかにも目立つ存在になっていたのだった。

二〇一四年、アイユーブは新しい仕事を得て、そんなフランスに渡った。

携帯電話会社〈ライカモバイル〉の子会社が、アイユーブの住む地域で求人をし、それに採用されたのだ。

アイユーブはチャンスをつかんだ。やっと儲《もう》かる仕事に就くことができ、両親の家から出ることができた。[20]会社からはロゴ入りのポロシャツと、道で配るためのカートにはいった安価な品とパンフレットが支給され、パリのサン＝ドニに配置された。[21]

そこは気持ちが高揚する場所だった。特にアイユーブのようなサッカーファンにとっては。国立スタジアムがサン＝ドニにあり、サッカーのフランス代表チームの試合が職場のすぐ近くでおこなわれるのだ。

しかし、そこはまた脱工業化したスラム街でもあった。[22]つまり、アイユーブはスペインからつまみ出され、夜には外部の者は怖くて歩けないような、フランス内務省が〝治安優先地区〟に指定するような、イスラム系住民中心の場所に放り込まれたのだった。[23]パリの中でも五十万人のイスラム教徒が住み、失業率は四十パーセント、国内でも暴力犯罪の発生率がもっとも高い地域に住むことになったというわけだ。[24]警察も住人を守るどころか取り締まりもせず、暴動が起きるのを恐れて完全に撤退することさえあった。

すなわち、サン＝ドニでは警察は住人とは無縁の存在であり、むしろ敵としてとらえられていたということだ。

アイユーブは、自分と似た境遇の人々の中でうまくやろうと努力した。イスラム教徒、北アフリカの人々、かつてのフランス領からの移民たち。

アイユーブの仕事は季節労働の仕事で、六カ月の契約だった。それでもアイユーブは満足だった。いい仕事だと思った。[25]彼の父親も、幼い時代を漂浪するように過ごしてしまった息子にとって、新しく人生を始めるには絶好の機会だと思っていた。[26] それほど魅力的でもなく、道で安っぽい小物を配り、モロッコ人にＳＩＭカードを売る仕事ではあったが。それでもアイユーブは真面目に働いた。

それはまた、モロッコから離れた人たちが商売の相手だったので、アイユーブにとっては自分の文化を誇りに思える仕事でもあった。

フランスでのアイユーブはおとなしいものだった。公共交通機関[27]を使って仕事に行き、勤務時間中はポスター貼りやビラ配りやＳＩＭカードの契約[28]に精を出して帰宅するという毎日だった。雇用主たちからも勤勉さを評価してもらい、自分の道をはっきりと切り拓《ひら》こうとしていた。[29]

新しい生活が始まって一カ月ほどした頃、[30] 彼が渡仏したことを、アイユーブがかよっていたモスクの監視をしていたスペイン当局[31]が知ることになる。スペイン当局はその情報をただちにフランス情報機関に伝えて警告した。[32] その結果、アイユーブは国家安全保障の〝Ｓカード〟に登録され、合法的に監視されるようになり、[33] フランス当局がアイユーブの情報を入手してから一カ月後、解雇される。[34]

会社側の説明としては、アイユーブの就業調書[35]に不備があり、[36] 記載されている住所が正しくなかったためとされた。[37] スペインに住む彼の両親はこの知らせを受けて激怒した。人にこのような仕打ちをする会社は犯罪者だ、と彼の父親は罵《ののし》った。[38] しかし、アイユーブにはどうするすべもなく、異国の地で行き場を失った。監視下に置かれ、家族も収入もなく、なんとか生計を立てようと必死だった。[39] イスラム教徒が下層階級に属し、多くの刑務所の被収容者の大多数を占め、名の知れたイスラム過激派が何千人もいる国で、[40] 若いアイユーブは仕事も法的地位も奪われてしまったのだった。

ほかに行くところのなかったアイユーブは、数カ月のあいだサン＝ドニにとどまったが、[41] やがて父親とも連絡を取らなくなった。

フランス当局はこうしてアイユーブ・ハッザーニの行方を見失う。

第二部

オレゴン州軍特技兵　アレク・スカラトス

八月十一日　火曜日　午後二時二十七分

ソロン・スカラトス

父さんが危うく赤信号を無視するところだった。

アレク・スカラトス

あはは。おれの車を壊さないでくれよ。

ソロン・スカラトス

赤信号だよって注意しなくちゃならなかった（笑）。

命拾いしたよ。兄さんの車もね。

アレク・スカラトス

まったく……おまえが運転したほうがいいんじゃない？

20

アフガニスタン南部
基地から北に十三キロ

アレクは片眼を閉じて銃身の先を見つめた。

彼は今、アフガニスタンの干上がった渓谷に身を隠し、敵の戦車に狙いを定めていた。無言でライフルを構え、呼吸を浅く抑える。彼は五〇口径の徹甲焼夷弾を秒速約九百メートルで戦車の操縦手の体に撃ち込む準備をしていた。

今、彼が構えているのはサヴァイヴァル・ゲーム用のエアガンではない。庭でスペンサーと戦争ごっこをしていた頃から比べるとアレクもずいぶん成長したものだが、彼のおもちゃも同じように成長していた。これは人を殺せる武器だ。車両だって破壊できる。頭を右に傾けてチークピースに顔をつけ、左眼を閉じて右眼でスコープをのぞく。観測手《スポッター》はカムフラージュ用にヴェールを掛けてから、戦車までの距離を測った。「五百五十——六百メートル」

アレクはダイヤルを親指でまわして、MOA《ミニッツ・オヴ・アングル》を調整し、距離に対して弾丸《たま》が重力に引っぱられて落ちる高さを計算すると、銃身の角度を上げた。

「こっちは二十七だ」アレクはもうひとりの射撃手に小声で言った。「おまえは？」六百メートルは楽な射程だが、一秒でも時間がかかればそれだけ見つかるおそれが高まる。すぐにでも攻撃すべきだ。

アレクはライフルの銃身を調整した。戦車の前部のほうが狙いやすく、操縦席に照準を合わせていた。六百メートル先にある操縦席のわずかな隙間に撃ち込む。一ミリずれても操縦手は殺せる。が、狙いどおりに着弾すれば徹甲弾の威力を存分に発揮して、相手を完膚《かんぷ》なきまでに叩きつぶせる。徹甲弾は隙間を通って操縦手を貫き、操縦室を突き抜けて戦車の反対側の側面に当たり、おそらくそれも貫通するだろう。操縦手に生き残る望みはない。戦車の反対側に反政府軍の兵士がいたとすれば、その兵士にも生き残るチャンスはない。徹甲焼夷弾で体は真っぷたつになるだろう。

もうひとりの射撃手は戦車の後方を狙っていた。エンジン・ブロックだ。彼が戦車のエンジンを撃ち、アレクが操縦手を殺す——脚と同時に脳を攻撃する。しかし、もしも準備が整うまえにどちらか一方がさきに発射すれば、戦車を破壊するまえに自分たちの居場所を知られることになり、今度は自分たちに地獄が訪れる。

ふたりの息がぴたりと合って初めて作戦は成功する。

アレクが安全装置をはずしたちょうどそのとき、彼からの死角になっている戦車の向こう側に三人の子供が駆け寄り、戦車のそばで遊びはじめた。

「スコーピオンからベースへ」アレクは無線を送った。「発射準備完了。許可願います」

「ベースからスコーピオン。許可する。準備でき次第、発射」

アレクはトリガー・ガードからはずした指を引き金にかけた。


今回の作戦基地《ベース》は小高い丘に停まっている三台のハンヴィーで、八百メートルほどうしろにあった――アレクはその八百メートルを重さ十五キロ、銃身を入れた長さ百五十センチの対戦車狙撃銃《スナイパー・ライフル》を引きずってきた。あまりの重労働に危うく迫撃砲の不発弾を踏むところだった。いつからそこにあってアレクが来るのを待ちつづけていたのか、その場で何もかも終わらせようとしていたのか。神に感謝、あるいは幸運に感謝。いずれにしても、絶妙な場所にあの小さな岩を置いてくれたことに感謝だ。そのおかげでアレクはつまずき、それまでの進路からずれて不発弾のすぐ脇に足を踏み込んだのだ。そうでなければ、不発弾を真上から踏んでいただろう。

アレクは今、引き金に指をかけたまま、もうひとりの射撃手が射程にダイヤルを合わせて同時に発射できるようになるのを待っていた。いちばん重要なのは時間だ。見つかるまえに発射しなければならない。

視角にはいらない戦車の向こう側では、子供たちが行儀よく遊んでいた。

アレクは気が急《せ》いていた。「準備できたか？」すぐにでも攻撃しなければならない。たとえまだ見つかっていなかったとしても、戦車が同じ場所にとどまる時間は短い。アレクは引き金の上に指をすべらせた。

もうひとりの射撃手も照準を合わせ終え、ここからは観測手《スポッター》の指示に従う。「カウントダウンを始める、5、4……」

〝1〟の合図で両方の射撃手は発射することになるが、アレクの銃弾はエンジン・ブロックでは止まらない。戦車を貫通して、思いもよらず子供が犠牲になる。ひとりか、もしかしたら三人。

「3、2……」

「ベースからスコーピオン！　ベースからスコーピオン！　作戦中止、中止だ、スコーピオン！　発射するな、うしろに子供がいる！」

アレクは息を呑んで引き金から指を離した。間一髪で発射せずにすんだ。

「子供たちが戦車のうしろで遊んでる。発射中止。繰り返す。両者とも発射中止」無線が切られ、そしてすぐにまたつながった。「問題発生。チーム・アルファ、チーム・ブラボー、敵の注意を惹《ひ》きはじめている」

間があく。最悪の事態になりつつある。

「ベースから両チームへ。われわれは包囲された」アレクが観測手《スポッター》を見ると、顔をしかめていた。「両チーム、チーム・アルファ、チーム・ブラヴォー、〝E&E〟に備えよ」

アレクは無線に向かって言った。「スコーピオンからベース。そっちで何が起きてるんだ？」

「ベースからスコーピオン！　ベースから両チーム！　煙幕を張って撤収！」

通常の〝E《エスケープ・アンド・イヴェード》&E〟は、見つからないようにゆっくりと慎重に撤収することを意味するが、作戦基地のほうで起きている事態は相当深刻なものらしく、持ち場を放棄して走って逃げろと指示されたのだった。アレクは発煙弾のピンを引き抜いて渓谷の外へ投げた。煙が少し滞留して多少の目隠しになっている隙に、ライフルを肩に担《かつ》ぎ、ハンヴィーの方向に全力で走った。

丘の上では、村人たちがハンヴィーを囲んでいた。次から次へとやってきて、車の周囲に集まり、人の塊はどんどん大きくふくれ上がっていた。下士官たちには誰が友好的で、誰が敵なのかの区別がつかなかった。スティーヴン・キングのホラー映画『トウモロコシ畑の子供たち』のようにどんどん集まってくる。下士官たちは叫んだ。「行くぞ。さあ、出発だ！」

一台目のトラックが出発し、二台目も続いた。アレクは三台目のトラックの後方の安全確認を任されていたので、二台が走り去ったあと、狙撃銃を荷台にのせると、自分も乗り込んだ。砂埃《すなぼこり》を上げながら最後のトラックが出ていくと、村人たちは見えなくなった。

静かだった。「変だ」助手席の兵士が言った。「いつものように物乞いがついてこない。たまたま今日は追ってこないだけなんだろうか？」

確かに何かおかしい。アレクもそう思った。

無線から声が聞こえた。チーム・リーダーだ。「よし、みんな。ここで車を停めて機密装備の確認だ」かなり急いで撤収したので、装備を残してこなかったか確認する時間がなかった。路肩に車を寄せ、ハンヴィーの後部《リア》ハッチを開けて中の物すべてを数え上げた。アレクもトラックの中を探しはじめた。

背すじを悪寒が走った。

「くそ！　おれのリュックは？　おれのリュックはどこだ？」

なるほど。いつもなら敵意むき出しで向かってくる村人たちが、黙って見送ったのはそういうことだったのだ。欲しいものはもうすでに手に入れていたからだ。ハンヴィーが走り去ろうとしていたときにハッチを開けて、アレクのリュックをつかみ出したのだ。

まずいことになった。非常にまずい。アレクは中に何がはいっていたか報告した。リュックの中には、大口径の弾薬と、それから——くそ！　機密軍事技術を搭載したGPS装置がはいっていた。その責任はアレクの上官が負わされ、おそらく降格されてしまうだろう。軍事技術が洩れて敵の手に渡るおそれがあるからだ。廃棄されていたソ連時代の戦車の残骸《ざんがい》に向けて発射するという狙撃の実弾訓練だったはずが、本物の危機に変わろうとしていた。

「よし、わかった。おれたちよりさきにあの場を立ち去った者はいない」とセクション・リーダーが言った。「だから、まずは村の車の監視だ」ここでの移動手段でいちばん速いのはやはり車だ。盗まれたリュックを村から持ち出す車がまだいなければ、リュックの中の機密装備がタリバンの前哨地のどこかにたどり着くまえに、行方を追跡することができる。

　彼らはハンヴィーに乗り込んで村へ戻った。途中ですれちがう車を停止させ、運転手を引きずり降ろし、身体検査とトランクの中の捜索をおこなった。自分のせいでみんなを危険にさらしているのだと思うとアレクはなんとも気まずかった。リュックを盗んだ地元住民たちにも腹が立った。と同時に、この状況を愉《たの》しんでもいた。こんなことはめったに体験できない。車の捜索に行くなんてことは。このような活動をしてわくわくすることがアレクにはありがたかった。妙な安堵《あんど》もあった。

　実のところ、アフガニスタンでの任務はこの日までおそろしく平穏だった。退屈だったのだ。彼の部隊の仕事は特殊部隊の基地の安全を確保することで、ほかの隊員が戦闘に出たあとのアレクたちは中途半端なベビーシッターみたいなものだった。現地スタッフのあとをついてまわり、トイレ掃除《そうじ》のときにトイレットペーパーを盗まれないように見張る。それがアレクの通常業務だった。運がよければ見張り塔に坐り、何かわくわくするようなことが起きるのを期待することもできなくはなかったが。毎朝アレクは眼を覚まし、戦争に行くかわりに仕事に行った。出勤し、何もせず、退勤した。戦争の中でのアレクの生活は、アメリカにいた頃と同じように平凡な毎日だった。選択肢が少ないぶんよけいそうだった。十日間のこの狙撃訓練が始まるまで、気ばらしといえば福利厚生関連施設[MWR]まで行って、洗濯をしたりウエイトトレーニングをしたり、このツアーが終わったら出かけることになっていた旅行のことをスペンサーとオンラインでチャットしたりするくらいのものだった。

〝ツアー〟とは通常、軍では海外勤務のことを意味するが、面白いことばだ。ここではアレクは少しも動きまわっていない。ここを去って初めて、ほんとうの〝ツアー〟が始まるのだ。

どの車からもアレクのリュックは見つからなかった。こっちの警戒線をかいくぐって逃げた車がいるのだろうか、それとも別の道を通ったのだろうか。

心配になってきたが、それでも心は躍っていた。自分も本物の危機を解決する一役を担《にな》っている。その危機を惹《ひ》き起こしたのが自分でなければどんなによかったか。さきほどの村の入口に戻るまで、道をジグザグに走った。消去法でいくと、リュックは彼らの知らない道を通って何キロも離れた場所に運ばれているか、この村の中にまだあるかのどちらかだ。チームは〝KLE〟を実行した。KLEとは〝キー・リーダー・エンゲージメント〟、簡単に言えば重要人物と話すということだが、チームに緊張が走った。村人たちの様子がどこかおかしく、敵意まる出しというわけではなくとも疑い深く、値踏みをするように無表情に睨《にら》みつけてくるのだ。誰かをかくまっているのか、誰かに忠誠を誓っているのか。アレクのチームには判断がつかなかった。

「スカラトス、回転砲塔を使え。おれは通訳を連れて村人と話してくる。何か情報がつかめるかもしれない」今回は狙撃訓練だったので、アレクは普通のライフルを持ってきていなかった。M107狙撃銃を回転砲塔に設置したが、これほど射撃能力の高い武器を非武装と思われる人々に、しかもこんなに近距離で向けるのはなんだか馬鹿げたことのように思えた。

まるでバズーカを持ったスーパーマーケットの警備員だ。このような状況にチームを巻き込んだことに彼はまだばつの悪さを感じていた。一方、溜め込んでいたアドレナリンを放出して気持ちを解放することを切望していたことも事実だった。スコープをのぞき込んでいると、ひとりの男がリュックを手に下士官に近づくのが見えた。アレクは男が武器を取り出すのに備えた。

村人はリュックを返す交換条件として、フィールドナイフと使用済みの薬莢《やっきょう》を置いていってほしいと言った。チームにとってはゴミでしかないものを欲しがっていた。アレクの下士官は了承し、アレクのリュックを持ってハンヴィーに戻ってきた。何もなくなっていませんように、とアレクは神に祈った。

リュックを開いて中を見た。

「全部あるか？」セクション・リーダーがアレクをじっと見ていた。リュックの中身は一度外に出されてからまた詰め込まれており、どれももとの場所にはなく、詰め直されているのは一目瞭然だった。が、何かがなくなっているのかどうかはすぐにはわからなかった。下のほうまで探して何かが足りないのがわかった。中身が全部そろっていたわけではなかった。村人が詰め直したとき、もとに戻さなかったものがあるのは明らかだった。雷に打たれたかのように不安が体を走った。どう言いわけしたらいいんだ。機密技術の詰まったGPS装置をなくし、誰かの手に渡ってしまったことを認めないわけにはいかない。除隊になるかもしれない。悪くすれば、上官たちも除隊処分される……しかし、リュックのいちばん下からG

ＰＳ装置が出てきた。

返してくれたのか？

売ったらどれくらいの金額になっていただろう？　アレクは胸を撫《な》でおろした。そして、戸惑った。村人があれを売っていたら年収と同じくらい儲《もう》かったはずだ。それなのになんで返してくれたんだ？

村人は彼の弾薬も返してくれていた。これは使い道がなかったからか？

リュックの中身をすべて確認した今、なくなっていたのはスコープ用のレンチと、水筒の中の水——水筒は返してくれた——そしてアレクの名前入りの帽子。

村人のひとりがスカラトスと書かれた帽子をかぶって砂漠を走りまわっていた。なかなかユーモアのあるやつだ。


アレクは気分よく基地に戻った。戦車の中の架空の敵も、村の中の本物の敵も撃つことはできなかったが、貴重な数時間の作戦行動と自由を味わうことができ、なにより恐れていたことも回避できた。多少の恥ずかしさはあったが、リュックの盗難についてはみんな黙っていてくれることになった。

次の日の夜には基地の全員に知れ渡っていた。実戦に赴く特殊部隊の兵士たちは、そのことでアレクをからかった。いずれにしろ、非武装の村人に持ちものを盗まれたことがアレクにとって初めての敵との接触というわけだ。アレクも一緒になって笑った。それはそれで愉しめたが、なんだかみんなの弟になった気分でもあった。一人前の男たちが野球をしに外に出ているあいだは、家で留守番をしなくてはいけない弟だ。

そもそも戦闘自体が減っていた。もはやアフガニスタンは世界の注目の的ではなかった。今やいちばんの悪者はＩＳＩＳで、ＩＳＩＳはアフガニスタンにはそれほど多くはいなかった。ジハード戦士はシリアに行って戦い、訓練もシリアでおこなわれていた。過激派はトルコを経由して移動していた。

それを考えるとなかなか面白い。アレクの祖父はギリシャ生まれだが、生まれ故郷の地域を当時支配していたのはオスマン帝国だった。つまりトルコだ。だから、祖父はトルコで生まれたことになるが、そのトルコが今やジハードへの入口になっている。祖父が過激派だというわけではない。祖父の名前はソクラテスだ。あの哲学者と同じソクラテス。

そして、祖父はレジスタンスの兵士だった。ゲリラだった。祖父は反乱軍だったが、今ここでアレクは反乱軍と戦おうとしているのだ。

いや、戦おうとしているだけで、実際には戦ってはいなかった。兵士になりたかったのに、実際にはただの後方支援だ。今回の派遣で出国するまえに母親がオレゴンまで見送りにきてくれたとき、戦争に行かせるのが怖いと大騒ぎした。心配で心配で体を壊しさえしたのだが、神のお告げがあったと言っていた。「何かとてもいいことがあなたの身に起きると神さまが教えてくれたのよ、アレク。待ちきれないわ。どんな愉しみが用意されてるのか、もう待ちきれないくらい」

神さまはまちがっていた。あるいは、母親の聞きまちがいか。いいことなんかまるで起きなかった。何も起きなかった。訓練に一度失敗したくらいだ。アフガニスタンでの戦争は終息に向かっていて、数少ない本物の任務は特殊部隊に全部持っていかれていた。戦争の後始末ができるのは彼らだけだ。彼らだけが悪者を殺すことができるのだ。アレクの仕事はただ雑務をしているだけだった。

21

小さなクリスチャン・スクールで歴史の授業を受けて以来、アレクはずっと軍隊にはいりたいと思っていた。その学校での苦痛でしかない毎日の中で、歴史の授業だけが彼にとっての息抜きで、今でも歴史や戦争には感動する。その一部になりたいと思ったのだ。

もしかしたら、これは家系から来るものなのかもしれない。アレクが聞かされた、ふたりの祖父がそれぞれに歩んだ英雄的で波乱万丈の人生——アレクは祖父たちと同じ血が自分の血の中にも流れているように思っていた。戦争は歴史の極致であり、自分の生きた証しを残すことのできるものだとも。

それに、彼は銃が大好きだった。軍隊は愉《たの》しそうだし、なにしろカッコいい。自分が求めているものだということは、早いうちからわかっていた。ただ、どうすればいいのかがわかるまでには紆余曲折《うよきょくせつ》があった。

最初の重要な一歩は小さなクリスチャン・スクールから移った直後に訪れた。スペンサーと一緒に学校を去ったとき、アレクは自分がふたつの世界に挟まれていることに気づいた。アレクとスペンサーは一緒に新しい世界に足を踏み入れはしたが、アレクの友達や彼にとってのコミュニティは、もとの学校や教会の中にあった。彼の生活のほとんどは今となっては疎外感を感じる組織を中心にまわっていた。

スペンサーは外に出ていって新しい友達をつくろうとしたが、アレクはほんとうの自分のまま、表面を取り繕《つくろ》って社交的になることはできないと思っていた。彼のまわりにいるのは知らない人ばかりだった。共通点があるふりなんてどうやったらできる？ スペンサーなら、バスケットボールとかの話題で人とつながりを持てるだろうが。一方、アレクはひとりで絵を描くことが好きな少年だった。で、父親と一緒に風景画を始めたのだが、あるとき誰かがテーブルの上の花瓶を落とした。床の上に転がっている割れた花瓶を見て、アレクは言いようのない妙な魅力を感じた。で、そこにイーゼルを立てると、割れた花瓶を油絵具でキャンヴァスに再現した。いい出来栄えだった。妙な感じだったが、きれいで面白くて自分でも気に入った。それ以降は暇さえあれば抽象画を描くようになった。とてもいい気ばらしになった。が、ひとりきりの趣味だ。だから友達と友情を育《はぐく》む役には立たなかった。

彼は新しいコミュニティが必要だという事実を甘んじて認めることもなかなかできなかった。すでに自分にはコミュニティがあり、そのコミュニティは数キロと離れていないのだから。昔の友達が存在しないふりをすることなどできない。スペンサーは新しい仲間探しに一歩踏み出したけれど。アレクのほうはどうしてもそういう気持ちになれなかった。たとえ努力したとしても、スペンサーの足手まといになるだけだ。そう思っていた。

「大丈夫だよ」だからその日、アレクは学校のベンチに坐ったままそう言ったのだった。

「行っていいよ」そうやってスペンサーを送り出したのだった。

彼の父親がオレゴンに引っ越す話をするようになったのがちょうどその頃のことだった。父親の不動産の仕事がオレゴンにあり、オレゴンはアレクの継母の出身地でもあったからだ。父親からは、そのうちでいいから、たとえば卒業してからでもいいから、オレゴンに移ってこないかと言われた。なぜだかはわからないが、その話にアレクは心惹《ひ》かれた。

しかし、どうして卒業まで待たなければならない？　どうして今すぐでは駄目なのか？

スペンサーはどんどん新しい友達をつくっていたが、アレクには誰もいなかった。

オレゴンという土地は行った瞬間から大好きになった。オレゴンでの暮らしはのんびりとしていて、人との関わりもそれほどなく、広々としていた。北カリフォルニアを恋しく思うことはなかった。母親や兄弟のことは恋しかったが。スペンサーと彼の家族のことも恋しかった。ウッドノル通りの地元も恋しかった。それでも、カリフォルニアのことはなんとも思わなかった。

アレクがいなくてもスペンサーはうまくやっているようだった。卒業後、地元に帰ってスペンサーと話したとき、彼がどんな毎日を過ごしているのか垣間《かいま》見ることができた。〈ジャンバ・ジュース〉という店での仕事が気に入っていて、新しい友達もできたと言っていた。アレクからすると、目的意識の少し低い、ヒッピーのような友達に思えたが、スペンサーのことを気にかけてくれているようだった。スペンサー本人も、一生このままスムージーをつくって肥《ふと》りつづけることになんの疑問も持っていないようだった。スペンサーが冒険を味わうとしたら、いろんなところにピアスをしている友人たちと酔っぱらうことくらいだろう。

そんなのは退屈きわまりない、とアレクは思った。もっと何かが欲しかった。

で、オレゴンのアムクワ・コミュニティ・カレッジに入学すると、〈コストコ〉でアルバイトをしながらかよい、昔からずっとめざしていたことをそろそろ真剣に考えることにした。どの軍種に志願するかを決めるときがきた。そう思ったのだ。

アレクは軍にはいるまえから軍隊の内も外もよく知っていた。軍種のことも知っていれば、それぞれの仕事がどんなもので、それぞれの兵士がどんな話し方をして、どんな生活をするのかも知っていた。

だからよけい慎重にやりたかった。賢い選択をしたかった。所属する軍種について誰もがいいことばかり言うわけではない。

中には派遣から戻ってくると、赴任したのは大きなまちがいだったと言う者もいた。志願して一生を決めてしまうまえに試すべきだ、という声が頭の奥で聞こえた。水に飛び込むまえに、爪先を水に浸けるように。アレクは職業軍人ではない人が大勢いる軍を選ぶことにした。派遣されていない期間には、アナリストやコンサルタントや、オレゴン州に本社のある〈ナイキ〉のような大企業の中間管理職に就いているような人たちがいる軍だ。その結果、綿密な計画を立てた上で、アレクが軍隊への入口に選んだのはオレゴン州兵だった。

彼がその決断をしたちょうどその頃、スペンサーからメールが届いた。「なあ、ビッグ・ニュースがあるんだ。おれ、空軍パラレスキュー部隊に志願しようと思う」

返事を出すまえにアレクは迷った。冗談か？　あのスペンサーが？　しかも特殊部隊？　アレクも軍のことはあらゆる角度から分析し、パラレスキュー部隊について検討したこともあった。パラレスキュー隊員になるのがどれほどむずかしいことか、スペンサーにはわかっているのだろうか。気楽にスキップしながら入隊して、軍の中でもエリート中のエリートの部隊にはいれるとでも思っているのだろうか。このまえ会ったときには、軽く二十キロは体重オーヴァーだったのに。絶対に無理だ。不採用になって心が折れるまえに、友達として忠告しようと思った。怪我をするかもしれない。スペンサーの思いつきに対しては、実情をよく知っている人間が忠告すべきだ。怪我をするまえに。恥をかくまえに。しかし、こんな忠告、どうやったら嫌われずに伝えられる？

友達としてできる最善策を懸命に考えた結果、ここはひとつ批判するのはよそう、とアレクは思った。もしかしたらスペンサーは自分から気づくかもしれない。かといって、その気にさせてもいけない。慎重にならなくてはいけない。希望をふくらませるようなことを言ってしまったら、それが潰《つい》えたときにスペンサーは精神的に大打撃を受けてしまう。で、長いこと考えて得た結論はどっちつかずの返事だった。「そりゃいいな。がんばれ」

スペンサーの望みは叶わないものかもしれない。それでも、とアレクは思った。ふたりがそれぞれ自発的に軍にはいることを決めたのには何か意味があるのではないか。親友というのはそういうものなのかもしれない。

計画などなくても、なんでも一緒にできるのが友達というものだ。

22

その友達ふたりには計画があった。

一九四一年の春。ギリシャがナチスに占領されてから まだ一ヵ月しか経っていなかった。イタリアのファシストがギリシャの占領に失敗すると、枢軸国の同胞ドイツが第十二軍の総力を挙げてイタリア救出に乗り出し、機甲師団と空軍を送り込んだ。彼らが通ったあとには荒廃しか残らず、侵攻には数週間とかからなかった。アテネに到着したドイツ軍は、真っ先にアクロポリスの丘に行ってナチスの旗を掲げた。そうやって、アテネの市《まち》のどこからでも、西洋文明発祥の地のどこからでも鉤《かぎ》十字が見えるようにし、支配者が誰なのかを明確に示した。

その後の占領時代、何千というギリシャ人が命を落とした。多くは餓死し、抵抗運動を抑え込もうとしたナチスの拷問で死んだ者も少なくなかった。

そんなナチスもふたりの若者による滑稽《こっけい》なほど勇敢な計画には気づけなかった。うまくいくはずなどありえない計画だったからだ。ふたりに勝ち目はなかった。ふたりの十代の少年対第十二軍。アクロポリスは厳重に警備され、認可された入口はひとつしかなかった。だから目的の場所にたどり着くまでにナチスの総攻撃にあってしまう。それで少年たちは側面から忍び込むことにしたのだが、そこにはまた別の問題があった。アクロポリスは自然の要塞になっていて、周囲には切り立った崖が立ちはだかっている。別の方法を考えなければならない。彼らは自然と次の一歩を踏み出した。図書館に行ったのだ。何かいいアイディアはないかと百科事典を隈《くま》なく調べた。そして、市《まち》のあちこちにある史跡、ギリシャ神話の中で獣たちと神が戦い、のちに手を組んだとされる史跡について書かれているページの中にヒントを見つけた。それはある洞窟の亀裂がアクロポリスの頂上まで続いていることに関する記述だった。少年たちはその洞窟を吟味し、今まで思いついたどんな案よりこれがいちばん成功する可能性があると思った。

で、さっそくアクロポリスの周囲に手がかりがないか探しまわった。そして、北西にある古代遺跡の一部の崖に、錆《さ》びた古い鍵のかかった木の扉があるのを見つけると、有刺鉄線をくぐり抜け、鍵を壊して扉を開け、洞窟の中にはいった。神話のとおりなのかは断言できないとしても、神話に書かれていたように、亀裂があった。少なくともその亀裂はとても深く、高くまで続いているように見えた。

少年たちは夜間外出禁止時刻ぎりぎりに家に帰ると、そこでぞっとするニュースを耳にした。三百キロ以上離れた南方で、ドイツ空軍がクレタ島の襲撃を開始したという。クレタ島が陥落すれば、それは単にギリシャが今後さらにナチスに侵されていく象徴になるだけではない。クレタ島はギリシャ最大の島であり、〝地中海の戦い〟での戦力を誇示する要《かなめ》になっているからだ。だから、クレタ島はギリシャにとってだけ重要なわけではない——クレタ島を手にした国がこの世界大戦においてきわめて有利な立場に立つことを意味するのだ。

急がなくては。ふたりの少年はそう思った。

それから数日後の夜、クレタ島陥落のニュースが届く。少年たちはすぐに洞窟に戻った。ふたりが持っていたのは懐中電灯とペンナイフだけだったが、それでも遺跡発掘のときの厚板を使って立て坑を登ることができ、半月にうっすらと照らされたパルテノン神殿の裾《すそ》にたどり着いた。

見張り台として使われていた東の突端の展望台から、監視兵が歩き去るまで少年たちは待った。危険がないことを確認すると、旗竿が立てられているところまで忍び寄り、ペンナイフを取り出してロープを切った。巨大なナチスの旗がどさっと落ちた。

翌朝、アテネの市民が眼を覚ますと、巨大な悪の象徴は姿を消していた。まるで重く垂れこめていた真っ黒な雲が消え、これからの展望が見えたかのようだった。市《まち》じゅうの人が元気を取り戻し、自分たちにもチャンスがあるというはっきりした思いが国じゅうに広がった。実際、旗が降ろされたその日、歴史の流れが変わった。少人数の一般市民でも成し遂げられるということが示されたことで。この出来事はギリシャじゅうの何千もの人々を奮い立たせ、行動することで自分たちの人生に対しても、自分たちの世界に対しても、眼に見える影響を与えることができると証明したのだ。自分たちの真ん中に巣食っている悪に対しても。旗を失った旗竿はナチス抵抗運動に火をつけ、ギリシャ全土から何万もの人々がその運動に加わった。三十二歳の靴職人、ソクラテス・スカラトスもそのひとりだった。

スカラトスは住んでいたアレクサンドルーポリで抵抗運動に参加し、ゲリラ兵士になると、古いライフルを担《かつ》いでエヴロスの山々を歩きまわり、圧制者たちに刃向かうチャンスを狙った。が、やがて捕まり、エヴロス川近くの野営地で捕虜となったが、彼はしたたかで勇敢だった。逃亡し、監視兵の銃撃をかいくぐってエヴロス川に飛び込んだ。そのあとはロドピ山脈に逃げ込んで北に向かい、ふたたび戻ると、川を越え、丘に隠れ、家に帰れる頃合を見定めた。

しかし、帰宅するなりまた捕まってしまう。

今度は逃亡のチャンスはなかった。ナチスも馬鹿ではない。靴職人である彼の技量を利用しない手はない。ナチスは彼を自分たちの軍に徴用し、ドイツ東部に送って兵士用のブーツをつくる工場に配属した。

彼の腕は確かで、それを評価され、管理職にも就いた。こうして皮肉なことに、自由の闘士スカラトスはその正反対の立場、圧制をなにより象徴するナチスのジャックブーツをつくる職人になったのだった。とはいえそれで生き延びることができた。おまけに恋人もできた。彼の管理下で皮革を裁断する仕事をしていた十代の少女に心を奪われたのだ。

スカラトスはブーツ工場で戦争を乗り切り、戦争が終わると若い花嫁を連れて、ドイツ・アルプスのふもとにある湖の畔《ほとり》の小さな村に向かった。ユーバーゼー村。〝水の上〟という意味だ。彼らは息子エマニュエルをもうけた。鉄のカーテンが消滅すると、自由の闘士は家族を連れ、チャンスの国、アメリカに向かう。コロラドからオークランドへと移り住み、そこで育ったエマニュエルはひとり目の妻、グレイハウンドの顧客サーヴィス担当者のハイディ・ニューバーガーと出会う。一九九二年十月、英雄の血を受け継ぐ男の子が生まれた。その子にはギリシャ最大の偉人アレグザンダーという名が与えられたが、ラマーズ法のクラスにいた言語セラピストからの助言で若干の微調整を加え、フルネームが発音しやすいようにと、アレクサンダー、通称アレクと名づけられた。

アレクの祖先はこの世で最大の悪を相手に、ほとんど武器もないまま戦った人たちだ。だから、この歴史については昔から向き合わなければならないとアレクは思っており、ほかには何も興味の持てなかった学校の中で、歴史の授業にだけは夢中になった。また、それが、彼が銃を好きになった理由だった。軍隊にはいったのもそのせいかもしれない。祖父が生まれた場所を訪れてみたいというのはそんな彼の子供の頃からの夢だ。どこで戦い、どこで愛を育《はぐく》み、どうやってナチスの中で生き延びたのか、見てみたかったのだ。父親が生まれた場所も見たかった。アフガニスタンでの任務が終わると、ついにその夢を叶えるだけの旅費が手にはいる。

23

「まずはドイツだ。ドイツに行かないと」シフトが終わると、アレクは福利厚生関連施設《MWR》でスペンサーにメッセージを送った。またしても退屈な一日だった。アフガニスタンの基地での毎日がこんなに退屈なものになるとは思ってもみなかった。ただ、金を使う場所がないことだけは最初からわかっていた。スペンサーもポルトガルに派遣されることになっていたので、ふたりとも任務が終わればかなり貯金できているはずだった。アレクは自分には貯金ができること――自分でも理解しはじめたばかりの能力――をスペンサーに知ってほしかった。

〝アレク、おれ、うまくなってるぜ〟スペンサーからのあまりにも熱いメッセージにアレクは少し嫉妬した。スペンサーのいる基地の写真も送られてきた――まるでビーチリゾートだった。本物の基地に配属されるということがどんなことなのか、スペンサーはまるで理解していない。

〝うまくなってるって何が？　お肌の手入れが？〟

〝馬鹿言ってるんじゃないよ。柔術だ。柔術愛好会のインストラクターと互角に闘えるようになったんだ〟スペンサーと柔術。〝とにかく〟スペンサーは続けた。〝もうすぐ冒険の始まりだな。興奮してきたよ〟

スペンサーはわかってない。アレクはすぐにでも出発したかった。スペンサーが訊いてきた。〝そう言えば、友達のほうはどうなった？〟

〝ストラッサーは来られないってさ〟とアレクは書いた。〝どうやらソロンも無理らしい。来たがってはいるんだけど、金がないんだと思う〟

〝残念だな〟

計画はだんだん複雑なものになっていた。主な原因はアレクがあれこれ時間をかけすぎるからだ。もっとも、今計画を立てる必要はなかったのだが。時間はまだたっぷりあった。この派遣が終わったら、ヨーロッパに飛ぶまえにアメリカにいったん帰って復員の手続きを取る必要があるのだが、アレクは今から念入りに計画を練っていた。数少ない気ばらしのひとつだったこともある。実のところ、栄光も何もないこの任務に縛りつけられているあいだの唯一の愉しみだった。だからつい必要以上に計画しすぎてしまうのだ。

〝それで〟とアレクは書いた。〝いつドイツに来られそうなんだ？〟

〝見たいものがいっぱいありすぎてさ。たぶんこんなことができるのはこれが最後のチャンスだろうし。だからいっぱいしたいことがあるんだ。おまえの彼女がドイツに……〟

レア。彼女のことをスペンサーが切り出すのはわかっていた。レアはオレゴンにやってきたドイツからの交換留学生で、友達の〈スナップチャット〉にアレクが無理やり写り込んだのをきっかけにふたりは知り合い、話すようになり、アレクは今回のドイツ旅行を計画しはじめると、すぐに会いにいこうと思ったのだった。が、ドイツを旅行中に彼女に会うだけのつもりだったのが、話が大きくなっていた。彼女から実家に泊まるようにと招待されたのだ。せっかくなら、二、三日は彼女と一緒に過ごそうとアレクは思っていた。

〝それだけじゃない〟とアレクは書いた。〝毎日移動したくないいんだよ。少しゆっくりドイツを味わいたいんだ〟

〝わかった。でも、今決めなくてもいいだろ？　ソロンが来られるか、わかったら教えてくれ。で、狙撃手訓練はどうだった？〟

〝あとで話すよ〟ここにいること自体、話題にするのが嫌だった。〝ま、基本的には退屈きわまりないね〟

〝心配するな。おまえのためにビールを取っておいてやるよ〟

〝うるさい。さてと、こっちは真夜中だ。もう寝ないと〟

〝じゃ、またな、兄弟〟

二日後、アレクはシフトが終わってMWRにウェイトトレーニングに行くと、まずメッセージが来ているかどうか調べた。フェイスブックにスペンサーからのメッセージが届いていた。〝いいニュースだ。アンソニーが来られるかもしれない〟

アレクはしばらく考えなければならなかった。アンソニー？　〝中学のときのアンソニーか？〟

〝ああ、そうだ。たぶん休みが取れそうだって言ってた。今クレジットカードを申請しているところだ〟行き当たりばったりの人選だ。よりによってアンソニーとは。もう五年、いや、七年は会ってない。今のアンソニーはどんな感じなんだろう。また仲よくやっていけるだろうか？

それでもいいことだ。ヨーロッパを駆け抜けるような忙しい旅の仲間がスペンサーにできれば、彼らが思いどおりの旅をしているあいだに、こっちは安心して自分のルーツ探しができる。スペンサーたちに合流していくつかの市《まち》を観光したら、また魂の探求に戻ればいい。

計画は派遣の任務が終わる頃にはほぼできあがっていた。まずはドイツ、そのあとはスペンサーとアンソニーと一緒にパリ。もしかしたらバルセロナも。アレクはふたりほどにはバルセロナに魅力を感じなかったが。なによりアレクはドイツに戻って自分の歴史をたどりたかったのだ。東欧にも行きたかった。父親が生まれたオーストリア。国境を越えてスイス。それからいとこが住んでいるプラハ。最後はフランクフルトから飛び立つ。スペンサーにも一緒に来てほしかった。そこには自分の大切な何かがあって、それをスペンサーにも見てほしい気がしたのだ。でも、無理強いはしたくない。ほんとうは気乗りしないのに無理につきあうようなことはしてほしくなかった。

で、アレクは小さな嘘をついた。「実はヨーロッパ鉄道《ユーロレール》にも乗ってみたいんだ」と書いた。そうすれば、スペンサーの旅行の経路を変えずに彼に会え、そのあと自分はドイツに戻って自分自身の旅を終わらせることができる。

こうして計画は決まった。パソコンを閉じてジムに向かった。あと一カ月でこの退屈な任いかな。

務も終わる。それでも、とアレクは期待した——旅行のまえに何か刺激的なことが起こらないかな。

アレクには十年にも思えた任務がついに終わった。アレクたちを貨物室に乗せたC‐17グローブマスターは、バグラム空軍基地の滑走路から離陸すると、雲の中に消えた。誰かがクウェートの砂嵐の話をしていたが、そのせいで輸送機はカタールに針路を変えて待つことになったらしい。中東からテキサスへの復員の長い空の旅のまえに、給油のためにドイツに立ち寄らなければならなかった。なんというまわり道、とアレクは思った。自分のルーツ探しをしようとしているときに今まさにその地にいて、そこはすぐ窓の外、手を伸ばせば触《さわ》ることができそうなほど近いのに。自由の身になるまえにはるばるアメリカまで戻らなくてはならないとは。

24

アレクはヴァイスブロックをレシーバーに取り付け、マガジンキャッチを所定の穴にはめ込んだ。銃を逆さにしてマガジンキャッチの上部にバネをはめ込み、なめらかに動作するか確認した。新しい弾倉を装着する際にはマガジンキャッチを操作して空《から》の弾倉をはずさなければならない。試してみた。空の弾倉をレシーバーに装着すると、指定位置に収まった。よし。ボタンを押すと、弾倉はなめらかにはずれた。よし。

次にボルトキャッチをレシーバーに取り付けた。これは最後の銃弾が発射されたあとにボルトを後退したままにするための装置だ。そうすることで弾倉が空になるまで連射してから新しい弾倉を装塡《そうてん》するときに、ボルトは後退しているので、ボルトキャッチを解放してやればそのまま次弾を発射することが可能になる。

ロールピンに潤滑油を塗り、ボルトキャッチャーの穴にはめ込む。セイフティ・セレクターを取り付け、グリップをレシーバーに取り付け、ねじ止めしてから、バネがねじれていないか注意深く確認する。安全装置もなめらかに動作して初めて、撃つ準備ができたときに確実に発射することが可能になる。ここまで問題なしだ。

彼は額の汗を拭い、首すじを伸ばした。

次は引き金にトリガー・スプリング、撃鉄にハンマースプリングを取り付けた。安全装置を〝ＦＩＲＥ〟にセットし、ディスコネクターが上になるように引き金をレシーバーの底にある開口部に挿し込んでから撃鉄をおろし、この組み立ての状態を保持するために所定位置にピンを叩いて入れた。

これでこの武器に引き金が取り付けられた。さらにトリガー・ガード、銃身、ガスボルト、フラッシュサプレッサー、最後にスコープを取り付ける。

四時間に及んだ念入りな作業がこれで終わった。

銃を手に取って点検した。安全装置のオン・オフ、引き金の動き具合、空の弾倉の着脱。すべて機能していた。銃を休憩室のテーブルまで持っていき、ほかのものと一緒に並べた。まるで兵器庫だ。スコープ付きＡＲ－10は長距離用。照準器付きのＡＲ－15は軽くて接近戦ではすばやく目標に合わせられるので、より短距離用で市街戦や対車両向きだ。

アレクにとってこの作業は退屈しのぎだった。しかし、旅行が始まるのを待つあいだに多少のこづかい稼《かせ》ぎをしたいと思ったのだ。一緒にアフガニスタンに派遣されている友人に武器が欲しいかどうかを訊き、欲しいと言われれば、希望したとおりにカスタマイズして武器を組み立てる。友人がするのは下部レシーバーをチェックして、それが連邦法で認められたものであるかを確認することで、そのあとはアレクが引き受ける。アレクは武器をいじるのが好きだ。自分ひとりでもの思いにふけることのできる静かで瞑想的《めいそうてき》な作業でもあり、何かを創造する前向きで建設的な作業でもある。昔好きだった絵を描くことに似ている。それに、派遣が終わってからドイツでレアに会うまで、どのみち一カ月もある。アフガニスタンを去ったときには、気づくと、アレクは友人たちのためにセミオートマティックの銃を十挺以上組み立てていた。

25

アレクはフランクフルトに到着した。アフガニスタンへの派遣と武器の組み立てのおかげで、旅費は潤沢にあった。レアが空港でアレクを出迎えてくれ、そこから一時間のドライヴで彼女の自宅のあるハイデルベルクに向かった。アレクは緑にあふれた景色の美しさに息を呑んだ。何もかもが整理されているように見えた。彼はレアの家族に会い、町に住むほかの人たちにも会った。

レアの家族が彼のために用意してくれた部屋に荷物を置くと、さっそく歴史の中に飛び込んだ。レアはアレクをハイデルベルク城に連れていった。その城は千年に及んでさまざまな持ち主に渡ったことで、相《あい》矛盾する歴史的遺産に富んでいた。ドイツじゅうの多くの市《まち》が第二次世界大戦中に破壊されたのに対し、その姿を今もとどめているのは奇跡と言うしかなかった。ナチスへの抵抗をアメリカが支援し、ヨーロッパにおけるアメリカ軍の拠点になったのがハイデルベルクで、そのため市《まち》の破壊のほとんどは、ドイツ人自身によるものだ。〝水晶の夜《クリスタルナハト》〟と呼ばれる反ユダヤ主義暴動では、ユダヤ教の礼拝堂ふたつが焼失し、大勢のユダヤ人が殺害された。ドイツ国防軍が退去したあとはアメリカ軍が占領したが、彼らが市《まち》を破壊することはなかった。ほかのドイツの都市が連合軍の戦略的空爆を受ける中、ハイデルベルクはそうして戦争被害を免《まぬが》れたのだった。

アレクは自分の足跡を残す方法を思いついた。ミニチュアの星条旗を手に持ち、それがちょうど城の小塔から突き出て見えるようにレアに写真を撮ってもらった。ハイデルベルク城がアメリカのものだと宣言するように。出発点としては最高だ。

次に、レアはローテンベルクに連れていってくれた。アメリカより歴史の古い建物がある、とてもきれいに保存された中世の町だ。そこも第二次世界大戦の戦禍を逃れた。中世からほとんど変わらないロマンティック街道沿いの町。ドイツのおかしな帽子を買ったが、なかなか面白いと思った。その夜、スペンサーからメールが届いた。

今、ミュンヘン。歴史がすごい。

アレクは思った。おまえにわかるわけがない。

この場に立っていることがなんだか変な気持ちだった。母の父はアメリカからドイツにやってきて、父の父はその反対にドイツからアメリカに渡ったのだ。次の日、レアに手伝ってもらって、一九五三年の中頃にハイディの父が昇進を祝ったカフェを探した。そのカフェでアレクはレアにビールをおごった。六十二年前、彼の祖父ニック・ニューバーガーが軍曹に昇進したのを祝った、まさに同じ場所で。

そのカフェは、ネッカー川にかかる古いカール・テオドール橋の横にあった。そこにいるだけで祖父のニックから聞かされたほかのことも思い出され、感慨深かった。アレクは祖父から聞いた話をレアに伝えた。第二次世界大戦中、ニューヨーク州北西部の貧しい家で育ったこと、軍に入隊することが旅心を満たすことのできる唯一のチャンスだったこと。朝鮮戦争が始まり、ライン地方に拠点を置く整備士としてドイツにやってきたこと、休暇中にはもっと先まで旅行したこと。ドイツに駐留していた頃のいちばんの思い出は、スペイン領モロッコを旅したときのこと、などなど。

モロッコ旅行は一九五三年の夏のことだった。暇も金も余るほどあり、アフリカが見たかった祖父はほかのアメリカ兵とジブラルタルまで行き、モロッコ行きのフェリーに乗った。そして、そこで人生最大の奇妙で説明不能の体験をする。あまりにも突拍子もない体験だったので、誰も信じてくれないという思いから、内容をメモに残してスクラップブックに貼った。その話は語られることなく二世代という時間が過ぎたのだが、牧場に遊びにきた孫たちから兵隊の頃の話をせがまれ、初めて祖父はその話を始めた。

昇進した祖父が坐った場所に腰をおろし、アレクはその奇妙な話を思い出した。一九五三年の夏、祖父はほかのアメリカ兵と一緒に、カサブランカ行きの列車に揺られてフランス領モロッコを移動していた。ほとんどの乗客は眠っていたが、祖父は起きていた。眠れなかったのは、フランス人の一行――スーツを着て肌の色が白かったので、フランス人ではないかとニック青年は思った――が笑ったり騒いだりしていたからだった。うとうとしはじめると、必ず大きな笑い声があがり、機関銃のようなフランス語に眠りを妨げられた。しかたなく坐って窓の外の田園風景を眺めていた。すると午前二時──この午前二時という時刻については祖父は確信していた──馬にまたがった一団が裾《すそ》の長い服と肉切り包丁ほどもある大きな刀を身につけ、列車と併走しているのが見えたのだ。馬は速度を上げて祖父の車両を追い越し、そのうち列車は速度を落とし、やがて完全に停まった。馬から降りた男たちは列車に乗り込むと、道をふさぐ者はぶった切るぞと言わんばかりの勢いで刀を振りかざし、祖父の車両までやってきた。それはまるで一瞬の出来事だった。何が起きているのか理解するまえに彼らは車両に乗り込み、祖父のすぐ隣りまできていた。そして、スーツを着たひとりの男につかみかかった。肌の色から、その男は中東系のように見えた。盗賊はスーツの男の髪をつかんだ。彼らがほんとうに盗賊だったのかどうかはわからないが、髪をつかまれた男の顔がぐいと引っぱられ、その瞬間に祖父と眼が合った。男は懇願するような恐怖の表情を見せた。

その表情は単なる驚きではなく、その恐怖をどこかで予感していたような、ずっと心配して逃げまわっていた、とでもいった表情だった。

結局、スーツの男は列車から引きずり降ろされた。すると、それまで騒いで祖父の眠りを妨げていたフランス人たちが、まるで何かに取り憑《つ》かれたかのようにはっきりとした英語で祖父に話しかけてきた。「動くな。何も言うな」祖父は恐ろしくなった。

彼らは祖父をじっと見つめた。

窓の外を見ると、スーツを着た中東の男が馬の鞍に横ざまに乗せられているのが見えた。

体はぐったりとして動かなかった。死んでいるのか、縛られているのか、ただ意識を失っているだけなのか、祖父にはわからなかった。やがて馬の一団は走り去り、列車も動きはじめた。あれがいったいなんだったのか、その後も祖父が知ることはなかった。だからこそずっと気にかかり、その話を日付と時間とともに書き出し、スクラップブックに貼ったのだ。歳を取っても忘れることはなかった。それはまだ終わっていない物語だったからだ。

「すごい、ほんとうに変わった話ね」レアはアレクの家系に感銘を受けたようで、アレクはそれが誇らしかった。自分の旅が祖父の旅に共鳴しているようで、また自分の歴史の発見に軍が役割を果たしてくれているようで、心地よいリズムが体に沁《し》み込んでいくのが感じられた。毎晩アレクはレアの家で眠り、毎日レアはアレクを南ドイツのあちこちに連れていってくれた。

もっと気軽に楽しめるケルンのファンタジアランドというテーマパークにも連れていってくれた。ジェットコースターに乗ったり、世界じゅうの国々をデザインしたパーク内を散策したりした。チャイナタウンやメキシコもあったが、アレクがいちばん興味を惹《ひ》かれたのは〝ディープ・イン・アフリカ〟だった。そこでは、来園者の誰もが話題にしていたブラック・マンバというジェットコースターに乗った。うしろ向きに動くそのジェットコースターは、泥レンガの壁や梁《はり》の突き出した北アフリカのモスクをまねた塔のあいだを走り抜ける。斜《なな》めに走りながら今にも壁に激突しそうになるのを繰り返すコースは、恐ろしく危険な目にあうものと思わせながら、すんでのところで安全な世界に引き戻されるよう設計されたものだった。

パーク内のそのエリアでは、トイレにいたるまで何もかもがモスクの写真でよく見る尖《とが》ったアーチで統一されていて、アレクはいたく心惹かれた。すべてが歴史に——歴史的な場所と時間に合わせてあった。パーク内のそのエリアを歩いていると、北アフリカの市場を歩いているような気分になった。細部までいきわたったこだわりにも驚かされた。板葺《ぶ》きの家畜小屋や赤土の道——チュニジアかモロッコの町の中を歩いているような気分がした。

毎晩アレクはレアの家で眠り、毎日のようにレアはアレクに新しいものを見せてくれた。

サッカーのジャージが欲しかったので、マンハイムの巨大なスポーツ用品店に連れていってもらった。その店で家族の中でいちばんサッカー好きな弟のソロンのためにユニフォームのレプリカを二枚買った。ソロンはこの旅にとても来たがっていたので、何枚か買っていってあげようと思ったのだ。自分用には、青と赤のストライプのバイエルン・ミュンヘンのものを買い、レアに頼んで店員にユニフォームのうしろに大好きな選手の名前をプリントしてもらった。とても気に入ったので、毎日着ることにした。その四日後、ヨーロッパじゅうの報道陣が押し寄せてきたとき、アレクはこのユニフォームを着ていた。

レアとは一週間だけ過ごすつもりだったのだが、彼女の家族との時間はとても愉《たの》しく、親切にしてもらい、旅費もほとんどかからなかったので、そこをあとにする理由が見つからなかった。八日目の時点で、スペンサーとアンソニーがドイツにいることはわかっていたが、彼らがいるのはミュンヘンで、アレクはドイツ南部のこの愉しい時間を終わりにしたくなかった。

十日目、レアと自転車ツアーに出かけて帰ってくると、フェイスブックにスペンサーからメッセージが届いていた。

　これからベルリンに向かう！

それでもアレクはハイデルベルクを去る気になれなかった。

十一日が過ぎた頃、スペンサーからまたメッセージが届いた。

　バーでちょっと変わったロックンローラーに会って、計画を変更した。

　これからアムステルダムに行く！　連絡するよ。

アレクはレアの家族にずいぶん迷惑をかけてしまったと思い、そろそろスペンサーたちと合流することを決め、ハイデルベルク滞在十二日目、レアにマンハイムまで送ってもらった。そこからアムステルダム行きのバスに乗ったのだが、降りる停留所をまちがえ、残りの四十キロはタクシーに乗る破目になった。

十五時十七分発の列車の一等車の座席から、アレクは窓の外を眺める。オランダの最後の風景が過ぎていく。退屈だが、少し落ち着かない気分でもある。この旅行の最後の愉しみを見いだしたい。そんな思いがあるからだろう。アフガニスタン派遣が終わった今、自分の人生の山場は過ぎ去ってしまった。その海外派遣も蓋《ふた》を開けたらなんとも退屈なものだった。今の彼には数週間のヨーロッパ旅行しかない。それもあと一、二週間で終わる。そのあとはオレゴンに戻り、〈コストコ〉でアルバイトをしながら夢遊病者のようにコミュニティ・カレッジにかよい、たいして興味のない学位を取る。

スペンサーは彼の右隣りで、ノイズキャンセリング・ヘッドフォンで外部の世界から隔離されて眠っている。通路を挟んでアンソニーも寝ている。なんでアンソニーともっと親しくしなかったんだろう。今から思うと、アンソニーは一緒にいたいと思うようなタイプだ。大らかで気取りがない。それに誠実だ。それなのに、アンソニーとは七年間も話してなかった。中学校以来だ。アレクたち三人は一年生から二年生までサヴァイヴァル・ゲーム用のマスクをつけて近所じゅうを駆けまわり、ペレット弾を撃ち合ってお互いにみみず腫《ば》れをつくったり、近所の家のドアや窓に連射したりする三人そろって悪ガキの仲よしだった。古い小学校裏にある森の中で倒木を跳び越えて歩兵戦ごっこもしたし、野球コーチの居間に押しかけて、指が痛くなって涙目になるまでテレビゲームの〈コールオブデューティ〉で遊んだりもした。クラスでは三人ともふざけてばかりいたが、それは学校を運営する一族への三人なりの反発だった。転校してきたばかりで友達もなく不慣れなことに驚いてばかりいたアンソニーを仲間に誘ったのはスペンサーだったが、アンソニーと友達になってよかったと思ったことは今でも覚えている。その頃からアンソニーが好きだった——ことあるごとに郊外での暮らしに戸惑っていたアンソニー。アレクにとってはまるで弟ができたようなもので、自分たちの生き方を下級生に教え込む。そんな感じだった。もっとも、実際にはアンソニーのほうが一学年上だったのだが。

　晩夏の暑さで茶色くなって広がる草原が車窓の外を過ぎていく。携帯電話に眼をやると、青く点滅する光が線を横切るのが見える。ベルギーにはいったのだ！〈FNハースタル〉がここにある。アレクのいちばんのお気に入りの銃器メーカーだ。アメリカ軍のライフルはすべてあのあたりのどこかで製造されているのだ。〈ステアー〉社もここだったか？　いや、〈ステアー〉はオーストリアだ。アレクが本物の銃を初めて手に入れたのはオレゴンだった。ひとりの時間がたっぷりあったので、いつしか武器に心の癒《いや》しを覚えるようになった。中学時代にスペンサーやアンソニーと撃ち合ったサヴァイヴァル・ゲーム用のペインドボールガンやエアガンだけではない。父から本物の十二番径のショットガンを買ってもらったのも中学時代だ。それで弟と共有するものができた。銃の撃ち方、掃除のしかた、分解のしかた、組み立て方。どの武器も複雑な機械であると同時に、単純で、優雅で、セクシーで、とにかく恰好がいい。どの銃にも歴史が詰まっている。銃器メーカーは所有者がよく変わる。連合軍についたり、ナチスについたりもした——ベトコンやサンディニスタ（ニカラグアの左翼革命組織）はどんな武器を使ったのだろう？　銃というのは、中学校時代に今隣りにいるふたりの友達と意気投合した歴史の授業以来、アレクにとって心が休まる唯一の趣味だった。

26

彼らは酔ってふらつきながら、アムステルダムの通りに転がり出た。偶然見つけたクラブで飲みすぎ、踊りすぎた。ホテルの部屋の床に転がったまま眼を覚ましたアレクは、二日酔いで頭痛がしたが、気分は悪くなかった。明日の晩はひとりで部屋を使える。なによりベッドの上で寝たかった。金曜日には十五時十七分発のパリ行きに乗る予定だった。いや、その列車はやめてもっと遅い列車にしようか？　アムステルダムは期待以上で、三人とももっとここで時間を過ごしたいと思っていた。

「なあ、信じられないことだと思わないか？」ほかのふたりとホステルで合流するなり、アレクは言った。「久しぶりに――七年ぶりか？――三人で会って、しかもそれがヨーロッパなんて！」

初めのうち、アレクはスペンサーがアンソニーをこのヨーロッパ旅行に誘ったことに違和感を覚えていた。なんだか行きあたりばったりのような気がしたのだ。アレクは海外派遣を終えて退屈な一般人の生活に戻るまえのひとときを親友と一緒に愉しみたいと思っていた。なのにそれを邪魔されたような。しかし、三人でまた一緒になってみると、とてもしっくりした。古い友と新しい場所。まだ誰も探検したことのない市《まち》が、三人のまえに門戸を開いている。この市《まち》そのものが古いものと新しいものとの出会いの場だ。何世紀もの歴史を持つ石畳の通りに、きらめく最先端の建物がそびえ立っている。

　日中はサッカーの試合を見にいき、夜は出歩いた。太陽が出ているうちからビールを飲み、ここでは誰とも簡単に仲よくなれた。長い年月を経て三人がようやく一緒になったこの市《まち》には、不思議な何かが働いていた。それはアレク自身がそうなのか、それともこの市《まち》が何かのエネルギーに満ちているのか。アレクはアムステルダムをまだ去りたくなかった。

　これが自分の生き方だ。アレクはそのことにようやく気づいてそう思った。これは恥ずかしいことでもなんでもない。ひとつの場所に長くとどまって、その土地のことを知り、そこで生きる人々のことを知り、場合によっては女の子と知り合いになる。スペンサーとアンソニーは相も変わらず、できるかぎりいろんなところに行きたがっている。まるでヨーロッパ大陸には時間制限があって、それが終わるまえに駆け抜けようとでもしているかのように。アレクはもっとじっくりと時間をかけて、アムステルダムが自分の体に染み込むのを待ちたかった。それにはスペンサーもアンソニーも初めて同意してくれた。

「なあ、スペンサー」アンソニーがスペンサーに言った。「ここで週末を過ごしたくないか？」

　アムステルダムは故郷に似ている、とアンソニーは言った。陽がよく射し、風が強いところも地形もサクラメントに似ていると言う。それに、アムステルダムを去らなければならない唯一の理由はパリに行く予定になっているからで、スペンサーによれば、それまで出会った何人もの人からパリ行きは避けたほうがいいと言われたらしい。「ベルリンのホステルである女の子と出会ったんだ」とスペンサーは言った。「その子の話じゃ、パリは物価がとにかく高いらしい。それに意外と退屈なんだそうだ。パリの人も――なんだか無礼な連中ばかりだって」

「ヴェネツィアのリサも同じことを言ってた」とアンソニーは言った。アムステルダムに向かう列車の中で知り合ったオーストラリア人の女の子も――彼女はすでにヨーロッパじゅうを旅していた――フランスには行かないようにと言っていた。だったら予約していた列車をキャンセルして、もっと遅い列車にしたらどうだろうか。列車は一日に十数本も出ているのだから。

彼らは自転車ツアーに参加してチーズ農場に出かけた。アムステルダム川の岸辺にあるレンブラントヘーヴェは、エキセントリックなオランダ人がオーナーで、木靴やスモーク・ゴーダ・チーズをつくっていた。運河沿いを自転車で走っていると、アレクには家々が傾いているように見えた。その理由はガイドが教えてくれた。運河から吊り上げたものが家の壁に当たらないように、運河のほうにせり出すように建てられているのだそうだ。そんな家が並ぶ道を走っていると、世界が頭の上に崩れ落ちてくるような錯覚を覚えた。

アムステルダムセ・ボスという公園の脇も自転車で走った。その公園はニューヨークのセントラルパークより広く、金持ちがキツネ狩りという名の大規模な鬼ごっこをやったり、ヴェトナム戦争への反戦デモがおこなわれたりした場所だったらしい。何もかもがゆったりしていて天気もよく、いい人ばかりだった。アレクはやり残していることがまだいっぱいあるような気がした。

だったら、なんでここをあとにする必要がある？　なんでアムステルダムを去る必要がある？　そうしなければならない理由は三人とも見つけられなかった。じゃあ、もう少し滞在を引き延ばそうか？　アレクは髪を切りたかった。スペンサーとアンソニーは、アレクがまだマンハイムからのバスに乗っていたあいだに床屋に行っていた。ふたりはコインランドリーまで自転車で行く途中、ジャマイカ人の床屋を偶然見つけ、オランダで黒人の髪を切ることのできる人物に出会ったことに興奮したアンソニーが、スペンサーも同じ髪形にさせたのだ。ふたりともその髪形が決まっていた。アレクは自分もその仲間入りがしたかった。

評判をよく耳にするクラブがあって、アンソニーはそこに行きたがっていた。が、そのクラブは週末にしか開いていないため、列車の予約をキャンセルしないかぎり、その店には行けなかった。

加えて、ここの女の子たちは親切な子ばかりで、オランダ人は魅力的だ、というのが彼らの共通認識だった。「たぶんみんな自転車に乗るからじゃないか」とスペンサーは言った。

「だからきれいな脚をしてるんだよ」

アレクは笑った。「それがおまえの医学的見地か？」

彼らはまだアンネ・フランクの家も見ていなかった。もう少し長くここにとどまればそこにも行ける。三人が固い絆で結ばれたのは、つまるところ、中学時代の歴史の授業のおかげだった。そもそもヨーロッパに来ようと思ったのも歴史がきっかけだった。だから、アンネの家を見ないわけにはいかない。それをパスするのは正しくないことのような気がした。巡礼に出ながら、最後の最後で寺院を素通りするようなものだ。

「どうやら結論が出たみたいだな」とアレクは言った。彼らは赤線地帯を散策したあと立ち寄ったバーの戸外に出されたテーブルについて、列車の時刻や地図を見ようとＷｉ－Ｆｉにつなげた。「パリに行くのはやめにしよう」とアレクは言った。

「ああ。せめて行くのをもう少し遅らせよう」とアンソニーも言った。パリは次の週もそこにある。アンソニーもここにとどまりたがっていた。アレクは絶対にここに残りたがっていた。スペンサーもふたりに反対する気はなかった。こうして三人は十五時十七分発のパリ行きの列車には乗らないことに決めた。

出発は明日になるか日曜日になるか、あるいは月曜日まで待つか。そうすれば、アレクは髪を切ることもできるし、クラブにも行けるし、アンネ・フランクの家を見にいく時間もたっぷりできる。三人はそうすることに決めた。

そのときだ。アレクは心の奥底を何かに突かれたような気がした。遠くの部屋から小さな声が言っていた、この場から去りなさい、と。

ふたりにはどうやって説明すればいいのかわからなかった。自分でもわけがわからなかった。それでも気が変わったことだけは確かだった。

彼はアンソニーに尋ねた。すると、アンソニーもなぜか気持ちが変わったようだった。特にはっきりした理由はないのに。「やっぱり最初の計画どおりにしたほうがいいのかも」自分の気持ちが変わった説明としてはそう言うしかなかった。

アムステルダムにとどまる理由はいくらもあった。一方、ここをあとにする理由は誰にもなかった。なのに全員一致で出発することになった。なぜなのかは誰にもわからなかった。なのに三人ともなぜかそうすべきだと感じたのだった。

27

アンソニーはアムステルダム駅で、自分が遠くを眺めているところを隠し撮りしてほしい、とアレクに頼んだ。「撮影してくれなんて頼むんじゃ、隠し撮りにならないじゃないか」

「いいから、横を向いているところを撮ってくれ」アンソニーはもの思いに沈んでいた。そう見えるようなふりをしていただけかもしれないが。いずれにしろ、ベンチに腕をかけると、遠くを眺めるポーズを取った。アンソニーが腕を上げると、フリースの裾《すそ》から下に着ているTシャツの紫色が見えた。アレクは言った。

「アンソニー、まさかレイカーズ（ロスアンジェルスを本拠地とするNBAのチーム）のシャツを着てるんじゃないだろうな。ここはヨーロッパだぞ、サッカーのシャツを着ろよ！　おれのを貸してやる。ソロンのでもいい。余分に持っているから」

「おれはこれでいい。恥ずかしくなんかないさ。コービー（コービー・ブライアント。レイカーズ一筋で活躍した花形選手）のファンだと堂々と言ってやる」アンソニーはプラットホームの向こうを見ながら、自分に言い聞かせるように言った。「ブラック・マンバ」

「え、なんだって？」

「ブラック・マンバ」そう繰り返されても、アレクにはなんのことかわからなかった。「コービーのニックネームだ。知らなかったのか？」

「偶然だね。おれがケルンで乗ったジェットコースターがブラック・マンバっていう名前だったんだ。アフリカがテーマの」

「嘘だろ？」

ようやく列車が駅にはいってきた。アレクはバッグを手に列車のほうに向かったが、近寄ってきた女性から声をかけられた。「あの、すみません」彼女はイギリスのアクセントで言い、彼のほうに腕を伸ばした。「父が乗るのを手伝っていただけますか？」

彼女のうしろで白髪の弱々しい老人が恥ずかしそうな笑みを浮かべていた。

「もちろんです」アレクとスペンサーは老人の肘《ひじ》を持って両側から支え、アンソニーは空いている手で彼らのスーツケースを持った。列車のドアが開くと、アレクは老人が急なステップを上がるのを手伝い、ふたりが座席につくまで見守った。アンソニーは彼らの荷物を運び入れた。

「どうもありがとう」老人は言った。「助かったよ」

「どういたしまして」とアレクは言って、スペンサーのほうを向いた。「おれたちの席はどこかわかる？」

「一等車だからあっちだと思う。でも、ここでもいいんじゃないか？」

「そうだな、おれもそう思う」

彼らは近くの座席に落ち着いた。

十五分が経ち、三十分が経った。

スペンサーが立ち上がって言った。

「なんだか飽きちまった。退屈だからほかの車両のＷｉ－Ｆｉの具合をみてくる」

そう言って、前方の車両に消えた。また時間が過ぎた。スペンサーが拳《こぶし》を突き上げながら駆け戻ってきた。

「やった！　一等車はあっちだ。Ｗｉ－Ｆｉが使える」

予約していた前方の座席に行きそびれる原因となった老人と女性に手を振り、三人は十五号車を抜け、十四号車も抜けて十二号車にたどり着いた。

一等車では乗務員がスナック菓子とコカ・コーラのミニ缶を持ってきてくれた。「すげえ！　なんてかわいいんだ！」アレクはめまいがするほど退屈していたので、普通より小さいコーラの缶がたまらなく面白かった。「超かわいい！　スペンサー、この赤ちゃんコーラを見てみろよ！」

スペンサーはうなり声をあげた。「アレク、おまえ、うるさいんだけど」

「スペンサーはご機嫌斜《なな》めのようだ」

「いいよ。ヘッドフォンをするから」スペンサーはノイズキャンセリング・ヘッドフォンをしっかりと頭にかけ、席にもたれて眼を閉じた。

列車が速度を落とす。乗客は立ち上がって棚の上の荷物に手を伸ばす。まるで腕と皮革とキャンヴァス地の海がうねっているみたいだ。スペンサーとアンソニーは起きる気配もない。

アレクは、降りていく人々、乗ってくる人々をぼんやりと眺めている。ブリュッセル駅だ。駅の写真を撮る。なんて退屈なんだ。

そんなとき、ホーム上のある人物が視界の端にはいる。

カールしたブロンドの髪、自信にあふれた歩き方。さっき彼が口説《くど》こうとした魅力的な乗務員が降りてしまうのか。まさか、そんな！

まわりを見ると、制服姿の人がどんどん降りていく。乗務員の交代か。くそ！　彼女が降りてしまうとは。彼女はたぶんおれたちのことをただの馬鹿だと思っていることだろう。そう思われたとしたら、そう、おれたちはただの馬鹿だ。

彼は少し残念に思いながら彼女を見送る。彼女が歩き去るのとは反対方向から北アフリカ人らしい男が列車に近づいてくる。が、その姿はアレクの眼にはいらない。

男はホームを横切るとアレクの視界から消え、アレクの背後から列車に乗り込む。

その男はこの列車の乗客全員を殺せるほどの火力で武装している。

列車が駅を出るところをアレクは写真に撮る。スペンサーを起こそうか。何かが起きないかと期待する。携帯を見て、パリまでの距離を確認する。グーグルマップでどの路線を通っているのか確認し、通過する場所の名前を知っているかを確かめる。窓の外を眺めると、田舎《いなか》の風景が過ぎ去っていく。ドイツの彼女にメールする。アフガニスタンへの派遣で一緒だった友達にメールする。オレゴンの女の子にメールする。また窓の外を眺める。携帯を見て、ひとりでちょっとしたゲームをする。列車が国境を通過する時間をぴったり予測するというゲームだ。またふたりの女の子にメールする。今どこにいるのか教える。携帯電話で、列車が走っているルートを眺める。

午後五時五十五分頃、小さな青い光の点がフランスに動くと、そのあと彼からのメールは誰にも受け取れなくなる。

うしろのほうで荷物が落ちる音がする。何か重いものだというのは、とても大きな音だったことからわかる。その直後、ガラスが大量に割れた音がする。うしろを振り向いたところで、制服を着た男が猛スピードで視界を横切る。考えるより速く、アレクは低い姿勢になって座席の足元にしゃがみ込む。座席の隙間からうしろをのぞくと、狭い視界にはいったり消えたりしながら、悪夢の中でうごめく亡霊のように、ライフルを構えた上半身裸の男がゆっくりと近づいてくる。

一気にアドレナリンが噴出する。視界が狭まる。アレクのまわりから列車は蒸発して消え、この世界の中に存在しているのは、十メートルと離れていないところにいる武装した男だけになる。視界が双眼鏡から見ているようにひとつの球体となる。まるで照準器を通してビデオゲームを見ているかのようになる。心の中で彼は叫ぶ。行け――行くんだ。しかし、その声には生半可で弱々しい響きしかない。そのメッセージは隣りにいる友達に向けられている。スペンサーも今は眼を覚ましているのがわかる。心の叫びを実際に声に出したことが肺の振動からわかる。自分の声がこだまのように返ってくる。スペンサーの姿が視界をよぎる。アレクは気づく、親友を武装した男に向かわせてしまったことに。

もうひとつ、はっきりわかっていることがある。スペンサーは丸腰で無防備でひとりだということだ。

28

ちょうどその頃、二百四十キロ南にあるパリのアメリカ大使館では、報道官アレックス・ダニエルズが夕食を終えようとしていた。この仕事の特典のひとつは、飛行機の長い乗り継ぎ時間を待たなければならない友人を招待できることで、今回もイスラエルのパレスチナ人親子が十四時間の滞在の合い間に訪ねてきていた。ダニエルズは大使館に来てまだ五週間目で、プレス窓口への接触を試みてあきらめたところだった。誰もいないのだ。フランスでは報道関係者もほかのフランス人同様、八月は夏休みを取る。一週間ほどがんばってみたのだが、〝復帰《ラ・ロントレ》〟――秋になると戻ってくるというフランスの伝統――を待つことにした。

実際にはそんなに待たずにすんだ。

まず仕事用の電話が鳴った。

金曜日の夜ということもあってそのまま鳴るにまかせて、ちょうどタクシーが到着した訪問客を見送った。

また電話が鳴った。

ようやく三回目で、よほど重要なことなのだろうと思い、受話器を取った。「こちらフランス通信社ですが、たった今、アムステルダム発パリ行きの列車内でのテロを三人のアメリカ海兵隊員が未然に食い止めたとの情報がはいりました。何かコメントをいただけますか？」

ダニエルズは咳払いをしてから言った。「まだ何も情報がありませんので、のちほどご連絡します」

彼は名前と電話番号を書きとめると、不意打ちをくらって状況が呑み込めていないとき、優秀な報道官なら誰もが取る行動を取った。テレビをつけた。

また電話が鳴った。別の記者だ。さらにまた電話。それが嵐の始まりだった。補佐官に連絡したが、週末の当直になっていた彼はすでにてんてこ舞い状態で、報道関係者からの問い合わせだけでなく、フランス在住のアメリカ人が心配してかけてくる電話への対応に追われていた。

「報道関係の問い合わせはあなたに全部まわします」と補佐官はダニエルズに言った。「それ以外の電話はすべて私が受けます」しかし、その時点でダニエルズはすでにどうしようもないほど遅れを取っていた。どの報道機関の誰から電話があったのか、覚えていられなかった。緊急時における対策優先順位をつける必要があったが、手伝いを頼める補佐官はほかにはいなかった。彼はかかってきた順に名前のリストを書きはじめた。が、ギリシャ神話の九頭のヒュドラと闘っているかのようだった。リストは手に負えないほどどんどん長くなった。

その頃、夜もとっぷりと暮れたパ＝ド＝カレー県の県庁所在地アラスのホテルの一室では、アレクとアンソニーがいったい何が起きたのか頭の中で整理しようとしていた。パリではアレックス・ダニエルズが同じことをやっていた。

大使館からそれほど離れてはいないパリの反対側では、土曜日の早朝に同僚のリック・ホルツアップルからかかってきた緊急の電話で、レベッカ・ロビンソンが眼を覚ました。ロビンソンは大使の補佐官、ホルツアップルは政務官だ。八月は閑散期のため、大使館には通常より少ない人数しかいなかった。首席公使――大使に次ぐ役職――は年次休暇でアメリカに帰国しており、ホルツアップルがその穴を埋めていた。しかし、大使は夫と週末を過ごすため休暇を取っていて留守だったので、ホルツアップルが実質的に大使館の全権を任される形になっていた。つまり、大使館の実質的なトップから電話がかかってきたということだ。しかも週末に。

「何かが起こったようだ」ホルツアップルは言った。「内務大臣に連絡を取る必要がある」

ロビンソンはシャワーを浴び、サンドレスにサンダルといういでたちで――なにしろ八月の土曜日だ――大使館に出向いた。椅子に腰をおろすまえに電話が鳴りはじめた。話題の中心になっている列車に偶然大使館員が乗り合わせていて、その職員が大使館の警備員に連絡したということがわかった。その大使館員は、事件については発生時にすぐわかったようだが、その列車に乗り合わせていた本人ですら、何が起きたのかはわからないようだった。その大使館員に報告できたのは、列車が停車し、ルートが変更になり、血だらけの男が搬送された――ただそれだけだった。報道各社も同じ内容を繰り返していた。三人のアメリカ海兵隊員がテロを未然に食い止めた、ということだけを。

ダニエルズは朝からずっと自宅で対応策を練っており、ロビンソンより数時間遅れて大使館に出勤したところ、自分の机につくまえにロビンソンに言われた。「アレックス」と彼女は言った。「あなたにとってはこれがシャルリー・エブド（フランスの風刺週刊誌。二〇一五年、テロリストの襲撃を受け、執筆者ら十二名が殺害される）ね。パリへようこそ」

ロビンソンは、ホルツアップルの要請を受けてフランス政府の役人との電話での調整を始めた。まずは国家警察とその他の法執行機関の責任者である内務大臣だ。電話での調整が終わると、幹部スタッフや領事職員とともにもっとも緊急を要する仕事に全精力を注いだ。被害に遭遇した自国民の安全確保だ。ロビンソンが知るかぎり、三人の青年はまだ危険にさらされていた。その仕事で重要な役割を担《にな》ったのは領事職員だった。彼らは海外滞在中のアメリカ国民に緊急の対応が提供できるよう、特別な訓練を受けているが、アメリカ人が重傷を負った場合、まずはどの病院に運ばれ、必要な治療を受けているかどうか確認しなければならない。自国民の世話は自分でしなければならない。

しかし、そこに問題があった。ロビンソンもほかのスタッフも三人のアメリカの若者の安否に責任を感じてはいても、三人がどこにいるのか、見当もついていなかったのだ。知りえたのは、スペンサー・ストーンという若者が入院しているということだけで、それがなんという病院なのかも不明だった。残りのふたりの居場所についてはまったく情報がなかった。この時点では、若者の名前がアンソニーとアレクだということはロビンソンにもわかっていたが、どこに行ったのかは不明だった。ふたりは無事なのか。三人がテロの標的だったのか。FBIが事情聴取するまえに、また列車に乗ってどこかへ行ってしまうなどということはないだろうか？

問題はまだあった。ロビンソンと領事職員には、スペンサーという名の若者が必要な治療を受けているのかどうか確認する義務があったが、入院先の病院を突き止められても、彼女にも領事職員にもそれ以上の権限がなかった。それは彼が軍人だからだ。大使館の対応は現役の軍人を対象としていない。軍人には軍が対応することになっている。

そこでロビンソンは駐在武官のジム・ショー中尉に電話した。ショー中尉はすでに大使館派遣団とも呼べる体制——車両二台、アシスタント二名、FBIの法務官事務所のチーム——でアラスに向けて出発していた。ここで重要な情報の誤りがかえって功を奏した。この時点では、若者たちは三人とも海兵隊員だと思われていたのだ。そのためショー中尉は三人全員を収容できるよう充分な人員と車両を用意していた。彼の当面の関心はスペンサーがどの程度の重傷を負っているのか、どの病院に収容されているのか、どんな治療を受けているのか、そして残りのふたりがどこにいるのか明らかにすることだった。

ショーはまずスペンサーがリールの病院に搬送されたことを突き止めた。さらに、スペンサーは親指をほとんど切断されていたが、生命に別条はないことがわかった。これも普通では考えられないほど幸運なことだった。神の力か、はたまた不思議な偶然の為《な》せる業《わざ》か。事件が発生した時点でいちばん近い駅から整形外科で有名な先端医療センターまで五十キロと離れていなかったのだ。スペンサーの親指が切られたときの最寄駅はアラス。そこから列車は行き先を変更し、彼の負った怪我《けが》を治療するのに世界じゅうでもこれ以上ないという最高の病院のひとつに彼を搬送できたのだった。

スペンサーは意識もあり、容体も安定していた。一方、アレクとアンソニーの居場所はすぐにはわからなかった。まわりはフランス語を話す人ばかりで、何が起きているのか把握するのに難儀しながらも、ショー中尉はフランスの役人のあいだを縫《ぬ》って時間を数時間さかのぼって調査した。そうしてふたりがアラスのホテルにいることを突き止めたのだった。

ここでまた別の問題が生じる。何者かによって彼らの居場所がリークされたか、あるいはずる賢い記者が駐在武官の車のあとを尾《つ》けたか、いずれにしろ、ショーが向かったときには何百人もの記者たちがホテルと病院のまわりに集まっていた。青年たちは文字どおり一夜にしてロックスターになっていた。

パリでは、レベッカ・ロビンソンが朝から午後の大半を半狂乱になって、ショー中尉が三人の青年を探すのを手伝いながら、感謝の意を伝えるフランス国民からの電話の対応をしていた。電話は鉄道協会の会長や鉄道会社の社長だけでなく、大臣やそのほかの官僚からもかかってきた。本来なら誰も市《まち》にはいないはずの八月の土曜日に。みんなが口をそろえて言ったのは、アメリカへの感謝のことば、大使館への感謝のことばだ。ロビンソンにしてもこんな経験は初めてだった。あの三人の青年は彼女が知るかぎり最大級のいまだかつてない英雄的な行為をやってのけた。そのおかげで彼女までフランスのいたるところの人々から感謝されているのだ。彼女は、顔もまだ見たこともない、自分たちの功績を主張してもいない青年たちから、計り知れない贈りものをもらったような気がした。

アラスではアレクがまわりで起きている疾風のような出来事をただ坐って眺めていた。さまざまな種類の制服を着た何十人もの役人に権威をちらつかせられるのには、ほとほと閉口した。英語を話すのは同じ列車に乗り合わせたイギリス人、クリス——ああ、クリスに感謝——だけで、ふたりの通訳をしてくれ、家族に電話するのに携帯電話も貸してくれた。

やっと今、絵の中に何人かのアメリカ人が加わった。パリの大使館から駐在武官が来たのだ。病院にいるスペンサーを探し出し、そこにいた警察の集団からほかのふたりのアメリカ人の居場所を尋ね、ここまでたどり着いたらしい。

それよりスペンサーは？　どうしてスペンサーに会わせてもらえないのか。

アレクとアンソニーがいる警察のオフィスにFBIの職員がはいってきた。「きみたちに電話がかかってくる」

「わかりました」

「大統領からだ」

ふたりは会議用テーブルの置かれたオフィスにはいると、何本かの空《から》のコカ・コーラのペットボトルと、大量に積まれている水のペットボトルの横に坐った。職員のひとりがテーブルの中央に置かれたスピーカーにiPhoneをつなげた。アレクはにやつかないように気をつけていた。これ、冗談？　アンソニーのほうを見ると、もっと落ち着かない様子で、ボールペンのノックをかちかち押しつづけていた。互いに小声で冗談を言い合って待った。そこでふとアレクの頭に恐ろしい考えが浮かんだ。今の冗談の言い合いを大統領に聞かれていたらどうしよう？　なんて馬鹿なやつらだと思うに決まっている——そのときスピーカーから声が聞こえた。「ご紹介します。オバマ大統領です」

「やあ、諸君！」

なんてこった！　大統領にはなんて言えばいいんだ？　まずはアンソニーが話したほうがいいのか？　それとも、おれ？　少し間をおいてからアレクは言った。「こんにちは」まったく同時にアンソニーも「こんにちは、大統領」と言ったので、ことばが重なって聞き取れなくなった。

くそ。へまをした。

少し間をおいてからオバマ大統領が言った。「きみたちも聞いてくれ。今までスペンサーと話してたんだが、私が同窓会に出たとしてもビールを飲んだりするだけで、テロリストと取っ組み合いなんかはしないって言っておいたよ」

アンソニーが笑ったので、アレクはアンソニーに任せた。ところが、国際電話の時間差のせいで、今度はアンソニーと大統領が同じタイミングで話していた。ふたりは同時に黙っては同時に話しはじめ、また同時に黙っては一緒に話しだした。

「はい、確かに面白い再会になりました」そうアンソニーが言うのと同時に大統領も言った。

「きみたちのクラス会のほうが刺激的だな――」アンソニーはなんとか辻褄《つじつま》の合う答を返そうとして言った。

「おっしゃるとおりです」

またへまをした。だんだん恥ずかしくなってきた。今度はアンソニーも大統領も黙ってしまった。お互いに気をつかい、声が重なるのを三度も続けるのは避けたいとお互い思っているのだ。この沈黙を破るのは自分の役目だとアレクは思った。しかし、アメリカ合衆国の大統領を相手に何を話せばいい？

「えっと、そうですね、こんなことになるとは思ってもいなかったんで。でも、次回はなんとかしたいと思ってます」今、おれはなんて言った？　いったいどういう意味だ？　また居心地の悪い沈黙。次はアンソニーががんばった。

「この次に今回のことを超えるのは――」またしても大統領が何かを言いかけ、途中で黙った。

「この次に今回のことを超えるのはむずかしいと思います」

「私もそう思う。でも、いいかな。きみたちのことをどんなに誇りに思っているか知ってほしい。オランド大統領にも会うことになると思う。大統領とはさっき話したばかりなんだが、フランスの全国民を代表して、きみたちが成し遂げたことにとても感謝していた。だから、きみたちにはぜひとも知ってほしい。アレクサンダー、きみは軍を……」オバマ大統領としてもすぐにはことばが見つからないようだった。「軍を立派に代表している」

アレクは笑った。大統領がことばにつまったことも、自分があまりに晴れがましい場所にいることも、テロリストの攻撃を未然に防いだこともおかしかった。が、たぶんいちばん笑えるのは、何もかもがばかばかしいことと、ｉＰｈｏｎｅのスピーカー越しにアメリカ合衆国の大統領と気取った会話をしていることだった。

29

午後ほぼ四時半、パリではロビンソンと大使館幹部が電話で駐在武官の報告を受けていた。「こちらに来てください。報道関係者であふれています」事態はどんどん収拾不能になっていた。

ロビンソンやダニエルズたち幹部はほかの大使館員とともにこれからすべきことを話し合った。アラスにはプレス対応できる人員がいない。今年一番ではないにしろ、この夏一番の大事件となればなおさらだ。青年たちは突如としてヨーロッパ大陸で今もっとも求められるニュースの主人公になった。究極の嵐だ。今月はほかに大きなニュースもなく、シャルリー・エブド襲撃事件からはまだ一年も経っておらず、しかもフランスを含め三カ国を通った列車の中で事件が起きたのだ。三カ国の記者のほぼ全員が彼らに取材を求めてくるだろう。

そうこうするうちに写真が出まわりはじめた。腕を吊った姿で病院から出てきたスペンサーが太陽のまぶしさに眼を細めながら、手を振っている写真。ロビンソンは、若者たちがなんの準備もできていない状況に迷い込んでいくのを大人の眼で眺めた。

彼らをすぐここに連れてきて保護してあげたかった。彼らをダニエルズの背後にかくまい、メディアの攻撃から守り、正常な事態に戻したかった。

ダニエルズが言った。「彼らをパリに連れてこよう」

ロビンソンはうなずいた。「彼らを大使公邸に連れていきましょう」

公邸は単に大使の住居というだけではない。巨大で豪華な邸宅だ。ホワイトハウスの大統領の寝室を提供しようと提案するのと変わらないくらい、このロビンソンの申し出は思いきったものだったが、大使公邸には戦術的な優位性がふたつあった。青年たちがパリに連れてこられることは記者たちも予想しており、大使館のまえにはすでに報道各社のヴァンが態勢を整えつつあった。一方、大使公邸のほうにはまだ誰も来ていない。大使館からはわずか数分しか離れてはいないのだが、報道関係者としては大使公邸に行く理由がない。大使は休暇を取っていて不在なのだから。

そしてなにより、残された選択肢はホテルしかないからだ。パリというのは有名人に取り憑《つ》かれた市《まち》で、パリのホテルは秘密が洩れることで悪名高い。大使公邸なら青年たちをマスコミから守ることができる。ダニエルズのほうで報道関係者の接触を制限することができる。

「大使へは私から連絡をします」とロビンソンは言った。「必要なスタッフを公邸に集めましょう」

これにはホルツアップルがうなずいて言った。「よし、さっそく取りかかろう」

ロビンソンにはもうひとつ気がかりなことがあった。手術後のスペンサー・ストーンの写真を見たとき、アルマ橋近くで大破したメルセデス・ベンツの映像が頭の中をよぎったのだ。

ダイアナ妃がパパラッチに追われて亡くなった場所だ。

「警察の護衛をつけましょう」

アラスの警察署の三階から外を見下ろすと、少なくとも三十人の記者が集まっているのが見えた。「アンソニー、こっちに来て見てみろよ」

「たまげたな。大変な騒ぎだ！」

ショー中尉が部屋にはいってきた。「さあ、そろそろ行く時間だ。下に車を待たせてある。スペンサーも来ている」

見慣れた人影が部屋にはいってくるのがアレクの視界にはいった。まぎれもなくスペンサーだった。まぶたはまだ腫《は》れて痣《あざ》になり、腕にはギプスをしていたが、身ぎれいになって笑みを浮かべていた。アレクは両手を上げ、隣りにいたアンソニーも歓声をあげて同じように両手を上げた。スペンサーは怪我をしていないほうの手を上げ、みんなで大声で笑い合った。まるでバスケットボールのコートで、ブザー・ビーター（ピリオドや試合終了直前に放たれ、残り時間で決まるシュート）を決めて大喜びした中学校時代に戻ったみたいに。離れ離れになってわずか一日たらずだというのに、一カ月ぶりに再会したような気分だった。「スペンサー」アンソニーが挨拶《あいさつ》そっちのけで尋ねた。「どうやってあんなにすばやく反応できたんだ？　どうしてわかったんだ？」スペンサーが答えるまえにショー中尉が入室し、彼らを車まで誘導した。それはただの迎えの車ではなく、要人用の車のパレードだった。私道から出た車列はハイウェイの入口の四つの列に並んだ。アレクがそのうちのひとつの入口しか開いていないことに気づくには、少し時間がかかった。彼らの車列のための入口だけが開いていたのだ。ハイウェイにはいって警察の護衛が合流すると、車列はまた動きはじめた。ハイウェイにはほかの車がほとんどいなかった。一般市民の車を前方に認めると、すかさずオートバイの一台が車列から離れてその車に追いつき、時速百三十キロのまま運転席の横につけ、腕を伸ばしてガラスを叩いて窓を開けるようにジェスチャーで示した。窓が開くと、運転者の顔のすぐ横に手を差し込んで、はっきりとした仕種《しぐさ》で路肩に寄るよう指示した。

そんな光景を見るのは、アレクにしても初めてだった。そんな超高速の綱渡りを見るのは。

「驚いたな」とアンソニーは前部座席の男たちに言った。「いったいどこであんな芸を習うんです?」

「アメリカに行ってトレーニングを受けるんだよ」

すぐうしろを走るSUVには自動火器を持った男たちが何人も乗っていた。車の外に手を出し、後続車に向かって距離をあけるよう合図していた。それを無視したネイヴィーブルーの古いセダンが近づいてきたときには、そのSUVは車列を抜け出し、セダンの脇にぴたりとつけて窓を開けたと思ったら、ひとりの男が窓から体を半分乗り出して、セダンの運転者の顔にサブマシンガンを向けた。

「すげえ」とアレクは思わずつぶやいた。「MP5だ!」その男は毎分八百発撃つことができるサブマシンガンを民間車両に向けて、怒鳴っているのだ。フランス語を話さないアレクにさえ怒鳴っている内容がR指定だということはわかった。それもすべてアレクたちが通る道の安全を確保するためなのだ。こんなにカッコいいドライヴは生まれて初めてだった。アフガニスタンで戦車を撃つより、ドイツで乗ったジェットコースターよりカッコいい。そのふたつを合わせたようなドライヴだ。貸切バスに衝突しそうになったときには、アンソニーが悲鳴をあげ、そのあと笑いだした。アレクはブラック・マンバで味わった、今にも激突しそうな緊迫感を思い出していた。そうは見えなくても、このドライヴはちゃんとレールの上を走り、すべてが制御されているのだ。

フランスの田園地方を走りながら、彼らはフランスが誇る超高速芝居の演出を愉しんだ。車列が疾走する高速道路オートルートA1はサン＝ドニ――アイユーブが住んでいた貧しい地区（数カ月後にパリ近郊で起きる同時多発テロのターゲットとなる）――の真ん中を通っていた。やがて高速道路を降りて、北側に広がる郊外からパリ市街にはいると、彼らはアメリカ大使公邸をめざした。

アレクはバスローブを羽織り、マグナムボトルのシャンパンをマイクのように持って廊下を走りまわった。

「おれたち用のバスローブまである！」まるで映画の『ホーム・アローン』だ。巨大な公邸の豪華なダイニングルームには、熱々の〈ピザハット〉の箱が十個も積み重ねられていた。誰がピザを十枚も食べる？　冷蔵庫いっぱいのシャンパンに、クローゼットいっぱいの上等なバスローブ。こんな状況ではしゃがないやつがどこにいる？　アレクは、すべてのベッドの上で飛び跳ねたいという抑えがたい衝動とひそかに闘っていた。

「これがベン・フランクリン・ルーム？」

「大統領が寝る部屋だ！」

「だったら、飛び跳ねるしかないでしょ！」

「チャールズ・リンドバーグもここで寝たんだって」

「しょうがない。だったらそっちのベッドもだ！」

アレクとアンソニーが四歳児のようにすべてのベッドの上で飛び跳ねている一方、スペンサーはひとつのベッドに横たわっていた。「スペンサー！」アレクが叫んだ。「おい、おまえも来いよ。愉しいぞ――誰と話してるんだ？」

「〈フェイスタイム〉でビデオ通話してるんだ。姉さんと」

「ケリー！」アレクはまさに躁状態にあった。酔ってもいた。大統領と話し、テロリストを撃退し、フランスの道路をサブマシンガンに囲まれた車のパレードで疾走し、そしてなにより今は大邸宅にいて、バスローブを着て、飲み放題の無料の酒を振る舞われているのだから無理もない。彼はシャンパンを片手にスペンサーのベッドに飛び乗って言った。「ケリー！　元気？」

「あら。少なくともあなたは元気そうね」

　アレクはスペンサーを見下ろすようにして立っている。スペンサーは通路でテロリストと闘っている。自分はいつどうやってここまで来たのか。アレクには通路を走ってきた記憶がない。自分の意識が体から離れてつながりを失い、たった今それがもとに戻ったような感じだ。まるで親友がテロリストと闘っているのを見るために眼を覚ましたかのようだ。気づいたときにはもう体が動いている。心拍数の急激な上昇と血管の収縮によって、糖や酸素などの化学物質が全身を駆けめぐり、神経が過敏になり、あることには過剰反応している。一方、ほかのことには反応しなくなっている。そして、今は犯人を弱らせようと必死で蹴っている。アンソニーがそばにいるのは感じても、今は眼のまえの男の弱点を探すことしか考えられない。スペンサーは激しく動きながら、男の首に腕をまわして背後にまわり込もうとしており、次の瞬間、うしろにジャンプする。ふたりの体がアレクの視界を横ぎって窓のほうへ飛んでいく。痛みが音として伝わってくる。親友の頭がガラスに打ちつけられ、列車の窓に血が広がる。アレクの感覚は交錯して混乱し、聞こえていることと見えていることが混ざり合う。それでもスペンサーが思うほど、裸絞めが効果的でないことがぼうっとした視界の中でも見て取れる。

　男がどこからか拳銃を取り出す。ルガーだ。それを自分の体のうしろで持ち上げ、銃身をスペンサーの頭に突きつける。アレクはいきなり湧き上がった力で男の手をつかみ、拳銃をもぎ取って銃身を反対方向に向け、男の額に銃口を突きつける。スペンサーの眼が明確な合図を送る——やれ。

アレクは指をトリガー・ガードの上にすべらせ、想像すらしなかったことをする準備をする。しかし、この男を阻止しなければ親友が殺される。アレクは男の頭に拳銃を押しつけ、引き金を引く。

カチッ。銃がたてた音は小さい。

男はまだ生きている。

「くそ」アレクはスライドを引く。そのとき、排莢口《イジェクション・ポート》をのぞくと、スライドが戻る直前に薬室の中が見える――そこには弾薬もマガジンも装塡《そうてん》されていない。銃は空《から》なのだ。アレクは拳銃を投げ捨て、AK‐47に飛びつく。手の中に安心できる重みが感じられる。この武器に弾薬が込められているのはわかっている。

アレクはライフルを犯人に向ける。男はスペンサーを狙い、ナイフをうしろに繰り返し突き出している。しかし、スペンサーはそれが見えないのか、気づかないのか、あるいは正気を失っているのか。アレクにはわからない。スペンサーは出血しながらも男を放そうとしない。やがて状況を理解したスペンサーが言う。

「こいつを撃て」

「今、やる！」

アレクはライフルの銃身をテロリストの頭にぴたりとつける。皮膚に密着するようにつける。こうするしかない。この男を殺さなければ、スペンサーが殺される。そしてたぶん何十人もの乗客も。アレクは引き金を引く。

何も起こらない。

アレクは腹立ちまぎれにライフルの銃口で男の頭を突きはじめる。こめかみを狙い、突き抜けるほど思いきり強く突く。怒りにまかせ、銃口が男の皮膚を破り、脳まで届けとばかりに力を込める。男はじっとしておらず、アレクはさらに苛立たせられる。狙いどおりに突くことができない。銃口で男の頭を突いて、なんとしても男の動きをとめたい。アレクの全身の筋繊維がこの瞬間にも男を抹殺したがっている。それなのに銃口はすべってこめかみを突けず、引き戻すいとまもなくライフルはスペンサーの眼に当たる。全体重をかけてライフルで男を突きつづけ、ものすごい勢いで男の頭を突く。男の眼が大きく見開かれ、男はアレクを凝視する。男にもわかっている。

アレクが男を破壊しようとしていることは。

ふたりは互いの眼を凝視する。

30

大使公邸の二階にある高級な部屋にアレクは坐っている。大きな部屋の内装は何もかもがマホガニー製だ。壁も、部屋の真ん中に置かれてコピー用紙が散らかっている大きな机も。人々が忙しそうに出たりはいったりしており、テロ攻撃は未然に防がれたのではなく今まさに進行中とでもいった雰囲気だ。すべてのものが時速数百キロのスピードで動いている。護衛やら警護やらスパイすらがあたりまえの世界に、アレクは足を踏み入れたばかりだった。大使館でアレクたちはCIAにも会ったが、採用条件の中に容姿の項目が絶対に含まれているとアレクは思った。そうでなければ、ふたりにひとりの割合で若い美人がいるわけがない。

「まるでスパイ映画だ！　写真を撮らなくちゃ」とアンソニーは言った。

「写真をアップロードしてもいいけど、われわれのことはCIAとは書かないように」と防衛援助事務所長のランディ・グリフィスが言った。それはジョークだったのかどうか判断がつかず、アンソニーは怪訝《けげん》な顔をした。

アレクのほうは、〝マホガニー・オフィス〟で、ランディ・グリフィス所長の向かいに坐り、アメリカ政府が自在に操られる様子を見ていた。そんなことも可能なのか？　それって違法じゃないのか？

日曜日の午後。列車の中でどんなことが起きたにしろ——アレクもまだ完全にはわかっていなかった——まだたった二日前の出来事だ。彼らはフランスの最高勲章レジオン・ドヌールを明日授与されることになっていた。

フランス人は仕事が早い。

大使館の人々が勲章のことを小声でささやき合っている様子を見れば、いかに意義あることなのかはアレクにも想像できた。「あなたたちはもらって当然よ」とひかえめな声で真剣に言われると、その厳粛さがひしひしと伝わってきた。

明日アレクたちはフランス最高の名誉をフランス最高の権力者から授与される。なのに、彼らの家族は約一万キロ、時差九時間も遠く離れた場所にいた。

アンソニーの父親はサクラメントにいて、インタヴューのために国を横断してニューヨークまで飛ぶことになっていた。

アレクの母親もサクラメントにいた。

スペンサーの母親はアレクの実家の隣りにいた。

海と大陸を隔てた場所にいるそんな彼らの家族に、何が起きているのか理解できるはずもなかった。アレク自身も正確な報道をまだ見ていなかったので、この部屋の外、この大使館の外、この国の外ではどんな話になっているのか、ただ想像するしかなかった。

ここではまだフランスでテロを阻止したのは三人の海兵隊員と報道されていた。アレクは少しだけ弟と話すことができ、ほかのふたりも家族の誰かとは話すことができたので、家族としても何が起きたのかおぼろげながらわかりはじめてはいた。それでも、状況の変化が速すぎ、すべてを把握することはできなかった。

時差はどのくらいだっけ？

そっちは今日、何日？

そういえば、今日は何日？　三人はいろんな国を移動しながら時間を過ごしていた。その国の時間帯に適応するほど長くは一ヵ所に留まっていなかった。

向かいに坐っているグリフィス所長は興奮しながら思った――この青年たちにとっては今はこれからの一年、いや、ひょっとすると一生続くかもしれない超現実的な経験の始まりにすぎない。彼はまずアンソニーから始めた。「アンソニー、集中してくれ。時間がない。親父さんはどこにいるんだ？」

「すみません、家にいます」

「家？　サクラメントか？」

「はい。あ、いや、ちがいます！　すみません、ニューヨークです。インタヴューを受けるためにニューヨークに行くことになってるみたいです」

「じゃあ、今はニューヨークなんだな？」

「ちょっと待ってください、今日は土曜日？　いや、日曜日か。だったら、ニューヨークには今日出発します」

「ニューヨークには行かない。今すぐ電話してくれ」

アンソニーが電話すると、四回目の呼び出しで寝ぼけた父親の声が返ってきた。

「父さん、すぐに空港に行って次のパリ行きの便に乗ってくれる？」

「アンソニーか？　今何時だ？」アンソニーは時計を確認した。「午後の一時。あ、そっちの時間？　そっちが何時なのかわからない。朝早いんでしょ？　とにかくすぐに空港に行って」

「ニューヨークに行くことになってる」

「それはもうなしだ。キャンセルして、パリに来て」

「パリ……」そのあとはことばが続かなかった。が、電話の向こう側でアンソニーの父親が頭の中を一所懸命整理しようとしているのが聞こえてきそうだった。「パリ行きの航空券は持ってない」

グリフィス所長が割り込んだ。「その心配はこちらに任せろと伝えるといい」

「父さん、とにかく空港に行って。すべて手配済みだから」

アレクはにやりとした。アンソニーは今、洒落《しゃれ》た台詞《せりふ》を言ったと思っているにちがいない。

「それから、父さん。飛行機は八時九分発だから遅れないで。その便に乗り遅れると、間に合わなくなるから」

「わかった。すぐ行く」サドラー牧師はすっかり眼が覚めたようだった。「警察本部長に電話して、空港まで警護をつけてもらえないか訊いてみよう」

早朝のサクラメントでサドラー牧師が車を走らせている頃、パリではグリフィス所長と大使館職員がアンソニーの父親をパリ行きの便に搭乗させるため、ふたつの差し迫った問題に対処していた。

ひとつ目の問題は飛行機の出発時間が一時間以内に迫っていたことだ。牧師がこのまま時速百三十キロで家から空港まで行けたとしても、空港に着くのはちょうど離陸三十分前だ。航空会社は搭乗手続きをさせてくれないだろうし、運輸保安庁も搭乗させてくれないだろう。グリフィスは大声でロビンソンを呼びつけた。すると、ロビンソンは名案を思いついた。大使館には運輸保安庁の職員がいる。ロビンソンはその職員を呼び、必要があればサクラメント空港の地上勤務職員に連絡するように命じた。さっそくパリとサクラメントの運輸保安庁のオフィスとのあいだで電話のやりとりが始まった。

ふたつ目の問題は、運輸保安庁との交渉がうまくいったとしても、パリ行きのその便はすでに定員以上に予約を受け付けていた。アンソニーの父親が搭乗口に無事たどり着けても、飛行機はすでに満席になっている。

案の定、四時十五分頃、アンソニーに電話がかかってきた――サクラメント時間の朝七時十五分。

「まもなく離陸だからということでもう通してくれない」

大使館職員のひとりがサドラー牧師に言って、運輸保安庁の職員を電話口に出させた。

「そこの牧師さんの息子はついさっきまでオバマ大統領と話していたんだ。まさかあんたはそれを台無しにしたいんじゃないだろうな？」

　サドラー牧師はセキュリティ・チェックを通過できた。

　次にグリフィスは航空会社の幹部に電話した。アンソニーは顎《あご》がはずれて床に落ちそうになった。大使館というところはどんな相手にも思いどおりに電話できるらしい。

　サドラー牧師は搭乗口にいた。アレクは事態の推移をリアルタイムで聞いていた。まるでカーチェイスの実況放送をするラジオ番組を聞いているようだった。次の関門は搭乗口のスタッフだ。「ミスター・サドラー、よく聞いてください。彼女にはこのとおりに言ってください」グリフィスは話す内容をサドラー牧師に伝えた。

「どんなふうに言うんです？」

「こんなふうにも言ってください。もしもこのアナウンスをしないなら――ここが大切なところです――アナウンスをしないなら、この便は出発できない。そう言ってください。離陸はさせないと」

　アンソニーの父親が搭乗口のスタッフに話している声がスピーカーフォン越しに聞こえた。搭乗口のスタッフが機内アナウンスをしている声も聞こえた。これが現実だとはアレクには信じられなかった。それでもグリフィスは苛立っていた。牧師から言われた内容が機内アナウンスから一部省かれていたのだ。

「サドラー牧師」グリフィスは割ってはいった。「搭乗口のスタッフにあなたが誰なのかをアナウンスするように言ってください」

「私はそう言ったんですが、彼女が応じないんです」

「このままじゃうまくいかない」とグリフィスは言った。「理由がわからなければ、誰も飛行機から降りるわけがない」

搭乗口のスタッフはアナウンスを繰り返した。しかし、また肝心なところは言わなかった。乗客に向けて、ふたり降りてほしいとアナウンスしておきながら、理由は伏せているのだ。

「わかった、これでは埒《らち》が明かない。電話を切ってくれ。別の方法を試そう」

「父さん、また電話する！」

グリフィスはオフィスの外を通りかかった誰かに向かって指を鳴らした。「ユナイテッド航空の誰かを捕まえてくれ」

「航空会社に電話するんですか？　いったいどうやって……」アンソニーがそう言いかけたときには、もうグリフィスはユナイテッドの役員と電話で話していた。

「聞いてくれ、おたくのサクラメント発のダラス経由パリ行きの便が滑走路で離陸を待ってる。どうしてもその便にふたり乗せたい。列車テロの英雄の両親だ。コックピットに話をつけようとしてるんだが抵抗にあっている――ああ、わかった――ああ、それは助かる。ありがとう」

グリフィスはアンソニーに言った。「彼がなんとかしてくれる。きみの両親を乗せなければ飛行機は飛ばない」

アンソニーは仰天した。なんと彼は飛行機に直接メッセージを送りつけているのだ！

ついにメッセージの全文が飛行機に伝わり、まるまる機内アナウンスされた。その結果、ひと組の夫婦——空軍の退役軍人のふたり——が座席を譲ると申し出てくれた。アンソニーの父親が飛行機に搭乗できたのは八時少しまえ、予定離陸時間の数分前だった。何百人も搭乗している大西洋横断の航空機をアンソニーの両親だけのために遅延させたのだ。

アンソニーの家族を飛行機に乗せるためにあれだけの権力が行使されたのを目《ま》のあたりにして、アレクは自分の母親とスペンサーの母ジョイスの場合を想像してみた。ジョイスはどうするだろうか。悲鳴をあげる？　大笑いする？　スペンサーが無事だということは知っているのだろうか。

自分の母親は気を揉《も》んでいるだろうか。何かとんでもない情報が報道されずにいるのではないかと心配したりしていないだろうか。

あとでわかったことだが、母親たちふたりはそれぞれ興奮状態の中、（a）実際には何が起きたのか、（b）その勲章はほんとうに自分たちの息子に授与されるのか、（c）あと二十四時間以内にいったいどうやってパリに行くのか、といったことを考えていたようだった。

第一報としてわずかな情報——〝テロ攻撃〟〝あなたの息子〟〝フランス〟——がもたらされたときには、ふたりともただテレビの画面をじっと見つめることしかできなかった。ひたすら一所懸命に見つめていれば、表にはまだ出ていない情報が吐き出されるのではないかと言わんばかりに。しかし、そんな情報は出てこなかった。

ジョイスは胸の高鳴りを感じるのと同じくらい恐怖も感じていた。スペンサーは何かすばらしいことをしたらしいし、元気のようだが、それがほんとうなのか確かめるすべがなく、ほかにはなんの情報もなかった。何かしなければという思いが募った。ただここに坐って想像をめぐらし、頭がおかしくなりそうになっていてもしかたがない。だからそういう切羽詰《せっぱつ》まったときに必ずすることをした。牛乳を買いにいった。

「牛乳なんていらないのに」と彼女は声を出して自分に言った。すでにスーパーマーケットまでの道のりの半分まで来ていた。「でも、ま、どうせ飲むんだし」これは子供たちがまだ小さかった頃、彼女がまだスペンサーを育てていた頃に身についた習慣だった。一度に半ダースの牛乳パックを買って冷凍し、必要なときに取り出して夜のあいだに自然解凍するのだ。そうやってスーパーマーケットへ行く時間を節約し、手のかかる三人の子供の世話にあてる時間をつくったのだった。シングルマザーのちょっとした知恵だ。それが条件反射的なものとして、今の彼女には身についていた。スペンサーは今、彼女の手の届かない遠くにいて、シャツも着ずに血だらけになっている。だから母親として、腕の中で守ってあげることができたあの頃と同じ気持ちになれるただひとつのことをしたかったのだろう。乳製品売り場の牛乳を買い占めることで、少しでも息子と一緒にいるような気持ちになりたかったのだろう。アレクの母親ハイディも同じようなことをしていた。彼女の娘はまだ小さかったので、学校に迎えにいかなければならなかった。一日じゅうテレビのまえに坐ってニュースを見ているわけにはいかなかった。それにネイルサロンの予約もしてあった。キャンセルしたほうがいい？　なんの情報もなく、家の中で坐っていては、頭がおかしくなるだけだ。彼女は思った、やっぱりいつもどおりにするしかない。ネイリストとの他愛ないおしゃべりの中、彼女は言った。「信じてもらえないかもしれないけど、うちの息子がパリでテロリストをやっつけたみたいなの」

「へえ、すごいわね」

すごいわね？　わたしの言ったこと、聞こえなかったのかしら？

そのあと娘を学校に迎えにいった。その日は、とてつもなく重大な事柄に対処するために、自分でコントロールできるなにより平凡で小さなことに集中する、そんな日になった。子供たちを待つ親たちはピクニックテーブルに集まっていた。ハイディはもう我慢できなかった。誰かに言わずにはいられなかった。「ねえ」いちばん近くにいた人の肘《ひじ》をつかんで彼女は話しかけた。「わたし自身信じられないんだけど、ニュースで言ってるフランスでの事件、あのテロリストをやっつけたのはうちのアレクらしいの」

「あら、ほんと？　週末の資金集めの会、あなた行く？」

この人たち、いったいどうしちゃったの！　重大ニュースに対して、なんでこの市《まち》は呆《あき》れるほど無関心なのか。そんなハイディの思いをよそにマスコミはもちろん大騒ぎだった。ジョイスが電話の向こうで言った。「チャンネル10がわたしたちにインタヴューしたいそうよ」

「インタヴューなんて嫌だわ」とハイディは言ったが、なぜ嫌なのかはっきりとは言えなかった。

「わたしだって嫌よ」とジョイスも言った。「髪も洗ってないし」

「でも、インタヴューは受けたほうがいいのかも。大切なことのような気がするわ」

カメラ用の照明で明るく照らされた居間で、ジョイスとハイディは並んで坐り、レポーターの質問に答えた。「スペンサーと話しました」とジョイスはかすれた声で言った。「そのときに息子が言ったんです。〝アレクがいなければ自分は殺されていた〟って」

「わたしもアレクと話しましたけど、息子も同じことを言ってました。〝母さん、スペンサーがいなければおれは死んでた〟って」

「息子たちが助かったのは神のご加護があったからにちがいありません。だって、息子は頭に銃を突きつけられて……二回も撃たれそうになったんですから……！」

息子にレジオン・ドヌールが授与されることを知ると、ジョイスは絶対にその場にいなくてはならないと思った。その勲章がどんなにすごいものなのかは言われなくてもわかっていた。三人の家族は全員がその場にいなければならない。ハイディももちろん同じ考えだった。

しかし、どうやって叙勲式までにパリに行くかは皆目《かいもく》見当がつかなかった。観光シーズン真っ只中ともなると、パリ行きの直前の航空券は何千ドルもする。そんな現金は手元になかった。ジョイス、考えるのよ！　彼女は自分に言い聞かせた。問題解決は彼女の昔からの得意科目だった。それに加え、州の労災調査員としての仕事を通して、どこまでも必死になっている人、あるいは、どこまでも計算高い人の対処はお手のものだったので、このふたつの能力を駆使することにした。どうすれば彼女たちをパリに連れていってくれる人物を見つけられるか。虚栄心が満たされるようなことをしたがっている人で、プライヴェート・ジェットを持っている人で、少しでも宣伝になることなら金に糸目をつけない人――もうほかにはありえなかった。ドナルド・トランプ！

「ねえ、お願い」とハイディは言った。「空想なんてしてないで地に足をつけて。現実的な解決策を考えないといけないんだから」

ジョイスはむしろ突破口を見つけた気分になっていた。眼鏡《めがね》を鼻の上にしっかりと固定し、パソコンの電源を入れてインターネットにつなげると、手あたり次第にドナルド・トランプ関連のウェブサイトやフェイスブックや不動産会社に要望を送りはじめた。「恐れ入りますが、ミスター・ドナルド・トランプにお伝えください。わたしたちは、テロ攻撃を未然に防いだ青年たちの親です。どうかジェット機をお貸しください」

ハイディはハイディで自分なりの方法で取り組むことにした。

「いいわ、あなたはその方法でがんばって。アレクの上官のプレンダーガスト大佐が何かあったら連絡するようにって言ってくれたの。助けになってくれるか訊いてみる」

「わかった」とジョイスは言った。「わたしはここでドナルド・トランプからの返事を待つわ」

ハイディに成功の兆しが見えた。プレンダーガスト大佐に電話がつながり、二十四時間以内にパリに到着できるように手助けしてもらえないかと頼むところまではできた。しばらく無言が続いたあと、プレンダーガスト大佐は言った。

「私にちょっと考えがあります。待っていてください。かけ直します」

三十分後、大佐から電話がかかってきた。「なんとかなるかもしれません。私の友人に大会社の社長のプライヴェート・ジェットの機長がいます。今までジェット機を貸し出したことはないと思いますが、訊いてみます」機長はゴルフ・コースをまわっている最中にメールを受信し、社長に転送した。

アレクの上官からの電話は午前零時になろうとしているときにかかってきた。

「オーケーです。準備してください。飛行機は用意できました。でも、午前六時には出発しないと間に合いません。すぐに空港に行ってください」

「サクラメント空港に？」

「いや、オレゴン空港です。オレゴンに行ってください。プライヴェート・ジェットはそこからパリまで飛びます」ハイディは歓声をあげた。「ありがとうございます！　あなたはわたしの聖人です！」彼女は心を落ち着け、咳払いした。「わたしの隣人のジョイスですが、スペンサーの母親です。彼女も連れていっていいですか？」少し待ってからつけ加えた。

「それからもしご迷惑でなければ、あの子たちの兄弟もいいでしょうか？」

電話の向こうで少し間があいた。「あ、はい。飛行機の定員を調べてみます」

「よろしくお願いします！　あと、もうひとつ……」

「はい？」

「どうやってオレゴンまで行けばいいんでしょう？」

プレンダーガスト大佐には考えがあった。彼は州軍に属していたが、日中の仕事として〈ナイキ〉のアナリストもしていた。そのため頻繁に飛行機に乗る機会があり、マイレージが貯まっていたのだ。それをジョイスとハイディに譲り、サクラメントからポートランドまでの航空券を買えるようにした。

夜明けまえにポートランドに着いたとき、ジョイスはまだ半信半疑だった。ドナルド・トランプならいざ知らず、ほかの誰かのプライヴェート・ジェットが全員を乗せて、しかも大西洋を何千キロも運んでいけるとは内心思っていなかったのだ。が、ポートランドに到着するやヴァンに乗せられ、個人所有の飛行機が保管されている飛行場まで連れていかれると、眼を疑った。それは小さなプライヴェート機ではなく、十一人乗りのファルコン2000——まるで狙いすましたかのようにフランスの航空機メーカーのジェットだった。整列して待っていた乗務員たちに出迎えられ、彼女たちは今まで見たこともないような豪華な飛行機の中を案内してもらった。見まわすかぎり、磨きのかかった木製パネルや洒落《しゃれ》た飾りが施され、木製パネルのボタンを押せばトレイにのったスナック菓子が出てくる仕組みになっていた。パイロットから搭乗の挨拶《あいさつ》を受けると、ジョイスは安楽椅子の〈レイジーボーイ〉と同じくらい大きなリクライニング・シートに坐り、あれやこれやとつまみをまわした。すると、突然足が跳ね上がって背もたれが倒れ、まっすぐな姿勢から一気に水平になった。かかった時間はナノ秒。

あっけにとられ、ジョイスはしばらくそのまま横たわってから言った。

「わかった、わかった。認めるわ。こんな贅沢《ぜいたく》初めて」

ハイディは呆《あき》れたように眼をぐるりとまわしてから笑った。機長がエンジンをスタートさせた。

31

どういうわけか事がうまく運んだことにアレクは驚いていた。

いや、〝どういうわけか〟じゃない。その一部始終をこの眼で見たではないか。アメリカ大使館が障害物をひとつひとつ乗り越えていくところを。強い意志と強力な人脈さえあれば、不可能なことなど何もないのだ。グリフィス所長やロビンソンやそのほかの職員たちがまるでデリカテッセンで注文するように、指を鳴らすだけでいろいろな会社のCEOを電話口に呼び出すのをアレクは目撃した。サクラメント空港の滑走路にいる旅客機のコックピットに、大使館が直接伝言を送り込むところも見た。一万キロも離れたこの雑然とした二階のオフィスから送られたメッセージが、機内アナウンスされるのを何百人もの乗客が聞いた。そんなことが許されるのか？　旅客機が離陸するのを……止めることなどできるのか？

今、アンソニーの父親と継母は空の上だ。アレクの母親は州軍の上官に頼んでその上官のマイレージでオレゴンまで飛び、〈コロンビア・スポーツウェア〉のCEOのプライヴェート・ジェットを貸してもらった。みんな空の上にいる。全員の家族がパリに向かっているのだ。

スペンサーの姉のケリーは、三人がパリ行き十五時十七分発の列車に乗り込んだときにはロスアンジェルスにいた。彼女は著名人向けのベビーシッターの仕事をしているのだが、まったくの偶然ながら、今回の出来事は、彼女自身初めてのヨーロッパ旅行の準備をしている矢先のことだった。彼女の雇い主の子供の面倒をみるために呼ばれていたのだ。パスポートも取って航空券もすべて手配済みだった。ただ、パリの列車の件で電話が行き交いはじめた頃には、彼女はロスアンジェルスにいて、渡航の準備をするために子供たちを家じゅう追いかけまわしていた。

最初に電話してきたのは母親のジョイスだった。午後十二時二十六分。

ケリーは電話に気づかなかった。マジックテープ付きの小さな靴を手に持ったときに、携帯電話をカウンターの上に置いてしまっていたのだ——もう片方の靴を履《は》いて走りまわる子供のあとを追いかけようとして。

もう一度電話が鳴り、今度は立ち止まって息をついた。そして、母からもう二度も電話がかかってきていたことに気づいた。携帯電話にメッセージが届いていた。写真だった。その写真を見てケリーは凍りついた。車椅子に坐っている弟は上半身裸で血まみれになり、顔は痣《あざ》だらけで眼は腫《は》れて閉じられていた。

これ、何かのいたずら？

折り返し電話をかけると、「ソロンに電話して」と母は言った。「ソロンがいちばんよくわかってるから」その時点では三人のうちの誰かと直接話をしていたのはハイディの末っ子のソロンだけだった。

「わかった」と言って、ケリーはソロンに電話した。

「ケリー、どうした？」

「ソロン！　よかった、つながって！　スペンサーは無事なの？　ほかのみんなも無事なの？」

「ああ、心配しなくてもいい、ケリー。スペンサーのタマはふたつとも無事だよ」

「え？　ソロン、馬鹿なこと言ってないで！」事態の重大さに立ち向かう彼なりのやり方？　それとも、ほんとうに何もかも大丈夫だとわかってるの？　それともほんとうは大丈夫じゃないことをはぐらかそうとしてるの？　ケリーにはわからなかった。パニックを起こしかけたところに、雇い主から電話がかかってきた。彼はヨーロッパにいて、当事者の家族以上に情報を持っていた。「こんなに突拍子もないことは初めてだ。きみの弟さんだなんて信じられないよ」

「わたしだって信じられません。そっちではどんな感じですか？　どんなことになってるんですか？」

「弟さんに会いにいきなさい。子供たちを連れてこっちに来てくれたら、パリまで送り届けてあげるから」

「でも、お子さんたちは？」

「心配しなくていい。なんとかする。とにかく、弟さんのそばにいてあげなさい」

「はい、わかりました」ケリーにはまだ事態が呑み込めていなかった――わかっているのはスペンサーが怪我《けが》をしたということと、重傷のように見えたということだけだった。

やっとの思いで子供たちを捕まえて車に乗せると、空港に向かった。セキュリティを通過して飛行機に乗ると、子供たちの手荷物を棚に入れてシートベルトをしっかりとかけ、子供たちが安全なことを確認してから、グラスの白ワインを一気に飲み干した。


コペンハーゲンに到着すると、すぐ〈フェイスタイム〉のビデオ通話でスペンサーに電話した。弟の健康状態についての最新状況が知りたかった。そもそも何が起きたのかも。画面は少し乱れてから映りはじめ、タオル地のようなものが見えた。カメラが少しうしろに引かれて止まり、スペンサーが画面に映った。そのあとアレクとアンソニーも画面に現われた。三人とも高級そうなバスローブを着て、手にはシャンパンのボトルを持っていた。

「ケリー！　元気？」アレクはベッドに飛び乗ったようで、彼の顔が画面いっぱいに広がった。ケリーはもう限界だった。大声で笑いだした。笑いが止まらなくなった。みんなが無事だということがはっきりとわかり、ほっとひと息ついた。列車で何かあったらしいと聞いてから、初めてちゃんと息をした気分だった。「あなたたち」ようやく落ち着きを取り戻してケリーは言った。「いい子にしてなさいよ。もうすぐそっちに行くから」ケリーがデンマークからパリへと向かい、三人の青年たちが大使公邸でパーティを繰り広げているちょうどその頃、〈コロンビア・スポーツウェア〉のCEOのジェット機は巡航高度に達し、機長がコックピットから出てきて言った。「みなさん、今のうちにパスポートをお預かりして……」

ジョイスの眼が大きく見開かれた。パスポート！　まるで考えてもいなかった。高度一万二千キロ、毎時一万キロの速度でフランスに向けて飛行する航空機の機中、ジョイスはパスポートを持っていなかったのだ。

アレックス・ダニエルズ報道官には対処しなければならない問題がまだあった。報道陣の関心は薄れる気配がなく、ますます過熱する一方だった。彼はなるべく記者を寄せつけないようにしたが、かといって嘘もつきたくなかった。安全上の問題を理由にすれば、いくらかは報道陣の要請をかわすことができたが、それでも津波のように押し寄せる要求に対して、それは低い防波堤ほどの役にも立たなかった。記者会見を開かなければならないことはもはや明らかだった。

そこで、ロビンソンとダニエルズはまずアメリカとフランスの国旗がデザインされたピンバッジを三人につけさせ、準備を整えた。染みのあるシャツなど着ていないよう、顔に汚れなどついていないよう……そこでロビンソンがあることを思いついた。

「階下《した》に行くまえにちょっと時間ある？　お祈りをしましょう」

みんなで円をつくり、ロビンソンが祈りのことばを口にした。彼女の祈りのあいだ、彼らは涙を流した。すべての祈りが終わる頃には全員の眼が涙で濡れていた。

記者会見が終わると、アレックは気が変になりそうになっていた。刑務所のように狭い場所に長時間にわたって閉じ込められ、いろんな人たちにあれこれ指図され、おまけにレジオン・ドヌールの叙勲式は明日に迫っているのだ。ここから抜け出してひとりになりたかった。少なくとも、自分にとって大切な人たちとだけ一緒にいたかった。スペンサー、ケリー、アンソニー、そして親身になってくれるおばさんのようなレベッカ・ロビンソン。「ねえ、レベッカ」と彼は言った。「ここから抜け出せる？」

「そうねえ」とロビンソンは言った。「いいことを思いついた。ねえ、あなたたち、わたしを家まで送ってくれる？」彼女は警備員に話をつけると、みんなで大使館を出てパリの市《まち》に繰り出した。

「みんな、ちょっと聞いて。わたしの家までまわり道をしましょう。パリに来たら、あなたたちがもともと見ようと思っていたところに行きましょう」

彼らは凱旋門まで歩いた。そこにみんなで腰をおろし、エッフェル塔がライトアップするのを待った。そのあとはひたすら歩いた。通りを歩き、カフェのまえを歩いた。日も沈んでだんだんと暗くなり、人の表情も顔も見えない、人の輪郭《りんかく》しかわからないたそがれどきになった。そのひとときだけは彼らもパリで休暇を過ごすただの旅人になった。ジョルジュ・サンク通りをくだって、〈クレイジー・ホース・サルーン〉まで行くと、ロビンソンがふざけてアレクを肘《ひじ》でつついた。「あそこ、なんだと思う？」彼女はいたずらっぽく言った。「ス《バ》トリップ《ーレスク》・ショーで有名なお店よ」

アンソニーは笑った。「こういうことを教えてくれる人がいるなんて最高だ。自分たちだけだったら、知ることもなかったよ。どこに行っても自分たち専用のツアー・ガイドにめぐり会えたみたいでなんだか不思議な気がする」

ロビンソンは〈クレイジー・ホース〉のまえに立っているアンソニーを眺めた。まるで彼女には彼が考えていることが手に取るようにわかっているかのように。

「アンソニー、そっちのほうに立って。写真を撮らなくちゃ」と彼女が言い、彼らがポーズを取っていると、見知らぬカップルが駆け寄ってきた。「ひょっとして、あなたたち……あの人たちなの？　一緒に写真を撮ってもらえますか？　もしよければ」

アレクはスペンサーを見やった。スペンサーもアレク同様、面くらっていた。

「ああ、もちろんさ」とアレクは言った。

カップルは三人のあいだに立った。

「まぶしい」とアンソニーは言って、フラッシュに眼を細めた。カップルが笑いながら去っていくと、みんなのあいだに沈黙が広がった。アレクは深々と息をついた。いっとき友達ふたりとロビンソンとその場にいることを愉《たの》しもうと思った。自分たちはここにいて、自分たちの家族は今、機中にいる。四人が四人ともこの沈黙を愉《たの》しんでいた。

「ねえ」離れていくカップルを見ながらロビンソンが言った。「これで決まりね。今からそう、今からあなたたちは世界に出ていくのよ」

アレクが五、六回、いや、七回銃で殴りつけると、男の腕から力が抜けはじめる。抵抗が徐々に弱まり、手からカッターナイフが落ちる。スペンサーは血だらけになっているが、男も気絶寸前だ。眼を閉じはじめる。それでもアレクはスペンサーに言う。「まだ抑え込めてない！　裸絞めが不充分だ。抑え込めてない！」スペンサーは腕の位置を調整する。アレクに殴られて男の力が弱まったおかげで、スペンサーは裸絞めをかけられるように腕をずらす。そして、そのまま抑え込むようにというアレクの声に従い、腕の力をゆるめない。念のために手を放さない。列車の乗務員が突然視界にはいり込み、アレクのまえに進み出ると、男の顔を平手で叩きはじめる。「もう意識はないようだ。首から腕を放しても大丈夫だ」

アレクは怒りを覚える。この乗務員は今までどこにいたんだ？　そこをどけ。おれたちが撃たれそうになっていたとき、あんたはどこにいたんだ？

突風のように別の影が現われる。イギリス人のビジネスマン。歳は六十代くらい、オクスフォードのシャツに眼鏡《めがね》、短く刈り上げた髪。クリスと名乗ったその男性はまわりを落ち着かせる存在感を放っている。が、今いちばん肝心なのはふたつの言語が話せることだ。

スペンサーはテロリストを床に寝かせる。そのときアレクは長髪の男性が血を大量に流して横たわっているのを見る。どうして今まで見えなかったんだろう？　すぐに助けないとその男性は死んでしまう。そう思いながらも、アレクにはほかにしなければならないことがある。彼は即座に役割分担を決めて指示を出す。「スペンサー」自分の声が聞こえる。「その人を頼む」そう言って、出血している男性を指さす。もしかしたら指はさしておらず、眼を向けただけかもしれない。スペンサーは男の首に手をあてる。アレクは思う――おれには視線を送るだけで人を操ることができるかのようだ。

出血が止まる。

イギリス人は自分のネクタイでテロリストの手と足を背中で縛っている。どこかからコードのようなものを手に入れたらしく、片方の端を嚙《か》みながらきつく締め上げている。

アレクは自分が次にすべきことに集中する。

ライフルを持ち上げると、コッキング・ハンドルを引いて薬室に新しい弾薬を送り込み、構えが不安定にならないように銃床を伸ばす。そのあと車両のうしろのほうにほかに撃たれた人がいないか、ほかのテロリストがいないかどうか確認する。次の車両に向かっていると、何かが眼にとまる。それはさきほど、流れるような一連の動作の中でライフルから古い弾薬を排出したとき、イジェクション・ポートから飛びだした弾薬だ。まるでアレクに見つけてもらうのを待っていたかのように座席の上に転がっている。

アレクは弾薬をじっくりと観察し、どうして親友が死ななかったのか瞬時に理解する。

テロリストはスペンサーに狙いを定めて引き金を引いた。銃は通常どおり作動した。ボルトが弾薬を薬室に送り込み、引き金が撃針を作動させ、撃針が雷管を打った。しかし、そのときなによりありえない事態――AK‐47に関して言えばこれしか考えられない事態――が起きた。今アレクが指につまんで凝視しているこの弾薬には、深いへこみが薬莢《やっきょう》の底面にくっきりと刻まれている。あるべきところにちゃんとある。撃針が雷管を打ったあとのへこみがある。

しかし、弾丸《たま》は発射されなかった。雷管に不具合があったのだ。撃針は雷管を打ったものの、起こるべき化学反応が起こらなかったのだ。単に発火しなかったのだ。ちっぽけな真鍮《しんちゅう》の塊が唯一の仕事を拒否したということだ。結果、スペンサーの命が救われた。ほかの乗客すべての命も。

アレクは列車の後方へ歩きはじめる。彼の頭の中にあるのは、最後までやり遂げなければならないということ、つまり次の段階に進まなければならないということだけだ。自分が今とても論理的で、頭の中がかつてないほどはっきりしているように思える。ひとつのプログラムを実行している、音もなく動くコンピューターのように。彼は考えていない——考えているという実感がない——チェックリストをひとつずつ確認しているだけだ。テロリストのたどった過程をさかのぼる。テロ攻撃が始まったトイレを過ぎ、隣りの車両に移動する。十三号車の中を通る。誰もいない。食堂車を通る。誰もいない。乗客が逃げまどった残骸《ざんがい》があちこちに残っている。開いたままのノートパソコン、携帯電話、iPad、本。まるでそこで普通に何かしていた人々が忽然《こつぜん》と姿を消してしまったかのようだ。プラスティックのカップがひとつ、消えてしまった持ち主の手からすべり落ちたように、テーブルの上にぽつんと取り残されている。

無人の車両が一両、また一両。

最後の二両の車両で仰天するような光景が彼を待ち受けている。身を寄せ合う何百人もの人々。

このとき初めて、事の重大さが衝撃となってアレクを襲う。こんなに大勢の人々。もし先頭車両のほうであのテロリストを阻止できていなければ――おれたちが止めていなければ――あり余る弾薬で武装したあの男はここまで、こんなに大勢の人が身を寄せ合っている狭い場所まで来ていたかもしれないのだ……事態の重大さが呑み込めたあと、アレクはわれに返る。

「怪我をしている人はいませんか?」

そのあと先頭から二番目の車両まで戻って、AK‐47の後始末をしていると、乗務員が濡れたペーパータオルを持って血を拭き取るのを手伝おうとする。乗務員はなんとか役に立とうとしている。アレクは怒りを覚える。今は軍人になりきっている。役割分担を決め、作業の優先順位をつけている。アドレナリンの分泌量はまだ高いままだ。が、そこに感情の波が混ざりはじめている。後方車両で身を寄せ合っていた乗客を目撃してから、ふくらみつづけている感情の大きな波だ。まだ気持ちに余裕がないので、今やるべき作業から気持ちを削《そ》がれたくない。この乗務員はそんな彼の〝やるべきリスト〟に混乱をもたらすことしかしていない。興奮状態にあるアレクには混乱を受け入れる余裕はない。順番どおりに進めなければならない。汚れを拭き取っている場合ではない――そんな作業の優先順位はまだまだまだ低い――この乗務員のせいで順番がめちゃくちゃだ。

アレクは乗務員を無視する。場所を空けるように乗務員に言ってほしい、とイギリス人のクリスに頼む。クリスは道理に適《かな》ったことを言って人を説得できる才能の持ち主で、クリスが小声で話すと、乗務員はすぐにうしろにさがる。アレクはライフルから弾丸《たま》を抜き取って座席の上に置き、スペンサーのそばまで行って、手伝えることがあるかどうか尋ねる。スペンサーは努めて動かないようにしている。テロリストに撃たれたマークを動かさないようにもしている。が、マークはうめき声をあげている。マークの妻が胸も撃たれたと言っている。マークが胸を撃たれていないことをアレクは知っている。が、なぜそんなことを知っているのか自分でもわからない。スペンサーも同じ考えのようだが、それでも彼は言う。「一応チェックしてみてくれ」

アレクはテロリストからカッターナイフを取い上げ、マークのシャツを切り開く。そして、マークの上半身を手で撫《な》でながら、出血しているところがないかどうか探る。出血していれば、首のほかにも傷があることを意味する。どこも出血していない。アレクは立ち上がる。

アンソニーに眼を向ける。アンソニーは、馬鹿げたドタバタ劇のような事故、バナナの皮ですべった男を目撃してしまった、とでもいったような表情を顔に浮かべている。アレクには何がおかしいのかわからない――おれが何かしたか？　何か変なことを言ったか？　顔に何かついてるのか？

そう思って理解する。その全部だ。縛りつけられたテロリストは床に転がっている。スペンサーは体じゅうから血を流している。それなのに列車は静かに高速走行を続けている。車内では見世物小屋のようなとんでもないことになっているのにまるで気づいていないかのように、列車はゆったりとなめらかに走りつづけている。今、アレクはアンソニーとまったく同じ気持ちになって、アンソニーの隣りに立っている。中学校以来会っていなかった友達。旅行に参加すると聞いて意外な気がした友達。完全にはわかり合えなかった友達。それでも、ここにこうしてふたりで並んで立っていると、何も言う必要もないままお互いまったく同じことを考えていることがわかる。何もかもが不合理で馬鹿げている。ふたりは並んで立ったまま大声で笑いだす。

列車が駅にはいる。アレクは馬鹿げた出来事についてまだ考えている。ひとりになりたい。ほんとうはアンソニーのそばにいたいのだが、アンソニーは警官と一緒にどこかに行って事件について訊かれている。アレクはスペンサーのそばにもいたいと思う。が、スペンサーは救急救命士の群れに囲まれている。ほかの人とは一緒にいたくない。あまりにも人が多すぎる。あれこれ指図ばかりする人たちとこんなに狭い場所に閉じ込められるのはごめんだ。

友人たちに先立たれた老人のようにただひとりベンチに腰をおろし、アレクは考えはじめる。

不思議な偶然の重なりにそのときやっと気づいたのだ。そのことはこのさき何カ月も、いや、何年も考えつづけることになる。

あのとき、三人ともそうしたくなかったのにアムステルダムを出発した。何が三人をパリに向かわせたのだろう。あんなにいろんな人たちからフランスには行くなと言われていたのに、なぜそれを無視する気になったのだろう。ひとり旅をしていた別々の女の子たちが、アンソニーとスペンサーの耳元でささやいた。あれは悪魔が元気なアジア系の女の子たちを通して送ってきたメッセージだったのだろうか。

三人をフランスに行かせたのはなんだったのだろう？　何かの予感。彼は重なった偶然について考える。

彼らがこの列車に乗ったこと。もう少しでアムステルダムにとどまるか、別の列車に乗るところだったのに。

そもそも彼らがアムステルダムにいたこと。当初の旅行の計画にはいってはいなかった。ドイツではなかなか合流できなかった。まるでそうなることが決まっていたかのように。まさにあの車両に彼らが乗っていた。最初は老人とその娘と一緒に四両うしろの車両に乗っていたのに。ただ、Ｗｉ－Ｆｉの調子が悪かった。あの時点でＷｉ－Ｆｉが使えていたら、そのままその車両に乗っていたはずだった。テロリストが銃撃を始めたときも。

それとも、三人を危険な目にあわせないようになんらかの力が働いていたのだろうか。

スペンサーは金を惜しんでほかのスポーツジムにはかよわなかった。では、柔術だけを習っていたおかげで、どんな相手とも闘える技を身につけることができたのだろうか。

スペンサーがまわり道をしたおかげだろうか。パラレスキュー部隊には入隊できず、Ｓ

ERE指導教官にもなれなかったため、救急救命士になったことでマークの命を救うのに必要な能力を身につけることができたのだろうか。

アレク自身の銃器への執着のおかげで、何をすべきか的確に判断でき、テロリストが列車に持ち込んだ武器にも適切に対処することができたのだろうか。ほかの人だったらどうなっていただろう？

アンソニーが写真を撮ることに固執したおかげで、何もかもを映像や写真に収め、捜査に役立てることができたのだろうか。

もっとさかのぼれば、アレクの母親がスペンサーの家から五メートルちょっとしか離れていない隣りの家に引っ越したこと。母親たちが似た者同士だったこと。ふたりとも昔は客室乗務員で、離婚したばかりで、同じ年頃の子供たちがいて、お互いあまりにも似ていたのでまるでひとつの家族のようにまとまったこと。彼らの名前がアルファベット順でいつも並んでいたこと。アンソニーが転校してきたときも名前が順番に並んでいたこと。旅費がないと言っていたアンソニーに、旅行に誘《いざな》ういろんなサインが送られたこと。同僚から若いうちの旅行を勧められたり、参加する予定だったアレクの友人たちが不参加になったり、アンソニーが初めて審査に通過したクレジットカードが旅行向けのものだったり。

犯人が発砲しはじめたときにいちばん近かった駅がこの駅で、整形外科で名高いリールの病院まで三十分もかからない距離にあったこと。まるでスペンサーの親指を完全にもとどおりに治療するために、列車の行き先が変更させられたかのようだ。

百万もの偶然が彼らをここに導き、テロを未然に防いだ。そして、彼ら自身を守ってくれた。

偶然の出来事はアレクの頭の中で積み上げられて果てしなく大きな塊になり、それは耐えられないほどになった。自分たちは宇宙空間の中の綱引きの真ん中にいる。見えない力が自分たちをテロ攻撃から引き離そうとし、もう一方の力が彼らをテロに引きずり込もうとした。

それはまるでお互いの声が聞き取れるほど近いサクラメントの家のそれぞれの居間で、ジョイスの祈りとハイディの祈りが綱引きをしているかのようだ。一方は彼らの無事を祈り、一方は彼らが使命を全《まっと》うすることを祈る。ふたりの祈りはちょうどいいバランスで引き合った。その結果、ふたりの願いはともに叶ったのだ。

アイユーブ

二〇一五年一月、重武装したふたりの兄弟が風刺週刊誌《シャルリー・エブド》のオフィスを襲い、ライフルを乱射した。軍隊のような統制力で十二人を殺害し、さらに十一人を負傷させ、建物の外に出てから警官を射殺した。フランスは憲兵隊を配備し、人質を取って立てこもったテロリストたちはその日のうちに射殺された。

このテロ攻撃はフランス国内外に衝撃を与えた。フランス各地で四百万近い人々が犠牲者を悼《いた》む大行進に加わった。「私はシャルリー」ということばがインターネットを駆けめぐった。週刊誌との連帯を意味することばだ。通常は十万部も売れない週刊誌が直後の号は八百万部も売れ、六カ国語に翻訳された。全世界が《シャルリー・エブド》を追悼した。

アイユーブ・ハッザーニはしなかった。

アイユーブはこの動きに憤慨した。

彼はフランスがアフリカの植民地に与えた暴力の写真をソーシャルメディアに投稿した。フランスこそテロリスト国家だと主張した。イスラム教徒によるこれらの襲撃は捏造《ねつぞう》されたものであり、イスラム教徒をのけ者にするためのでっち上げであることを証明する映像を投稿した。そして、「私はシャルリー・エブドではない」と宣言した。自分の信じる宗教をいかなる配慮もなく侮蔑した週刊誌に同情する気などさらさらなかった。フランスの風刺ジャーナリズムがしているのは単なる弱い者いじめでしかない。アイユーブは、サウジアラビアの長老による伝統的なイスラム原点回帰主義の説教の映像を宗教専門サイトに投稿しはじめた。

それ以外の時間はほとんどひとりで読書していた。愛について、髪形について、減量について。

フランスで消息を絶ってから一年以上経った二〇一五年五月十日、アイユーブ・ハッザーニは突如ベルリンに姿を現わす。

ドイツの格安航空会社〈ジャーマンウイングス〉のイスタンブール行きに搭乗していた。[1]

シリアのジハードへの入口だ。

彼は国家安全保障の要注意人物リスト〝Sカード〟に登録されて監視されていたため、行動はすぐに検知され、次の日にはその情報がスペイン当局に伝わった。

フランスの情報機関はアイユーブがトルコに到着してからの彼の足取りを見失うのだが、[2]それでも彼がどこをめざしているのかは明らかだった。シリアはすでにジハードに加わる戦闘員の訓練場と化していたが、それ以上に、テロを起こすためにヨーロッパから集めた戦闘員をヨーロッパ各地に送り返す起点にもなっていた。

六月四日、アイユーブはシリアとの国境にあるトルコの都市アンタキヤから飛行機でヨーロッパに戻る。[3]

まずベルギーに。[4] ベルギーはヨーロッパでジハード戦士志望者がほかのどこよりも多い国だ。[5]

アイユーブはブリュッセル近郊のモレンベーク地区[6]にあるコンビニエンスストア〈カルーセル〉の二階に住む姉のところに転がり込む。まわりの住人は似た境遇の者が多く、イスラム教徒がほとんどで、さらにモロッコ出身者が大半を占めていた。

その一帯は武器の違法販売でも栄えている地区でもあった。ブリュッセルで失業率がいちばん高く、人でごった返しており、落書きも多く、[7]暴力に走る者や、チャンスを探し求めて遠く旅しながらいまだに見つけられない者が不満を増幅させる場所だった。

あまつさえ武器を手に入れることのできる場所だった。パリで起きたユダヤ食品店人質事件やベルギーのユダヤ博物館襲撃で使用された武器も、このスラムからのものだった。[8]

その夏、スペンサーとアンソニーとアレクの三人が心躍らせながらヨーロッパ鉄道《ユーロレール》での旅の準備をしていた頃、アイユーブのほうはバックパックを背負ってのひとり旅の最中だった。[9]ベルギーとドイツ以外にも、オーストリア、フランス、アンドラと列車で旅をしていた。[10]

スペンサーがポルトガルをあとにし、アンソニーとアレクがそれぞれの両親に別れを告げた頃には、ついにアイユーブも親に連絡している。それまで父親とは一年半も話していなかった。[11]

八月二十一日。耐えられないほどの蒸し暑さ。風もほとんどない。[12]アイユーブはプリペイド携帯電話を購入して[13]電源を入れる。

そして、姉の家を出ると、環状交差点《ラウンドアバウト》まで歩く。交差点の真ん中は公園になっているが、芝生はなく、ハトしかいない。ピエール通りを歩き、若者がサッカーをしている広場の手前で地下鉄のオッセンハイム駅にはいる。地下鉄に乗り、新しい洗車場や、ゴミだらけで木もまばらな林を過ぎ、空き瓶や古い人形やタイヤで徐々に埋められていく自動車部品倉庫の廃屋のまえを通り過ぎる。

屋根付きのイヴェント広場に生まれ変わったばかりの巨大な食肉処理場のまえも過ぎる。

都市の衰退が観察できる五分たらずのスラムツアー。

クレマンソー駅で降りてまた地上に出ると、学校の校舎の壁に落書きが見える。書かれているのは〝一緒に生きよう〟や〝平和〟。運動の器具が地面に固定されている公園を通り抜けると、約四十階建てのサウス・タワーがそびえ立っているのが眼のまえに見えてくる。きらめくその巨大なビルが駅の目印だ。それに向かって歩くと、銃器の豊富な地帯が広がる。駅の周辺は銃器販売のブラックマーケットの拠点として有名だ。[14]ついでに言えば、ベルギーは国全体が銃器であふれている。〈FNハースタル〉に代表される銃器メーカーの歴史に加え、戦争から逃れてくる人々の通過拠点であることと、規制のゆるさから、ベルギーはいつしか銃器が飽和状態の国になった。[15]暴力的な犯罪が大波のように押し寄せると、銃器を規制する新しい法律が制定されたものの、銃器はすでに国じゅうに蔓延《まんえん》していた。だから、ただ地下にもぐっただけで、従来の銃器販売は下火になることなく、そこにバルカン半島での紛争以降に流れ込んできたブラックマーケットの武器が加わった。崩壊するソヴィエト連邦から人々がベルギーに逃れてやってくると、バルカンから追放された人々のコミュニティは勢力を増した。彼らは故郷に保管されているソ連時代の軍需品の在《あ》り処《か》を熟知しており、それはまぎれもない金脈だった。[16] ベルギー政府がようやく取り締まりを強化しようとしたときには、すでに遅きに失していた。何百万もの未登録の武器が流通し、ブラックマーケットに流れていた。[17] 当局に知られずに武器をそろえるのにベルギーほどうってつけの場所はほかになかった。

アイユーブは駅にはいる。ガラスに白い文字で直角に駅名が書かれている。フランス語の名前が横、オランダ語の名前が縦に。[18] 彼がいるところから三キロほど離れた六駅先のマルベーク駅で、その七カ月後に二十人が死亡する。ISISの同時多発テロによる爆発の犠牲者となって。

大きな黄色いポスターに発車時刻と行き先が書かれている。彼はパリ行きの切符を買うために窓口に行く。アムステルダム十一時十七分発の列車とその次の十五時十七分発[19]のパリ行きを勧められる。

アイユーブは遅いほうの九三六四号列車に乗ることにする。理由は言わない。特に理由はないように見える。が、〈タリス〉社の従業員は金曜日の九三六四号がこの系統の中でもいちばん混み合う列車だということを知っている。週末でもあり、最終列車にも近く、おまけに八月は観光のハイシーズンだ。その列車はいつも混んでいる。夏の時期、〈タリス〉社はこづかい稼ぎをしようとする若者のあいだで、短期間のアルバイト先として人気がある。そのためその日の乗務員は通常に比べて若く、未経験の者が多かった。

アイユーブは現金で百四十九ユーロを支払い、タリス九三六四号の一等車の切符を購入する。アムステルダム十五時十七分発パリ行き。

切符を手にプラットホームへ移動する。古さと新しさの融合。きらめく赤い列車が長いロケットのように駅にすべり込んでくる横には、昔の鉄道輸送時代を彷彿《ほうふつ》とさせるアンティークなローマ数字の時計が時を刻んでいる。バックライト付き広告板には、ヨーロッパ大陸の旅を満喫する白人観光客の笑顔が映し出されている。頭上はアイユーブがこれまでに住んだ都市のスラム街にあったのと同じような古いトタン屋根で覆《おお》われている。トタン屋根は雨が降れば雨よけにはなるものの、雨音が怒り狂ったように増幅され、まるで空そのものが中に入れろと言っているかのような音がする。父親が拾い集めてクズ鉄として売っていたものにそっくりな金属の板。屋根の隙間から、ガーゼで濾《ろ》過《か》されたような太陽の光が射し込んでいる。そんなところに九三六四号列車がはいってくる。

アイユーブは列車に近づく。

優雅な若い女とすれちがう。すらっとした長身にブロンドの髪、列車の色と同じバーガンディ色の服を着ている。ハイヒールも同じ色だ。列車の乗務員が交代するのだろう。

アイユーブは彼女に関心はない。もう少しで栄光を勝ち取るのだ。バックパックの中には力が詰まっている。九ミリのルガー・セミオートマティック拳銃。ほかにはカッターナイフにボトルに入れたガソリン、ハンマー、弾丸《たま》の詰まったマガジンが八個。三百発近い銃弾だ。さらに、斜《なな》めに切られた銃口と折りたたみ式の銃床のドラコＡＫ－47セミオートマティック・アサルトライフル。

アイユーブは一等車に乗り込む。

列車のドアの下の階段が引っ込められる。車掌が無線で連絡を取り合い、列車が動きはじめる。音もなく発車する。地球がほんの少し傾き、列車が坂の下のほうにすべりはじめたかのように。モーターの音が聞こえるが、その音はかすかで遠い。驚くほど静かだ。乗客もひそひそ声で話している。まるで重要な話や秘密めいたプライヴェートな話をしているかのように。いちばん大きな音は自分の指定席を見つけられないで戸惑う乗客が通るたび、開いたり閉まったりする車両ドアの空気圧の音だ。

列車は駅の外に広がる線路の支線へすべり出る。徐々にスピードを上げて廃品投棄所の横を過ぎ、なめらかな線路に出るとさらにスピードが増す。駅を出てから数分と経たないうちに列車は時速二百四十キロで走っている。

アイユーブは席を立ち、十二号車のトイレにはいる。

電源を入れたばかりの携帯電話で、アイユーブはＹｏｕＴｕｂｅの映像を見る。手の中の画面には、忠誠心のある者は預言者の名において武器を取れ、と鼓舞する人物が映っている。

アイユーブはシャツを脱ぐ。

そして、裸の上半身にバックパックとライフルを掛ける。準備が終わると、ドアを開けて外に出る。

そのとき、予期していなかった光景を眼にする。巻き毛の男がトイレの順番を待って立っている。

アイユーブは肩にかかっていた重みが変化するのを感じる――別の男がうしろからつかみかかり、巻き毛の男はライフルをつかんでねじりながら奪い取ろうとしている。[20]アイユーブはライフルが自分の手からすべり落ちるのを感じ、気づくと巻き毛の男にそのライフルを奪われている。アイユーブは拳銃を握り、トリガー・ガードに指をかける。

車両じゅうに鋭い音が響く。ガラスが砕ける。男たちがうしろに飛ぶ。ライフルがカーペットの上に転がり落ち、巻き毛の男が倒れ込む。一瞬のうちに弾丸《たま》が男の肩甲骨《けんこうこつ》を通って肺を貫き、鎖骨を直撃する。

「撃たれた」と男は言い、妻と眼を合わせ、座席のあいだから妻を見つづける。[21]「撃たれた」[22]

男はもうライフルを持っていない。

アイユーブはライフルを拾い上げると、自分のまわりに空間ができていることに気づく。

「もう終わりだ」と倒れている男が言う。何本もの腕や脚があちこちに動き、何人もがあちこちの方向に走りだす。銃声がまるで号砲であったかのように。アイユーブも動く。ひとりの男は後方の車両に逃げ、ひとりの乗務員は前方の車両へ走りだし、〝ダリス――ようこそ私たちの世界へ〟とパネルに書かれたドアを抜けていく。アイユーブはライフルを体のまえに構え、乗務員のあとを追う。主導権を握っているのはこっちだ。事態はまたうまく動きはじめている。バックパックいっぱいの武器に列車いっぱいの丸腰の標的たち。弾丸《たま》は全員分、少なくとも大多数分はある。力を掌握しているのはこっちだ。弱い者、虐《しいた》げられてきた者の正義を勝ち取り、この国に血を流させる。声が多くなり、水色の閃光[23]が視界の中で大きくなる。馬鹿げた光景だ。彼のほうに突進してくる人影がある。不意をつかれても、その男に狙いを定めるのはたやすいことだ。男は申し分のない射撃練習場を走ってくる。車両の中に逃げ場はない。身を守るものは何もない。男は武器も持っていないようだ。怖れることはない。アイユーブは狙いを定める必要さえない。武器を男に向け、引き金を引く。

発射しない。

もう一度引き金を引く。

男は近づいてきている。が、弾丸《たま》が発射されない。この種の銃が不発を起こすなどというのは、まず考えられないことだ。そんなことは誰でも知っている。アイユーブは故障するはずのない銃が不発を起こしたことに狼狽《ろうばい》し、誤った操作をして安全装置をかけてしまう。これでは引き金も引けない。もう時間切れだ。男は今にもアイユーブの上に跳びかかろうとしている。アイユーブは銃を振り上げ、眼のまえまで来た男の顔に突き立てるものの、男の勢いにうしろに倒されかける。それでふたりのあいだに隙間ができ、さらにもうふたりの男の姿が見える。サッカークラブのバイエルン・ミュンヘンの赤と青のレプリカのユニフォームを着たアンソニーに比べれば背の低い男と、アイユーブと同じ肌の色の背の高い男。次の瞬間にはもうアイユーブは床に倒れている。ライフルが彼の手から離れる。彼は男たちを相手に闘いはじめる。

第三部

カリフォルニア州立大学生　アンソニー・サドラー

八月十九日　水曜日　午後十一時三十五分

アンソニー・サドラー
まだ生きてるよ、父さん。アムステルダムが最高すぎてどハマり中（笑）。

サドラー牧師
（笑）それはすばらしいね。みんな親切？

アンソニー・サドラー
超親切！　公用語はオランダ語だけど大体みんな英語がしゃべれるし、とにかくマジで親切な人たちばっかり。今まで見た中でいちばん黒人が多いのにもびっくり。アムステルダム南東の黒人街も行ったけど、いい感じだった。

サドラー牧師
へえ！

アンソニー・サドラー
市内を自転車でほんとにひとめぐりしたよ。

一時間くらいかかるけど、そこまで広すぎないから快適だし、眺めがすばらしい！　写真をいっぱい見せてあげるよ。

32

　事件が終わってからの数カ月間、アンソニーは自分たちが何か大いなるものを乱してしまったように感じていた。あのわずかのあいだにありとあらゆる運を使い果たしてしまい、あとには少しの運も残されていないような気がしていた。

　実際、こんなふうに思えた。親たちの祈りの力が三人をちょうどいいタイミングでちょうどいい場所に引き寄せ、その場にいるあいだ、彼らをずっと守っていた。だから注意深い別の乗客が最初にテロリストに気づき、唯一の銃弾を受けることになった。さらに、その祈りの力が、次に発射されるはずの弾丸《たま》の雷管に不具合を生じさせた。そのため弾丸《たま》は発射されず、次弾を装塡《そうてん》しても使いものにならなかった。だから三人とも殺されずにすみ、同時に三人とも人を殺さずにすんだのだ、と。

　すべてがそんなふうに運ぶ可能性は驚くほど低かった。ほとんど見込みはないも同然だった。だからありったけの力が必要だったにちがいない。ありったけの祈りの力が。神の力が。

彼らを阻む万物の流れに打ち勝つことを可能にするためのあらゆる力が。その結果、彼らの運も親たちの祈りも今はすっかり尽き果ててしまったのではないか。アンソニーにはそんなふうに思えてならないのだった。

さらにもっと具体的なことで、ある厄介な考えが尾を引いていた。アメリカに帰国した直後の記者会見で、彼の父親はこんな質問を受けた――テロリストの攻撃を阻止したことで、息子さんたち自身が報復されるんじゃないかという心配はありませんか？

そうしたすべての考えが渾然一体となってくすぶり、アンソニーはどうにも心が落ち着かないのだった。それは頭の中を流れる雑音のようなものだ。決してあからさまに鳴り響くことはなくても常にそこに流れている。この不安はきっと現実になる。彼はそう感じていた。すべては時間の問題にすぎない。宇宙はいずれ必ず軌道修正するだろう――

果たして十月一日、宇宙は軌道修正を始めた。

今度も絶望した二十六歳の犯行だった。ただ、犯人はパリ行きの列車に乗ったテロリストではなく、オレゴンのコミュニティ・カレッジの学生だったが。この犯行は誰にも止められなかった。九人が死亡し、銃撃犯は自殺した。

アンソニーはテレビを消した。それ以上の詳しい情報で頭の中が汚染されるまえに。どのみち正確な情報である可能性が低いことはわかっていた。彼自身が海兵隊員にされて以来、マスコミがどういうものかということは学んでいた。死や暴力に関するニュースにはほとほと嫌気がさしていた。そうしたニュースはもう知りたいとはまったく思わなくなっていた。

その翌日、アンソニーはスペンサーと一緒にニューヨークへ向かう途中で彼から聞いて知った。銃乱射事件があったアムクワ・コミュニティ・カレッジは、アレクがアフガニスタンに配属になるまえにかよっていた学校だった。

アレクは今もそこにいるはずだった。もし彼が『ダンシング・ウィズ・ザ・スターズ』への出演依頼を受けていなければ。

次にアンソニーがその銃乱射事件のニュースを見たとき、すべてはアレクの話になっていた。アレクが番組を離れたこと、アレクが故郷の人々と過ごすために帰宅したこと。彼への言及はなんとも不公平に思えた。アレクを映すこと自体に言外の意味が込められていた。アンソニーは思った——このさきずっと自分たちにはひとつの問いがついてまわるのだろうか？　〝あなたなら悲劇を防げたんじゃありませんか？　今回あなたはどこにいたんですか？〟

もはや自分はどこにいても英雄であることを期待されているのだろうか？

それは途方もない重圧だった。ニュースを見るたび、何かしら邪悪で暴力的な事件がどこかで起こっていた。そうした出来事がことごとく彼の想像に——次第にふくれ上がる暴力の物語に——溶け込み、そのひとつひとつが彼自身や仲間の上に重くのしかかってくるかのようだった。

アレクはかつて大勢の人々を救う手助けをした。アレクはテレビに出て踊っていなければ、事件が起きたキャンパスにいるはずだった——彼らはつまり、死んだ人々に対する責任の一部がアレクにあると言いたいのだろうか？　これからさきもずっとこういうことが自分たち三人につきまとうのだろうか？

33

アンソニーはやっと落ち着きを取り戻したと思っていた。これでいくらか正常な状態に戻ったのだと。しかし、心が落ち着くことはなかった。自分たちが成し遂げたことの反動のようなものがいつまでも心に残った。自分たちは世界的な出来事の流れを変えたのだ。自分たちは歴史を動かした。ささやかながらも、おそらくは非常に意義のあるやり方で。自分たちは未来の教科書の内容をも変えたのかもしれないのだ。

それはとてつもない高気圧のような圧力だった。あまりに多くのことが一度に押し寄せていた。脳内の神経伝達物質が百の異なる理由で百の異なる方向へとさかんに放出されているようなものだった。

実際、彼らが経験していることは誰にも理解できないことだった。本人たちにも理解できなかったのだから。彼らはすでにあまりに多くの方向に引っぱられ、殺到するメディアの要望に振りまわされていた。三人だけで静かな部屋で過ごし、状況を把握する機会もないまま。

アラスの警察署で過ごしたとき以来、そんな機会は一度もなかった。そのときですらスペンサーはその場にいなかった。

パリの大使館では三人一緒だった。が、そのときは大使公邸でシャンパンのボトルを開けていたか、感謝で陶然となった群衆に囲まれていたかのどちらかだった。

三人にはじっくり考える時間がなかった。そんな中、例の圧力は依然として存在した。それはまだ表に現われてはいなかったものの、水面下でぶくぶくと泡立っていた。

アンソニーはいまだに神経が昂《たか》ぶり、興奮し、事件のときのことを思い出していた。甦るのは記憶の中の音や映像というより、あのときの感覚だ。アドレナリンの放出、全身にみなぎる力、汗ばむ手のひら、全速力で走れば壁さえ突き抜けられそうな感覚。自分では気づきもせず、意識もしないような些細《ささい》なことがあの列車に乗っていたときの感覚を甦らせることもあった。あの列車のことを考える必要すらなかった。何かが起きると――音なり光景なり色なり、あの瞬間を喚起するような何かがあると――それは反射的に甦った。脳の一部が少しだけ動き、またアドレナリンが駆けめぐり、体が闘いに備えた。闘うべき対象など眼のまえにはないのに。

それはまずマンハッタンのクラブで起こった。飲みものを手にしたスペンサーに客のひとりがぶつかり、飲みものがこぼれた。ぶつかった男は謝りもせず、なんの感情も見せずに、ただじっとスペンサーを見つめた。それを見たアンソニーはふたりのあいだに割り込んだ。スペンサーはそのときまだ片方の腕に添え木をあてていた。アンソニーがスペンサーに「さがってろ」と言った次の瞬間、男が殴りかかってきた。

アンソニーは怒りでかっとなった。網膜に火花が散った。すぐに警備員が飛んできたが、アンソニーは沸き起こる怒りとエネルギーで爆発寸前だった。男のほうが真っ向から彼に挑みかかってきたのだ。警備員が男を店の正面玄関から連れ出し、アンソニーを裏口に案内した。が、裏口のドアから送り出されるや、アンソニーは店のまえまで走っていき、男がタクシーの列のそばにいるのを見つけた。

「どうするつもりだ、ええ？　今度は警備員も助けちゃくれねえぞ！」嘲《あざけ》る男に向かってアンソニーは突進した。ふたりの体がぶつかり合い、男は地面に倒れた。アンソニーは相手を殴りはじめた。体をめちゃくちゃに動かし、見知らぬ男と取っ組み合った。かつてスペンサーとアレクと一緒に見知らぬ相手と取っ組み合ったときのように。男の仲間がふたりを取り囲んだ。アンソニーは彼らのほうを振り返って言った。「どうした？　おまえらもやられたいのか？」それからまた地面の男をさんざんに殴りつけた。やがてふっと全身が宙に引き戻されるのを感じた。まるで制御不能に陥っていた暗い夢の中から引きずり出されるかのように。スペンサーが使えるほうの手でアンソニーの腰のベルトをつかみ、彼を現実に引き戻したのだ。

次に気づいたときにはふたりはタクシーに乗ってその場から遠ざかっていた。アンソニーは思った——今のは現実の出来事だったのだろうか？

その翌日、彼らはベルギーの首相から国の最高勲章を授与された。

待ち受けていたのは最高級のレセプションだった。アンソニーは胃の調子が悪く、頭もずきずきしていた。が、それは食事つきのパーティだった。ちょうど国連総会の会期中だったため、世界じゅうの上級外交官がニューヨークに集まっていた。その場の全員が最高の装いに身を包み、歓談しながらスペンサーとアンソニーを祝福した。すばらしいことではあったが、ふたりともその前夜は合わせて二時間しか寝ておらず、おまけにそれぞれ風力十二並みの二日酔いを抱えていた。ウェイターがシャンパンやベルギービールのボトルを次々と運んでくるさまは、まさにゆるやかな拷問だった。アンソニーはげっぷをし、スペンサーを見た。スペンサーはアンソニーより苦しそうだったが、それでも〝しかたない〟と言わんばかりに半ばうなずき、通り過ぎるトレイから取ったビールを口にした。それを見て、アンソニーはぞっとした。

やばい――アンソニーは思った――ここで吐かないでくれよな。

スペンサーは拳《こぶし》を口にあててげっぷし、アンソニーを見た。それからまたビールに口をつけた。スペンサーは勇敢だった。そんな彼にアンソニーも勇気づけられ、ウェイターに向かって微笑むと、シャンパンのグラスを手に取った。アルコールのことを考えただけで胸が悪くなりそうだったが、それを言うなら無料のシャンパンを辞退することも同じだった。これは個人の信条の問題だ――シャンパンがただで飲めるなら、何はなくとも飲むことだ。

34

スペンサーが送ってきた動画の映像は暗く、ぎくしゃくしていた。まるで防犯カメラがとらえた犯行現場の映像のように画質が粗《あら》く、人々が互いに接近しすぎていた。アンソニー自身があの列車で撮った映像のように。あるいはファウンド・フッテージ（モキュメンタリーの一種。第三者によって発見された未編集映像という設定）のホラー映画のように。スペンサーは酔っぱらっているのだろうか？　それとも単に動いたり踊ったりしている人が多すぎるからか？　アンソニーは眼を凝らして、スペンサーがどこにいるのか探した。その頃には、アンソニーはサクラメント市内のバーなら内装を見ればほとんど見分けがつくようになっていた。どのバーにも無料で出入りでき、実際にしばしばそうしていたからだ。しかし、映像は混沌《こんとん》としすぎていて何ひとつはっきりしなかった。

「スペンサー、どこにいる？」

スペンサーは返事をしなかった。アンソニーは彼に何も問題がないことを祈りながら携帯電話をナイトテーブルの上に置き、眠りに落ちた。

朝になって眼を覚ますと、携帯電話はメールと不在着信の嵐でとんでもないことになっていた。父親からは六件もの着信があったので、アンソニーは真っ先に父に折り返し電話した。

「アンソニー、スペンサーがゆうべ刺されたそうだ」

「なんだって？」

「詳しいことはまだわからないが、彼は病院にいる。また何かわかったら連絡するよ。今もジョイスから電話がかかってきてるところだ」

「あいつ、大丈夫なの？」

一瞬、沈黙ができた。「彼は病院にいる」

アンソニーは思った——それは答になってない。

何が起きたかを知るのにはほぼ一日かかった。が、少なくともテロリストが彼らを北カリフォルニアまで追ってきたのでないことだけは確信できた。発端はバーの外で起きた喧嘩《けんか》だった。

とはいえ、ひどい事件だった。アンソニーがとっさに思い浮かべたより悪い状況だった。スペンサーは重体で、面会すら許されなかった。入院し、手術を受けるまでの二日間のあいだは。

それでもまだアンソニーは事の深刻さを理解していなかった。実際に病院へ行ってスペンサーの病室を訪ね、スペンサーが病衣《びょうい》をおろして、胸部を縦断する縫合《ほうごう》跡を彼に見せるまでは。

「何があったんだ？」

「心臓切開手術だ。どこもかしこもやられたんだ。心臓も」

スペンサーはアンソニーの反応をうかがい、彼がどこまで把握しているのかを見定めようとした。「アンソニー、警察は殺人担当チームをよこしたんだぜ」

そのことばを呑み込むまでにしばらくかかった。殺人。単に傷を負っただけなら殺人担当は呼ばれない。殺人担当が呼ばれるのは人が殺されたときだ。

「現場じゃおれが死んだと思ったらしい」そう言うと、スペンサーはしばらく口をつぐんだ。「でも、一方で……」彼はそこでまたことばを切った。「自分でもそう思ったんだ。おれは死んだと思った。刺されたあと、歩道に坐って眼を閉じて、これきりもう眼を開けることはないんだって思った」

アンソニーはなんと言ったらいいのかわからなかった。「で、どうなったんだ？」

「歩道で眼を覚ましたら、救急医療隊員がおれの胸骨を押しながら呼びかけてた。〝起きて、眼を覚まして！〟って。おれは〝ああ、まだ生きてるのか〟って感じだった。次に気づいたら、この病院でストレッチャーにのせられてた。みんなおれのまわりに立って何やら作業してた。でも、そこに殺人担当の刑事が無理やりはいってきて、おれに質問しようとしたんだ。とにかく情報を訊き出そうと必死だった。これを逃したらもう――」スペンサーは一瞬間をおいた。「二度とおれは答えられなくなるとでも思ってるみたいに」

アンソニーはあまりのことにことばを失った。すでに一度、生きるか死ぬかの状況をともにくぐり抜けた親友が――それこそほんとうに自分の命を救ってくれた親友が――体をずたずたにされ、切り開かれ、縫《ぬ》い合わされ、かろうじて生き延びた姿で横たわっているのだ。

それでも、肉体的なことはそれほど心配していなかった。確かに状況は深刻で、スペンサーはあわや死ぬところだった――またしても――それでも彼が助かることはまちがいなかった。それより気になるのは、スペンサーが何を感じているかということだ。彼の精神面が気がかりだった。彼もアンソニーと同じような重圧を感じているのだろうか？　人々はスペンサーを〝キャプテン・アメリカ〟と呼んだ。それは彼を称《たた》えるためだったが、本人にとってはプレッシャーだった。そんな彼が痛めつけられたということは、面目を失ったということだ。まわりの誰かが痛めつけられた場合も、それは彼が期待された役割を果たせなかったということになる。アンソニーは彼の気持ちを察した。それでも、言うべきことばを思いつけなかった。そして、それはあの列車事件があってから、アンソニーが新たに抱えるようになった問題だった。彼はやっとのことでため息をついて言った。「この大馬鹿野郎が。頼むから死ぬなよな？　死んだりしたら承知しないからな」

スペンサーは眼を閉じた。アンソニーの胸にぐっと感情が込み上げてきた。それでもやはり何もことばは出てこなかった。この誰より親しい友人に対してすら、この深刻な状況にふさわしいことばは思いつかなかった。「退院したらまた会おう。絶対だぞ？　おまえは大丈夫だ」どうにかそれだけ口にすると、彼は病室をあとにした。

35

それで終わりではなかった。最初はアレクの学校での銃乱射事件。次はスペンサーへのテロリストの報復かと思われたが、蓋《ふた》を開けてみればテロリストの攻撃ではなく、単なる街中での喧嘩《けんか》。が、その内容は命に関わるほどのものだった……アンソニーの予感は的中しはじめていた。自分たちはあのときの幸運のつけを支払わされているのだ。

金曜日の午後の早い時間帯、アンソニーが生体力学の授業を受けているときのことだ。彼の携帯電話が振動しはじめ、次々と見知らぬ番号からメールが届きはじめた——〝きみがパリにいればこんなことにはならなかっただろうに〟

車でアパートに戻るあいだにもさらにメールが届いた——〝きみは今、どうしてパリを救ってないいんだ？〟

そのあとも一通、また一通とメールが舞い込んだ。アンソニーは私道に車を停め、携帯電話でニュースをチェックした。心が沈んだ。家にはいり、ソファに坐ってテレビをつけた。何度も繰り返して見たのと同じ映像だった。夜のパリ、現地時間のタイムスタンプ（出来事が発生した日時を示す文字列）、興奮して口々に話そうとするキャスターたち。しかしなにより画面下のテロップがすべてを物語っていた——〝パリ銃撃で十八人が死亡〟。これはおれたちと関係がある。アンソニーはそう思った。テロップが変わった。〝パリ攻撃で少なくとも三十人が死亡〟。それからまた変わった。〝仏大統領が非常事態宣言、国境を封鎖〟。それからまた。〝パリテロ攻撃で少なくとも六十人が死亡〟。

アンソニーは疲労を覚えた。一瞬のうちに暴力に疲弊《ひへい》し、それ以上見ていられなくなった。同時にニュースを信用できずにいた。テレビを消し、これもまたメディアのまちがいであることを祈った。彼らはどういうわけか詳細を取りちがえ、死亡者数を極端に多く見積もりすぎているのだろう。あるいは、事件そのものがまちがいだったということさえあるのではないか。まったくのでっち上げかもしれない。そう思いたかった。が、すでに胃がずしんと重くなるのを感じていた。彼は思った——おれたちがパリをこんな目にあわせたのだ。

アンソニーはまた携帯電話を見た。CNNのサイトの見出しでは、六十人が〝銃撃と爆発〟で死亡、〝人質事件発生〟とあった。彼は切に願った。それが事実ではないことを。何かのまちがいであることを。せめて犠牲者の数が減っていくことを。

見出しが変わった。大きな黒地に大きな白抜き文字——〝死者百人超に〟。

自分に責任があるという考えをどうしても拭《ぬぐ》えなかった。おれたちのせいだ。そう思えてならなかった。おれたちがあいつのテロを阻止したから、やつらはそれを十倍にして報復したんだ。おれたちのしたことなどなんの意味もなかったとフランスの人々に知らしめるために。

彼にメッセージを送ってきた人々と同じようには思えなかった。自分がその場にいればよかったなどとはとても思えなかった。そのかわり、列車事件での自分がとてつもなく幸運だったことを思い、そのことに罪悪感を覚えた。彼とスペンサーとアレクが運命の邪魔をしたために、運命が猛然と仕返しをしてきたのだ。テロリストたちは三人に報復するため、フランスにいる何百人もの罪もない人々を利用し、証明してみせたのだ。歴史の流れを止めることはできないと。その出来事がいつどの程度の規模で起きるかということは変えられても。

おれたちがフランスの人々をこんな目にあわせたのだ。

その反応がまちがっていたと――彼が報復行為を招いたわけではないのだと――アンソニーがようやく納得できるようになったのは、それから何カ月もあとのことだ。テロの首謀者は以前に少なくとも四件、最大で六件の攻撃を計画しながら未遂に終わっていた。その男の名はアブデルハミド・アバウドといった。アバウドはアイユーブ・ハッザーニの列車テロの計画にも加担していた。[2] 過去の失敗によるプレッシャーも抱えていたかもしれない。そうだとしても、彼が十五時十七分発パリ行きの列車内で起こったこと以外にも多くの計画を持っていたことに変わりはない。仮にアンソニーとアレクとスペンサーの三人、それからその日一緒に乗り合わせていた人々――最初にアイユーブの動きを鈍らせた匿名《とくめい》の〝ダミアン・A〟、ライフルを奪おうとして撃たれたマーク・ムーガリアン。アンソニーが眼を覚ますまえから動いていたこのふたりと、ハッザーニを縛り上げるのに手を貸し、二日間続けて通訳を務めたクリス・ノーマン——のうち誰かひとりでもその場に居合わせず、アイユーブのテロを止められなかったら、テロの首謀者がさらなる計画を中止していたなどと考える理由はどこにもない。もしあの列車テロが成功していたなら、それは一度の攻撃で百三十人が死ぬのではなく、二度の攻撃で四百人か五百人が死んだことを意味しているだけだ。

しかし、そのときのアンソニーにはそんな理屈はなんの意味も持たなかった。どれだけ論拠を重ねたところで、自分にも責任があるのだという恐ろしい考えを捨て去ることはできなかった。

パリの大規模テロにそれほど個人的な結びつきを感じたのには別の理由もあった。単に自分が報復を招いたと思っただけではない。今ではパリという市《まち》に親しみを覚えていたのだ。考えてみればおかしなことだ。旅のあいだはぱっとしない評判ばかり耳にしていた市《まち》が——いっそ立ち寄るのをやめようとまで考えていた市《まち》が——むしろ彼にとっていちばんの思い出の市《まち》となったのだから。

それはひとつにはもちろん、パリの人々の感謝の表明が息を呑むほどすばらしく、ほんとうに心からのものだと感じられたからだ。名声など問題ではなかった。そこにあったのは人間愛だ。パリの人々が彼らに会いたがったのは、彼らが有名だからではない——そもそも彼はまだ自分が有名だと感じていなかった。パリの人々は、アンソニーと友人たちがこの上なくすばらしい贈りものをしたかのような気持ちにさせてくれた。アンソニーたちに価値を見いだそうとしていたのではなく、ただ彼らに素直に感謝を伝えようとしていた。アンソニーがテレビを消したあとで考えはじめたのはそのことだった。

パリ。列車事件の直後。あの市《まち》の人々。彼の名声の始まり。アンソニーは何も映っていないテレビ画面のまえに坐ったまま思いを馳《は》せた。彼らがパリで過ごした四日間とそれに続くすべての出来事について。

36

八月のその日、アンソニーたち三人がフランスの最高勲章を受章することになって、最大の問題は何を着るかということだった。なんとも場ちがいな光景だった——パリの大使公邸で豪華な内装や調度品に囲まれているというのに、彼らの服はだいぶ汚れていた。そもそもヨーロッパをまわるバックパック旅行にフォーマルな服を持ってくることなど誰も考えない。彼らが持っているいちばんましな服が血まみれのジャージというありさまだった。買いものに行く時間もなければ、服を仕立てる時間などあるはずもなく、このままではスポーツウェアを着て、フランス大統領からレジオン・ドヌール勲章を授与されることになりそうだった。

グリフィス所長があることを思いつき、いったん大使公邸から姿を消したあと、服でいっぱいのバッグを抱えて戻ってきた。「よし」と彼は部屋に飛び込んでくるなり言った。「これを着てみてくれ」そう言うと、それぞれに借りもののカーキ色のスラックスと靴とベルトを渡した。「ただし、終わったらちゃんと全部返すように」

「すごい、所長」とアンソニーはスラックスを掲げてサイズを眼で測りながら言った。「これ全部、どこにあったんですか?」

「借りたんだ。海兵隊員から。言っておくが、本物の海兵隊員だ。だからきみたち、アメリカ最強の部隊に追われたくなければ、ちゃんと全部そろえて良好な状態で返すんだぞ」彼は大使館の海兵隊分遣隊のところに駆け込み、彼らのクローゼットを漁《あさ》ったのだった。が、誰ひとりスーツもブレザーも持っていなかった。どうやらスリーピーススーツを用意する理由がないという点では、海兵隊員もバックパッカーと変わりないようだった。彼らが持っていた服でいちばんましなのはポロシャツだった。そういうわけで、アンソニーたち三人はバーベキューに出かける社交クラブの学生のような恰好で、この国の最高勲章を受け取りにいったのだった。後日、叙勲式の映像がニュースで流れると、キャスターたちはそこに映っているものを言いわけするように、こんなふうに説明した。「三人はそろって……カジュアルな装いで、フランス最高位の勲章を受け取り……」

アンソニーは自分が何を着ていようがたいして気にならなかった。ほかの面々とともに大使館のロビーに足を踏み入れると、そこに集まっていた大勢の人々からどっと拍手が沸き起こり、その拍手と歓声はおさまらなかった。いつまでも続きそうだった。誰かが身を乗り出し、アンソニーの耳に語りかけた。「きみらは私たちの九・一一を止めたんだ」轟くような喝采《かっさい》はなおも続いた。熱狂がさらなる熱狂を呼び、あまりに長く喝采が続いていること自体が新たに笑いと喝采を生み出していた。これならもうしばらく続くかもしれない。アンソニーはそう思い、カメラを取り出して動画撮影を始めた。それでも、人々の熱狂はおさまらなかった。これほどまでに激しい、嵐のような拍手喝采を聞いたのは初めてのことだった。それで彼にもわかりはじめた。自分たちのしたことが人々にとってどれほどの意味を持つことだったのか。

一行は黒のSUV車に乗り込み、ほどなく大統領官邸のエリゼ宮殿に到着した。大勢の記者が列をなしていた。警備の衛兵がいた。ジョイスとハイディとエヴェレットも同時に到着した。夜どおし飛行機に乗っていた彼らは、式典の開始まで一時間を切る中でシャルル・ド・ゴール空港に降り立ち、待っていた送迎車に乗り込んで、市内を走り抜けてきたのだった。アンソニーは懐《なつ》かしい顔ぶれに会えたことを喜んだ。ハイディがアレクに歩み寄り、息子の顔を両手で包むところを見るのも嬉しかった。彼女はアレクに言った。「おまえが配備されるまえにわたしが言ったことを覚えてる？　これがまさにそれよ！」なにやら嬉しいことを言われたと見え――それがなんであれ――アレクはにっこり笑った。しかし、アンソニーの両親はまだ到着していなかった。

「ご説明します、いいですか？」ひょろりと痩《や》せたフランス人男性がアンソニーの腕を取り、彼らをステージに導いた。男性はアンソニーの立ち位置となるX印を示して言った。「彼があなたのまえにやってきます」まるで〝彼〟がフランス大統領ではなく、ウェイターか何かのような口ぶりだった。「彼はあなたの胸に勲章をつけて、あなたと握手をします。以上です」

「それだけですか？」

アンソニーの立ち位置はクリスの隣りだった。アレクとスペンサーは演壇の反対側に立った。痩せた男性はアンソニーの耳に無線のイヤフォンを取り付けた。通訳が聞けるように。が、いざ大統領が人々をまえに話しはじめると、彼の話す速度に通訳が追いつかず、アンソニーは微笑むべきか真剣な顔をするべきかもわからなかった——どんな状況でも適切に振舞える自分の能力だけは何があっても疑ったことがなかったというのに、今はどうすればいいのかまるで見当がつかなかった。彼は努めてニュートラルな表情を保った。

父さんはどこだ？

大統領のスピーチが始まった。

「アイユーブ・ハッザーニは三百発の弾薬と銃器を所持していました」と耳に流れてきた通訳の女性の声が言った。「それだけ知ればわかるでしょう。私たちは危ういところで悲劇を、大虐殺を逃れたのです。あなた方の勇敢な行動は大勢の模範となり、人々を勇気づけることでしょう。テロリズムの悪に立ち向かう人間性の善、あなた方はその権化なのです」

アンソニーは場内にいる人々を見まわした。いかにも要人といった雰囲気の人々が大勢いた。父親はやはりいなかった。飛行機に何か問題があったのだろうか？　そもそもサクラメントでちゃんと搭乗できたのだろうか？

「私たちは弱い集団ではありません。テロリズムに直面しても、力を合わせて立ち向かえば強くなれるのです」アンソニーはまえを向いていようとした。が、そのとき大統領が彼のほうをちらりと見たのに気づいた。重要そうなフランス語の演説はさらに続いた。「何かが起こったら」と耳に流れてくる声が言った。「対処しなくてはいけません。何か行動を起こさなくてはいけません」今のことばはあまり大統領っぽくなかったな。アンソニーは内心そう思った。いかにも自分が言いそうなことばだったからだ。

実のところ、それは彼が実際に昨日の記者会見で言ったことだった――そう気づいたとたん、全身が震えるような感覚を覚えた。フランスの大統領がたった今、おれのことばを引用したのだ！　彼はようやく小さな笑みを浮かべることができた。そして、もう一度場内を見まわすと、視界の隅でステージの左側のドアが開き、父親と継母がはいってくるのが見えた。アンソニーは両親としっかり眼を合わせてうなずいた。ふたりも彼に微笑み返した。父の顔には抑えきれないほどの純粋な誇りが満ちあふれていた。アンソニーは笑いたかった。顔いっぱいに笑みを浮かべて言いたかった――父さん、こんなことって信じられる？　そう思いながらも、もとの真剣な表情に戻ろうとした。フランス大統領が悲しいことや悲劇的なことを話しているときに、自分ひとり馬鹿丸出しで、にやついているなどということがあってはならない。それからいくらもしないうちに、気づくと彼のまえにフランス大統領が立っていた。大統領は国の最高勲章をアンソニーの襟《えり》の下につけ、彼の両頰にキスをした。

始まりは単純だ。アンソニーは眠っていた。そして今、眼を覚ました。スペンサーが異様な眼で彼を見ている。誰かが彼らの座席のそばを猛然と通り過ぎたのだ。

それからスペンサーが席を飛び出す。

アドレナリンがどっと放出され、アンソニーは思う。なんとかしなければ。アレクはすでに席を飛び出している。スペンサーに続いて。アンソニーは立ち上がり、モーターで動く台車にでも飛び乗ったかのように列車内を突き進み、ほとんど一瞬でスペンサーのそばに駆けつける。アレクが屈んでライフルを拾い上げる。照明が金属に反射し、アンソニーの中の何かが反応する。アレクが銃身を向ける。スペンサーと銃の男がもつれ合っている座席のほうに。まわりの音が遠のき、アンソニーは頭を激しくひっぱたかれたかのように状況を悟る――アレクがスペンサーを殺してしまう。

アンソニーの全身を駆けめぐるドラッグの効果は、自分自身というよりむしろ、まわりのすべてに影響を及ぼしているかのようだ。手足がまるで濃い液体の中で動いているかのように、まわりのすべての動きがのろく感じられる。その場で起こっていることがこの上なくはっきりと見える。何もかもがとてつもなく鮮やかで、とてつもなく明瞭で、とてつもなくゆっくりしている。アレクがコッキング・ハンドルを引き、座席の上でのたうちまわるふたりにゆっくりと銃口を向ける。アンソニーのいる位置からははっきりとわかる。弾丸《たま》は男を突き抜けてスペンサーに当たる。

引き金が完全に引かれるまで丸一分もかかったように感じられる。そのあいだにアンソニーの頭の中では一連の考えが次々と駆けめぐる。ガラスの向こうでディスクをとっかえひっかえするジュークボックスのように。

アレク、やめろ、スペンサーまで殺してしまうぞ！

アレク、いいぞ、やれ、今すぐそいつを殺せ、そいつはテロリストだ！

アレク、やめろ、そんなことをしたらそいつの脳みそがおれたち全員に飛び散る、そんなものは見たくないだろうが、おれだって見たくない！

アンソニーの脳内はこんがらがっている。さまざまな考えが交錯し、混ざり合う。やがて、その流れは軋《きし》みながら急停止する。頭の中は静まっている。アレクが引き金を引く。弾丸《たま》は発射されない。時間の流れがもとに戻り、アレクがライフルで男を激しく殴りつけている。が、銃口が叩きつけられたところからは血も出ていなければ音もしていない。それでもこのほうが納得できる。これが正しいのだと思う。この男は痛めつけるべきだが、殺すべきではない。殴られても男の額から血が出る様子はない。アンソニーは男の顔を見下ろす。殴りつけられるたびに男の顔の像がぼやけ、また現われる。男はただアレクをじっと見返している。

男はまた殴られ、また像がぼやけて現われ、アレクをじっと見返す。男は気絶しない。超人的だ。痛みを感じているようにはまったく見えない。銃で殴られたところがぶよぶよになっている。それでも男は凝視しつづける。スペンサーが男を締め上げる。何秒間か何分間かもはっきりしない。が、アンソニーはその間、テロリストから眼を離さない。男はそのうち気絶するはずだからだ。一秒が一時間にも感じられる。これほど息づまるような光景は見たことがない。ふたりの人間のあいだで交わされる極度の残虐行為。それにもかかわらず、男は抵抗しようとすらしない。平然と殴られ、じっと見つめ返す。

その光景は忘れられそうにない。男の顔には憎しみが浮かんでいる。が、それはアンソニーが見てきたどんな憎しみともちがう。それは今起こっていることに対する怒りではない。もっと静かで深い怒りだ。今起こっていることは単に表面を波立たせているだけにすぎない。それほど深い怒りだ。それは男が取り押さえられても消えることはない。男は待つだろう。それほどまでに深い怒りだ。男はアレクにこう言っている。おれは急いじゃいない。今は首を絞められているが、いずれは抜け出しておまえたちを殺せるだけ殺してやる、と。

そのあと男は気を失う。

37

式典が終わると、帰国のときがやってきた。アンソニーはシャルル・ド・ゴール空港のアスファルトの上を歩いてジェット機に向かった。自分だけのために待機しているジェット機に――マジかよ！

ふとあることを思いついた。いったんはやめておこうと思ったが、すぐにまた思い直した――ここまで来てなぜやめる？ 彼は自撮り棒を取り出し、伸縮式ハンドルを伸ばすと、ヨーロッパ旅行の最後の瞬間を動画に収めた。

機内の内装は豪華なものだった。どこもかしこも濃い色のサクラ材が張られていた。本物の木材だろうか？ どっちにしろかまわなかった。ふかふかのクリーム色の座席。どこからともなく現われるトレイや引き出しが、料理や菓子やアルコールなど、望みのものをなんでも提供してくれる。まるで装置全体が彼のニーズを予期して設計されているかのように、秘密の仕掛けが魔法のように現われて、スナックやジュースを提供してくれた。

アンソニーは座席のひとつにゆったりと坐っていた。背もたれを倒し、脚を伸ばして、百九十三センチの体をくつろがせていた。体が吸い込まれそうなほどすばらしい坐り心地だった。機内はほとんどなんの音もしなかった。エンジンのうなりが心地よい静かな音となって、ここ数日間の出来事の強烈さをかき消してくれていた。列車事件後の彼の人生は新たな方向へと大きく弧を描くように変わった。そのあとの四日間はずっと気分が昂揚《こうよう》していた。カメラのフラッシュ、大統領からの電話、大使のアシスタントが彼とスペンサーとアレクをわが子のように世話してくれたこと、あのプレジデンシャル・スイート、いまだになんと発音すればいいかわからない名前の大統領から授かった、聞いたこともない勲章。そのすべてが静かなエンジン音によって頭の奥の片隅に押しやられ、最後にひとつの考えが浮かんだ――結局、スペインには行けなかったな――それもまた漂うように消えていった。この四日間で初めてアンソニーは死んだように眠った。

十四時間後に眼を覚ますと、オレゴンにいた。

彼は眼をこすって立ち上がり、サクラメントへの接続便に案内された。そこで初めてなんとも不可解で頭がおかしくなるような、どこへ行ってもつきまとう名声のプレッシャーというものにさらされた。

名声。おれは有名なのだろうか？　なんとも妙な考えだった。その一方で自分は有名になるほどのことは何もしていないと思った。同時にまた一方ではしているのかもしれないと思った。より重大なこととはなんだろう？　映画に主演すること、ポップソングを歌うこと、バスケットボールのリングにボールを叩き込むこと？　それともテロリストを阻止すること？　不気味なほど静かだったあの列車でのひととき、彼はうすうす感づいていた。フランスは大騒ぎになるだろうと。ニュースが繰り返し報じていたのとはちがって、彼ら三人は海兵隊員ではない。それでも、アレクとスペンサーが軍人なのは事実だ。アメリカ兵がテロリストを阻止したことに変わりはない。だからフランスが彼らを持ち上げて大騒ぎしてもそれは驚かなければならないことではない。すじがきは読めていた――アメリカ軍、世界を救う！

とはいえ、彼自身、それがこれほどまでの大事件になるとは想像できなかった。この事件がフランスの外でも注目を浴び、理解されることになるとは思っていなかった。彼自身が理解していなかったからだ。それはまだ彼の人生における小さく曖昧《あいまい》な瞬間でしかなかった。記憶の中の短い不完全な輝点《ブリップ》でしかなかった。眼を閉じたときに頭の中のスクリーンで再生されるのは、すべてが列車の車両の通路内、わずか二・三平方メートルの長方形の小さな狭い舞台で起こったことだ。そのほとんどがその場にいた五人に関するものだった。スペンサーとアレク。イギリス人男性のクリス。銃の男。血を流しているマーク。

そんなふうにしかとらえていなかったのは、何百人もの人々がまだ生きているのは自分たちがいたからだという考えをどうしても受け入れることができなかったからかもしれない。いったいどうすればそんなふうに思える？　〝何百人もの人々〟とはどんな人たちなのか？　その人たちはどれほどの空間を占めるのだろう？　もしかしたらそれは単に生理学的な問題なのかもしれない。人間の脳がそれほど膨大な苦しみを思い描けるようにはできていないという、科学的な事実にすぎないのかもしれない。人間の脳は理解できるものを求めている。わかりやすく、なじみのあるものを。

オレゴンからサクラメントまでの短いフライト中、アンソニーは視界の隅に見覚えのある人物をとらえた。

まさかあいつは――？　ふたりの眼が合った。

「アンソニー？　アンソニーかよ！」

アンソニーは一瞬、自分がどこにいるのかわからなくなった。ここはどこだ――待てよ、ジョン・ディクソンも同じ便に乗っているのか？　自分たちはドイツで落ち合おうとしていた。それが今こうしてここで――ここはどこだ？　アンソニーはフランスで眠りに落ち、オレゴンで眼を覚ました。一瞬でアメリカに戻ってきたのだ。ミュンヘンやベルリンや、彼らがほんの一週間前にいた場所ではなく。今ではその一週間が途方もなく長い時間に思えた。

「ジョン？　いったいこんなところで何してるんだ？」こんな偶然があるだろうか？　あれだけ何度もヨーロッパで落ち合おうとしていたふたりが、同じオレゴンからサクラメントまでの少人数の定期便に乗り合わせるとは。

「おまえらこそ、あっちでいったい何をやったんだ？」

アンソニーはジョンにドイツのセミプロバスケットボールリーグでの経験について尋ねはじめた。が、その質問は誰かに肩を叩かれて中断された。ビジネススーツを着た中年女性がアンソニーのそばに腰を落として言った。

「こんにちは、ミスター・サドラー、お邪魔してごめんなさい。たった今偶然、あなたと同じフライトに乗っていることに気づいたものだから。わたしはポートランドのテレビ局のレポーターです」アンソニーの新たな日常はすでに始まっていた。「さっきあなたを見かけて、急いでメモしたんです。これがわたしの名刺。テレビに出てもいいと思ったら、いつでも連絡してくださいね」

彼女が自分の席に戻ると、アンソニーは片方の眉を吊り上げてジョンを見た。ジョンは笑いながら首を振っていた。「彼女、今ので二回目だぞ」と彼は言った。「搭乗してすぐおれにあの名刺を渡そうとしたんだから。同じフライトに乗ってることに〝たった今偶然気づいた〟なんてな。あやしいもんだ」

それがアンソニーの生まれたばかりの名声の二面性を表わしていた。彼はインタヴューのチャンスを得たい一心のレポーターを飛行機に乗せるほどには有名だが、メディアの黒人識別能力が著しく低いという現実を変えられるほどには有名ではないということだった。

小さなコミューター機は着陸し、地上走行して停まった。アンソニーが機内からタラップに足を踏み出すや、大騒ぎが始まった。まるでそれまでは密閉された部屋で守られていたかのようだった。何百万人ものアメリカ人の視線にさらされずにすむように。そして、突然、大きくなりすぎたプレッシャーがどっと押し寄せた。今や彼は大勢の人々の眼にさらされていた。上空では報道ヘリが彼の到着の瞬間をとらえようと飛びまわっていた。タラップの下で待ち受けていた三人のFBI捜査官とふたりの保安官が彼の腕を取り、空港の裏口へ急がせた。ジョンにまともに別れを告げる暇もなかった。一方のジョンはターミナルに足を踏み入れたとたん、何十というカメラのフラッシュを浴び、顔にマイクを突きつけられていた。

「アンソニー、アンソニー」と彼らはジョンに向かって叫んだ。「帰国した気分はどう？」そのあいだに本物のアンソニーは送迎車の後部座席に押し込まれ、空港を脱出したのだった。彼の両親の家はすでに衛星アンテナを目一杯伸ばしたテレビ局のトラックの集団に取り囲まれていたので、アンソニーの父はホテルの部屋を予約していた。が、アンソニーは自分のベッドで眠りたかった。「ぼくのアパートのまえで降ろしてくれませんか？　べつに大丈夫だと思うんで。まわりに誰もいなければ」

サドラー牧師は保安官たちにルートの変更を告げた。

アンソニーは依然として周囲で起こりつつあることを自分のこととして受け止められずにいた。自分たちが数百人の命を救ったなどとは実感できなかった。それはとうてい受け入れられそうにない考えだった。まるでスーパーマンではないか。飛行中のジャンボジェットのところまで空を飛んでいき、それが山頂に激突する直前に進路を変えさせるようなものだ。自分たちがどれほど多くの命を救ったか自分でもよくわかっていないのに、どうしてこれほど大勢の他人にわかるというのか？　テレビ局のトラックが警護でもしているかのように、実家のまわりを取り囲んでいる事実をどうとらえたらいい？　あのレポーターたちはみんなちゃんと理解しているのだろうか？

彼らの興味の対象はアンソニー自身なのか、事件の深刻さなのか、それとも何かほかのものなのか？　彼らもあの飛行機にいたレポーターと同類なのだろうか？　偶然の出会いを装ってでも（今ではそう確信できた）自分の出世のために彼を利用したいと思っているのだろうか？　そのこと自体はそれほど気にならないとはいえ、他人にとっての今の彼の利用価値というものが果たしていつまで続くのかは見当もつかなかった。それからまもなく、アンソニーはスペンサーからもその手の話を聞くようになる。複数のストーカーから電話がかかってくるようになったこと。地元のテレビ局のキャスターが自分たちの番組に出演するよう、スペンサーに要請していること。まるで彼にその義務があるかのように。三人の英雄のうちひとりでも呼ぶことができれば、昇進を約束されたも同然なのだろう。

つまり、アンソニーは新たな力を手にしたということだ。他人を出世させる力だ。

問いが頭の中を渦巻いていた。答より多くの問いが。しかし、ひとつだけはっきりわかっているのは、自分が疲れきっているということだ。誰かの役に立つにしろ何にしろ、まずは休まないことには。

なんともありがたいことに、彼のアパートを発見した記者はまだいなかった。建物には門があったが、警備員はおらず、見ている人間もいなかった。門はいつでも開いていた。それは好ましくない者を閉め出すというよりは、〝できれば立ち入らないでください〟とやんわり牽制《けんせい》する程度のものだった。黒いスーツの男性ふたりが彼と一緒にSUV車から降りて、彼の部屋のまえまで付き添った。誰もいなかった。「大丈夫そうなんで、ここで寝ます」とアンソニーは言った。

そうして彼は帰宅した。

同時に静寂が訪れた。自分ひとりでここにいることが奇妙に感じられた。アレクもスペンサーもいない。ふたりともまだヨーロッパにいて軍の聴取を受けているのだ。スペンサーにはもうしばらく治療が必要だった。

家に戻ってきただけでも妙な気分だった。もはや何ひとつ以前と同じではないにもかかわらず、眼のまえにあるものはすべて以前と同じに見えた。部屋の状態が部屋を出たときとまるで変わっていないことがなんだか不快だった。あれだけのことを経験したというのに……その経験したことがなんであれ。色はもっと鮮やかで、部屋はもっと大きいはずなのに。何もかもが現実離れしていて、実際より大きかったのに。いざ家に帰ってみると、家は以前とまったく同じだった。彼はそれになじめなかった。今までのことが夢のように思えた。これからは毎日ベッドメイキングをしなければならない。パリのインテリアデザイナーではなく、大学生が装飾した部屋で寝起きしなければならない。勉強に励んで学位を取得しなければならない。

彼はひとりになりたくなかった。だから思いつくかぎりの相手に電話をかけた。すぐに二十人ほどが彼の部屋に押し寄せ、詳しい話を聞きたがった。が、それだけの友人やクラスメイトに囲まれていても、ほんとうに話さなければならないと感じる相手は別にいた。

スペンサー――彼は心の中で呼びかけた。人でいっぱいの部屋の中で――そっちで今どうしてる？　スペンサー、どうしてあのテロリストがおれたちのうしろにいるとわかったんだ？

38

名声には小さな義務がともなう。アンソニーはそのことを学んでいた。帰国してからどうも体調が悪かった。時差ぼけや高揚感が去ったあとの反動もあったが、それとは別に体がだるく、疲労が激しく、胃が痛んだ。それに、スペンサーとアレクから引き離されたようにも感じていた。ふたりと話がしたかった。一緒にいたかった。あれほど重大なことが起こって彼らをひとつに結びつけたのに、今彼は仲間たちから引き離されている。とても冷静ではいられそうにない。自分が不完全な存在のような気がした。この国にひとりで向き合わなくてはならないのだ。手柄を立てたのが彼ひとりであるかのように。これではまるで脚が一本しかないテーブルのようなものだ。

「記者会見を開くべきだ」と彼の父は言った。「そうでもしないとマスコミは離してくれないぞ。いつまでも行く先々で追いまわされるのはおまえだって嫌だろう」

こんな状態で——スペンサーもアレクもおらず、疲れて具合が悪い状態で——人前に出るのだけはごめんだとアンソニーは思っていた。が、父の家は相変わらず報道陣に囲まれており、彼らは父の教会にも押しかけはじめていた。アンソニーが彼らのまえに姿を見せないかぎり、この状況は変わらないだろう。

「よし、わかった」と父は言った。「こうしよう。市長と私がほとんど話をするから、おまえはほんの何秒かだけしゃべって退場すればいい。とりあえず顔を見せるだけ見せたら、あとは私たちがこう言おう。おまえにはしばらく休息が必要だと。それで彼らもわかってくれるだろう」

「おれは何を言えばいい？」

「自分が感じたままを素直に言えばいい」アンソニーは思った——もし父さんが経験豊富な牧師じゃなかったら、人前で話すことについてアドヴァイスをしてくれなかったら、おれはいったいどうしただろう？　「気の利いたことや意味深いことを言おうとしなくていい。むしろそうでないほうがいい。自分が感じたことを言いなさい」

「考えただけで吐きそうだ」

「それは記者会見で言わないほうがいいかもな」

アンソニーは胃薬を飲んで鏡をのぞき込んでから——今ひとつ顔色がさえないことを除けば、具合が悪そうには見えない——市内に向かった。まわりを警官に囲まれながら、市庁舎の外に設営された演壇に上がり、言われたとおりのことを言った。

「ここに来てくださったみなさんに感謝します。ここ何日も眼がまわりそうだったので、アメリカに戻ってきてほっとしています。特にサクラメントに帰ってこられて。ええと、ここはぼくの故郷なので、帰ってきてみんなに会えたのがほんとに嬉しかったです。今も何がなんだかわからない感じです。こんなことになるとは思ってもいなかったので。でも、こうして集まっていただいたことに感謝してますし、ええと、とにかく帰ってこられて嬉しいです。ありがとうございました」

それだけ言うのが精一杯だった。彼は演壇を降りた。

そのあと彼の父が壇上に上がり、報道陣からの質問を受けることに合意した。レポーターのひとりがこんな質問をし、アンソニーはひどく動揺した――サドラー牧師、息子さんが今後テロリストの標的になるかもしれないという懸念はありますか？

なんとも馬鹿げた質問だった。アンソニーは父があまり感じの悪い答え方をしないことを願った。

「そうですね、懸念はあります」と父は言った。

アンソニーは思わず耳を疑った。

「ですが、今のところそれを裏づける危険はありません」

父さんはおれが危険にさらされていると思ってる？　まわりは報道関係者ばかりで、彼はとにかくアパートに帰ってベッドに倒れ込みたい気分だった。それでも、そこに集まった人々は彼のために心から喜んでくれているように見えた。

その日の後刻、彼はＮＢＣの地方局が彼の記者会見について報道するのを見た。「サドラーさんが話をした時間は三十秒もありませんでした」と担当記者は言った。「話を終えると、彼はいっさい質問を受けることなく退場しました。警察が市庁舎のまわりの通りを封鎖し、彼は送迎車で連れ去られました」

39

ようやくスペンサーと連絡が取れたのは、アンソニーがアメリカに帰国してほぼ一週間が過ぎた頃だった。その一週間は七日間より長いようにも短いようにも感じられた。一方、三人がヨーロッパで再会し、一緒に列車に乗っていたのはつい昨日のことのように思えた。あれからあまりにたくさんのことが起こりすぎた。振り返ってみれば、あの日から今までの数日間には、自分の人生を決定するような出来事が詰まっていた。そう考えると、それはもっと長い時間だったように思えた。少なくとも、もっと意義深い時間だったように思えた。時間そのものが流動的な概念のように感じられた。まさにあの列車に乗っていたときのように。あれから何分経ったのか、それとも何時間？

帰国してからの日々が長く感じられるのは、それをひとりで経験しているからでもあった。ほんとうは三人一緒に帰国し、全員そろって英雄として迎えられるべきだったのに。しかし、あのパリの大使館で一緒に過ごした日々を最後に、彼らは別々の方向に引き離された。アンソニーの電話にやっと出たとき、スペンサーはまだドイツのラムシュタイン空軍基地にいて、あまり元気がなさそうだった。

「みんながすごく気をつかってくれるのはありがたいんだけど」とスペンサーは言った。「それがあまりに過剰なんだよ。一瞬も放っておいてくれないんだ。いつもまわりに人がいて、おれの世話をしようとしてる人間が百万人もいるみたいだ。おれたち家族は早く帰国したいだけなのに」

「ああ、わかるよ。おまえがここにいたらなあ。こっちじゃどんなことになってるか見せてやりたいよ。みんな熱烈に歓迎してくれてる」

スペンサーはそれを聞いてもあまり嬉しそうではなかった。彼もまた怒濤《どとう》の日々のあとで気力を失っているのかもしれなかった。

おまけに、空軍はスペンサーの家族が諸々《もろもろ》の不慣れな問題に対処できるよう、調整役の女性をひとりよこしたのだが、その女性がなんと――これはつくり話でもなんでもない――彼らがかよっていた私立学校の同窓生だったのだ。いったいどれほどの確率でそんなことが起きるのか？　地球の反対側にある一クラス十数人規模の学校にたまたまその女性がかよっていたなどというのはどれほどの確率？

「おまえに必要なのは」とアンソニーは言った。「ここに帰ってくることだ。サクラメントはおれたちを愛してる。クラブなんかただで入れてくれる。外食に行ってもみんながおごってくれる。そのうち慣れっこになりそうだ」

「まあ、そういうのならこっちでもなくはないよ……と言ってもわからないだろうけど」

「へえ、マジで？　何があった？」

「こっそり基地を抜け出したことがあってさ。検問所を通るのに、憲兵のひとりを車のトランクに入れる破目になったけど」スペンサーたちが行ったのは基地のアメリカ兵のために営業しているバーだった。店を経営しているのは歳を取ったアメリカ人の国外居住者で、その男はドイツに根をおろしながらも、アメリカ人の若者が恋しくてならないようだった。その証拠にバーを開き、アメリカ人の英雄が訪れると店のおごりで酒を振る舞ったりしていた。で、スペンサーの場合も、彼がショットグラスに口をつけた瞬間、店内のスピーカーからブルース・スプリングスティーンの『ボーン・イン・ザ・USA』のイントロのシンセサイザーのリフが大音量で流れだした。「そしたら女の子に肩を叩かれて」とスペンサーは電話口で言った。「嘘みたいな話だけど、その子がおれに訊いたんだ。ボディショット（相手の体につけた塩を舐めながらテキーラなどを飲むこと）をやりたくないかって。もちろんやったよ。店じゅうが〝USA!!……USA!!……USA!!!〟って歌ってる中で。この国ですら、みんなおれの顔を知ってるらしい」

しかし、それよりもっと衝撃的なことがあったと、彼はアンソニーに語った。彼が家族と一緒に基地の外へ夕食に出かけたときのこと。もうひと組の別の家族も一緒だった。車に乗っているあいだ、彼らの子供たちは食事のときに誰がスペンサーの隣りに坐るかで言い争っていた。結局、小さい女の子が彼の隣りに坐ることになったのだが、その子は食事のあいだじゅう、何かが腑《ふ》に落ちないとでも言いたげな顔でしきりにスペンサーを見上げていて、食事のあとようやく勇気を出して彼に尋ねた。「おじさんはスーパーヒーローなの？」

スペンサーが携帯電話を持ち替える音がした。

「それからその子はおれをハグしたがったけど、怖がってできなかった。おれはまだギプスをしてたし、抜糸もまだだったから。その子はおれをハグしたいと言いながら、おれが痛がるんじゃないかと気にしてたんだ。そこでなんかもう全部が崩れたみたいになって、おれはたまらず大声で泣いたよ。そのときばかりは、ただもう胸をがつんとやられた気分だったよ」

40

最初のうちはそこまで大変なことだとは思っていなかった。三人がメディアの出演依頼を受けるようになると、地元の広報担当マネージャーがスケジュールの管理を引き受け、両面三枚の紙にメディアの要望をリストアップした。あまりにも無茶な量だった。いったいどうしたらひとりでそれを全部こなせる？　三つか四つか五つでも無謀なのに？　アンソニーはリストに眼を通し、やりたくないとわかっているものを削除していったが、すぐに辞退できるものはそう多くはなかった――名声にドアを叩かれると、そう簡単には追い返せないものだ――が、ひとつは考えるまでもなく〝お断わり〟だった。ダンス・コンテスト番組『ダンシング・ウィズ・ザ・スターズ』だけは。

パリから帰国して一週間後のこと、三人のうちアメリカに戻っているのは自分だけだとアンソニーが思っていたある朝、彼の父が情報番組『グッド・モーニング・アメリカ』の告知を見るようにと言ってきた。アンソニーはさっそくチェックした。俳優のゲイリー・ビジーが馬に乗っている映像のあとで、『ダンシング・ウィズ・ザ・スターズ』の永遠の司会者、トム・バージェロンが生中継で映し出された。

出演が決まったキャストはひとりを除いて全員が発表されていた。「トム」と司会者のひとりが呼びかけた。「最後の超・極秘スターが誰なのか教えてもらえます？」

「ええ、もちろん」とトムはタイムズスクエアの真ん中でディレクターズチェアに坐って言った。「新たにひとりの出演が決まったことを私も昨日の夜知ったんですが、彼を紹介できることに興奮しています。彼はパリで大勢の乗客が乗った列車の中でテロリストを制圧した三人のアメリカ人のうちのひとりです」

おい、嘘だろ――アンソニーは心の中で叫んだ――アレクかよ！　あいつ、タイムズスクエアにいるのかよ！

実際にそこに映っているのは、アレクのシルエット――薄いピンクのスクリーンのうしろにいる人物のシルエットだったが、それが彼であることにまちがいなかった。単色のシルエットだけでも、あの特徴的な前かがみの姿勢はそのままだった。ポケットに入れた手、ジョニー・ブラボー（アメリカのテレビアニメシリーズの主人公）風に真ん中を立てた髪形。アレクはビーズのカーテンをくぐり抜けて全国ネットに登場した。満面の笑みを浮かべて出てきたものの、垂れ下がったビーズが触手のようにシャツにからんだので、うしろを向いてそれをはずさなければならなかった。それがはずれると、彼は少しもたつきながら歩いてきて、六十五歳のセレブシェフ、ポーラ・ディーンに自分から声をかけてハイタッチをし、それから自分の椅子に坐った。アレクは恥ずかしがりで無口のようにはまったく見えなかった。むしろ自分の本領を発揮しているように見えた。タイムズスクエアで――スーツや大胆な襟《えり》ぐりのデザイナーTシャツを着た面々の隣りで――いつものジーンズとスニーカーという恰好で席に着いた。

アンソニーは自分が今見ているのがあのアレクだということが信じられなかった。あの〝クロコダイル・ハンター〟(同名の人気番組の司会者だったスティーヴ・アーウィンの愛称)の娘のビンディの隣りに坐っているのがほんとうに自分の友人なのだろうか? モップ頭のソーシャルメディアのスター、ポーラ・ディーンのまえに坐っているあの男が? 出演者のひとりにはバックストリート・ボーイズのメンバーもいた。画面には彼が撮影中の映画のセットにいるところも映し出された。アンソニーは、友人が今まさにポップアイドルになりつつある瞬間《ま》を目のあたりにしているのだった。

アンソニーとスペンサーのほうはもっと落ち着いた番組に出演することになった。アンソニーは自分がいつも見ている番組に出られたら最高だと思い、ジミー・ファロンの深夜トーク番組(これは選択をまちがえた。スペンサーが出演したジミー・キンメルの深夜トーク番組のほうが待遇がよかった)と、レスター・ホルトの『NBCナイトリーニュース』に出演を決めた。そういうことを決めながら、ふたりはアレクが全国放送で恥をかくのを内心心待ちにしていた。

ところが、全米に恥をさらすはずのアレクにとんでもないことが起こった。へまをしなかったのだ。

彼は次々と勝ち進んだ。

脱落することなく勝ち残った。

そして、シーズンの前半戦を勝ち抜いた。

さらについにふた晩かけておこなわれる決勝戦に残った。スペンサーとアンソニーは彼を見ようと第一夜に駆けつけた。第二夜へと勝ち進む三組が決まるまえにアレクが敗退するのは眼に見えていた。

しかし、そうはならなかった。彼は最終戦まで勝ち残った。アレクはメイクをして照明の下にいても自然に見えた。なるほど彼はプロのダンスパートナーにほとんどの受け答えを任せている唯一の〝スター〟だった。制作陣もすぐに見て取ったのだろう。アレクが歴代の出場者の中でも自己表現が豊かなほうではなく、情熱的なトークを引き出すのに最適な存在ではないことを。それでも、彼はパフォーマンスを愉《たの》しんでいるように見えた。実際、彼にはその素質があるようだった。アンソニーが彼のそうした面を見るのは初めてだったが、それは昔から彼に備わっていた性質のようにも思えた。アレクは愉しそうに装っているのではない。アレクは自分を装ったことなど一度もない。つまり、アレクはほんとうに演じることが好きなのだ。まるで昔から芸術的な一面をずっと隠し持っていて、それがあの列車事件を機にようやく開花したかのようだった。

アンソニー自身は最初の大きなインタヴューにレスター・ホルトの番組を選んだ。ホルトが毎晩一千万人近くが見る最高視聴率の『NBCナイトリーニュース』のキャスターを務めているからというだけではない。アンソニーが彼を選んだのは、ホルトがアンソニーと同じカリフォルニア州立大学サクラメント校の卒業生で、なおかつアンソニーが育った家のすぐそばにある高校にかよっていたからだ。世界的に顔を知られるようになるにつれ、アンソニーにとってはこうした地元の結びつきがより大きな意味を持つようになっていた。しかし、おかしなものだ。お互いが育った場所同士はすぐ手の届く距離にあるというのに、ホルトに会うためにははるばるニューヨークまで行かなければならないのだから。もっと言うと、そもそもそこに招待されるためにはさらに遠いフランスまで行く必要があったのだから。

アンソニーは人生で初めてニューヨークを訪れた。ほかのふたりがいないので、出演するのは彼ひとりだった。スペンサーとはほとんど連絡を取っていなかった。彼がバーの女の子とボディショットの話、それに彼を泣かせた子供の話をしたあの電話での会話を除くと。インタヴューの収録は大きながらんとした部屋でおこなわれた。現代的で洒落《しゃれ》ているミニマリストのロフトといった感じの部屋だった。その階全体がひとつの部屋になっていて、室内にあるのはテーブルひとつと水のはいったグラスふたつだけ、というような。そしてホルトがいた。

アンソニーもその時点では事件のことをかなりうまく話せるようになっていた。ただ、まだひとつだけ自分でも受け入れることができないでいる部分があった。あるひとつの問いを避けつづけていた。その問いが頭をもたげるたび、自分では意識することさえなく避けていた。

「きっと一度は想像したことでしょう」とホルトは社交辞令を省いてしばらく雑談を交わす

と」

アンソニーが深く考えまいとしていたのはそのことだった。ホルトが言ったことばそのままに彼は答えた。「ベッドに横になったときなんか、やはり考えます。一歩まちがえたらとんでもないことになってたんじゃないか……」しかし、実際には列車内がどんな大惨事になっていただろうかとは考えていなかったのだ。彼が考えていたのは、自分とスペンサーとアレクがいたあのちっぽけな世界、あの車両内のことだけだった。「犯人は実際にスペンサーを狙って発砲したんですから」とアンソニーは言った。「結局、不発ではありましたけど」

事件の結末が変わっていたかもしれないと考えても、彼には自分がいたあの車両内の面々に何が起こったかということしか考えられなかった。あのときの記憶が強烈すぎて、そこから顔を上げて列車内を見てまわり、乗客全員の数をかぞえるようなことはまだできていなかった。自分たちはマークの命を救い、自分たち自身の命を救った。それがすべてだった。そして、それで充分のような気がした。

彼はこのあと大きな衝撃とともに事件の重みを受け止めることになる。

41

リー・アドラーは四十八歳のプログラマーで、コンピューターシステムの設計図を描くことなく次々とプログラミングをおこなうことができる頭脳の持ち主だった。曲が自然と降りてくる一部の作曲家のように、彼には設計のアイディアがすでに完成された状態で降りてくるのだった。そういった才能が彼を核化学の博士号を持つ優秀な科学者にしたてたのだが、外見はオタクというよりテディベアのようだった。娘のスポーツチームを監督し、妻とペットを甘やかし、自分の誕生日に人々に贈りものをする、そんな男だった。勤務先はロウワー・マンハッタンの高層階にある証券会社〈キャンター・フィッツジェラルド〉。そこの電子取引システム部門〈eスピード〉に属していた。

同じフロアの反対側では、三十三歳のアンソニー・ペレスが同じく〈キャンター・フィッツジェラルド〉社のコンピューター・スペシャリストとして働いていた。がっしりした体格と縮れた黒髪が特徴のペレスは、過去にブローカー業務を経験したものの、業績が振るわず、コンピューター部門に移っていた。新たな情熱を家庭でも発揮し、予備部品を使って子供たちのために高性能のパソコンを自作したりしていた。

ともにコンピューターの仕事をし、〈キャンター・フィッツジェラルド〉社に勤務し、同じ建物の同じフロアで働いていた以外にも、このふたりの男性には共通点があった。あの澄みきった九月の朝、八時四十五分には――アメリカン航空十一便が〈ワールドトレードセンター〉のノースタワーに衝突したときには――ふたりとも職場にいたということだ。機体はふたりがいたフロアの三階下に突入した。ふたりとも助からなかった。

それから何年も経って、九・一一テロの犠牲者の慰霊碑が建設されることになると、設計者たちはノースタワーとサウスタワーで亡くなった人々の名前をそれぞれの跡地のリフレクティング・プールのまわりに刻むことに決めた。それらの名前は特別に開発されたアルゴリズムに基づいて配列された。それには一緒に並べてほしい名前についての遺族や友人からの要望も取り入れられた。互いに知っている者同士、脱出の際に助け合おうとした者同士、ともに亡くなった者同士。そのプログラムによって、どの名前をどの場所にどの順番で配置するかが割り出された。その結果、このふたつの名前はノースプールの北の壁面に位置するN‐37のパネルに上下隣り合わせに並ぶことになった。

ニューヨークでの短い滞在中のその日、アンソニー・サドラーはマンハッタンの北側のアップタウンから慰霊碑に向かった。プールに歩み寄ると、N‐37のパネルが眼にはいった。彼はその銅製のパネルを見渡し、そこに刻まれた名前に眼を走らせた。並んだ文字が次々と視界を過ぎ、〝アンソニー・ペレス〟という名前が〝リー・アドラー〟という名前とともに眼に飛び込んできた。ほんの一瞬、一秒の何分の一かのあいだ、〝アンソニー・サドラー〟

が慰霊碑に刻まれているかのように見えた。すべての犠牲者たちの名前とともに。アンソニーは落ち着かない気分になった。数千人の犠牲者の中に自分の名前がある。初めてその重みを感じた。自分とスペンサーとアレクと、あの車両の中にいた数人だけではない、それ以上の重みだった。

今では自分がもっと大きなものの一部であるように感じられた。

今や単に頭でわかっているだけではなかった。あの数々の偶然が大惨事を食い止めたのだということが心から実感できた。自分がどれだけぎりぎりのところにいたかが実感できた。自分たちの運命の歯車がほんの少しでも狂っていれば——誰かの祈りが届いたり届かなかったり、ちがった形で聞き入れられたりしていれば——どんなことになっていたかが実感できた。それは核分裂の瞬間を目撃するような感覚だった。まるでテレビ画面に一瞬別のチャンネルの映像が映るかのように、別の未来が一瞬の静止画となって脳裏に映し出されたような感覚だった。

彼は自分がどれほどちっぽけな存在であるか感じた。自分という人間は、どれほどのまぐれや偶然や神やその他の力が重なって生かされているのか。視線を上げて、次に彼の心を打ったのは、彼が感じたこと——すべてがいかに壮大かということ——をその場の誰もが感じているということだった。彼はその大きさに圧倒された。どれほどの物理的空間が一瞬にして変わったかということに。どれほどの物質がその空間から取り除かれたかということに。二棟の巨大な建物が消え失せたのだ。そこにいた大勢の人々とともに。まわりには超高層ビルが立ち並んでいた。その場の静けさにもかかわらず、今にもその音が聞こえてきそうな気配がした。その気配がはっきりと感じられた。無数の人々がひしめくこの市《まち》の真ん中で、二棟の建物が大混乱に包まれる気配だ。人々の魂が人工池の黒い淵から立ち昇る気配だ。それはもはや国の向こう側で起こった遠い出来事でもなければ、彼とは無縁の人々――恐怖に逃げまどう痛ましい人々、それこそ放射能で巨大化した怪獣から逃げまどう一九五〇年代の東京都民だとしてもおかしくない人々――の悲劇でもなかった。それは現実だった。彼が心から理解し、実感できる何かだった。そのぽっかりとあいた巨大な〝不在〟のまえでは、自分の存在などなきに等しかった。

彼は思った。それほどの現実のまえに足を踏み出した自分のちっぽけな役割について。〝きみらは私たちの九・一一を止めたんだ〟――パリで誰かにそんなことを言われなかったか？

パリにいたときにはそれがそこまで大きな意味を持つとは思わなかった。が、今では理解しないわけにはいかない。〝とんでもないことになっていたかもしれない〟ということばが実際に何を意味し、〝きみらは私たちの九・一一を止めたんだ〟ということばがどれほどの実感をともなうものなのか。

彼の眼のまえにあるのは阻止されなかったテロリストたちが残したものだ。〈ワールドトレードセンター〉跡地の九・一一の慰霊碑は、自分たちが成し遂げたことについてのアンソニーの認識を変えた。それはもはやあのときの高揚した気分――〝おれたちやばくないか、テロリストを止めたなんて！〟――でもなければ、大使公邸でのシャンパンやバスローブでもなかった。今、彼はその場から動けなくなるほどのとてつもない重力を感じていた。自分たちがもしあの場にいなかったらどうなっていたか。そのことをようやく実感できたのだ。もしすべてがとんでもないことになっていたら。自分たち三人にとってだけでなく、列車全体にとって――市《まち》にとって。それはとてつもなく重い、押しつぶされそうなほどの感覚だった。アンソニーはパネルに両手を置いて頭《こうべ》を垂れた。

そして、しばらく動かなかった。プールの底に流れ落ち、吸い込まれていく水の音を聞きながら、銅製のパネルにもたれ、ただじっと思いをめぐらせた……思いをめぐらせながら、あの吹き過ぎる風の音を聞いていた。

　列車を吹き過ぎる風の音が次第に弱まっている。テロリストを縛りおえる頃になって、アンソニーはようやくそのことに気づく。列車が減速していることに気づいたのは、今やそれがほとんど停まりかけているからだ。この乗りものはあまりになめらかに進むので、動いているときと動いていないときの差がほとんど感じられない。彼はまわりに注意を払う余裕がない。手足を縛られ、どっしりと横たわった男の体からじっと眼を離さずにいる。テロリストがすでに意識を失っているにもかかわらず、いまだに抵抗を続けているかのように思えるからだ。人間ってのはこんなに重いのか――アンソニーは思う――これほど瘦《や》せっぽちの男でも。男の体は動かしづらく、扱いにくい。まるで骨に鉛がはいっているかのようだ。

「ほかの車両を見てくる」とアレクが言う。彼が何をするつもりなのか、アンソニーにはわからない。が、アレクはライフルを持って出ていく。彼の表情はずっと変わらない。いつものアレクのままだ。

この空間は狭く、動きづらい。自分たちの手元には使えるものがない。手錠もロープもない。だから誰かのネクタイを使って男を縛り上げている。誰のネクタイかアンソニーは知らない。もちろん自分のではない。スペンサーのでもアレクのでもない。三人ともTシャツと短パンという恰好なのだから。

アンソニーは結び目を確かめる。ほどける心配はなさそうだ。テロリストは拘束されている。意識が戻っても動くことはできない。アンソニーはほかに何が起きているか確かめようと、車両内に眼を向ける。

いったいなぜ気づかなかったのだろう？　ほんの数メートル先に、手を伸ばせば届きそうなほど近くの座席に、ひとりの男性が坐って大量に血を流している。彼はどこから現われたのか？　いつのまにそこに坐ったのか？　アンソニーの視覚は眼のまえのことだけに集中するあまり、まわりの動きを認識する能力を捨ててしまっている。あまつさえ、彼の脳内のなんらかのシステムが、犠牲者かもしれない人々に注意を向けることより、銃の男を動けなくすることを優先していた。そして今、ひとつの仕事が片づき、次の仕事に取りかかったところで、それがホログラムのように眼のまえに現われたのだ——ふたつ向こうの座席にいる男性が失血して死にかけている姿が。

いや、〝失血〟では状況を正しく言い表わしているとは言えない。その男性は泉のように血を噴き出している。とんでもない量の血を。シャツはぐっしょり濡れ、血は通路の反対側にまでほとばしっている。まるで消火ホースのように——ひとりの人間がこれほど大量の血を流せるものだろうか？　この男性はたぶん刺されたのだろう。男性の首に開いた穴からホラー映画さながらに血が噴き出している。実際にはその男性は銃で撃たれたのだが、アンソニーはそのことを知らない。それでもともかく男性とじっと眼を合わせる。その瞬間、男性の瞳孔がぐるりと上を向いて白眼になり、体が座席からまえに崩れ落ち、自分の腕を下にして床に倒れる。下になった腕はまるで他人の腕のように奇怪な角度で体の下から突き出ている。同時にそれがジャックナイフのような形で彼の胴体を支え、胴体と床との隙間から血だまりが通路に広がっていくのが見える。まるで体から抜け出した血が列車の中を逃げていこうとするかのように。

真っ赤な鮮血。ということは——アンソニーは四カ月前の授業で学んでいた——これは動脈性出血だ。男性の状態は見た目以上に深刻ということだ。まさに死にかけている。

アンソニーは何も言わない。ことばを交わしている場合ではない。男性がまだかろうじて生きているとしても、死ぬのは時間の問題だ。あれでまだ体内に血が残っているのだろうか？　傷口を圧迫する何かが必要だ。今すぐ。彼はタオルを思い浮かべる。なぜそれが必要なのかはよくわからない。が、テレビ番組か授業か、あるいはただの常識か何かで知っている。出血の際は傷口を押さえて血を止めるものだと。

アンソニーは走る。マークしてくるディフェンスを突破するように、バランスを取りながら座席のあいだを縫《ぬ》うように進む。手を伸ばして車両間のドアのハンドルを叩くと、ドアがシューッと音をたてて開く。そのままの勢いで、歩調を乱すことなく、体を横にしてドアの隙間をすり抜け、次の車両に飛び込む。そこでは依然として大勢の乗客が身を寄せ合っている。

「誰か英語を話せる人はいますか？」

「話せるよ」「私も」「少しなら」

「誰かタオルを持ってませんか？」

沈黙。誰もひとことも発しない。誰も状況を理解していない。声がでかすぎた？　聞こえなかった？　おれ、今確かに言ったよな？　誰も理解できなかった？　彼らはみなパニックに陥っている。恐怖の表情で黙ってアンソニーを見つめている。この人たちは何が起こっているかまったくわかっていないのだ。そう思った瞬間、彼らの困惑が彼自身の困惑と融け合い、アンソニーは思う——タオルをもらってどうしようというんだ？　タオルなんかで血が止まるわけないじゃないか。

彼は走って引き返す。動けない体が横たわる車両へ。何が必要なのか、見知らぬ人々に伝えることはできない。今必要なのは仲間のふたりだ。彼は強く直感する。ふたりのうちのどちらかが瀕死の男性を救うのに手を貸してくれるはずだ。スペンサーが救命士だと具体的に知っているわけではない。彼ならどうすればいいかわかるかもしれない、と何か根拠があって思うわけでもない。それほど明確な考えではない。ただ強く感じている。あの男性を死なせないためには、ふたりの仲間の力を借りるしかない、と。彼はもとの車両に駆け込む。アレクはいないが、スペンサーがいる。まだテロリストの上で四つん這いになっている。「スペンサー、このままじゃまずい」

「何が？」

「そこにいる人をなんとかしないと。このままじゃ死んじまうぞ」

「どこにいる？」

「そこだよ。おまえのすぐうしろだ。どうすりゃいいのかさっぱりわからない」

スペンサーは立ち上がりさえしない。四つん這いのまま向きを変え、死にかけの男性のそばまで這っていって言う。「どこから出血してるのか確認してみる」スペンサーは自分の顔についた血を手で拭《ぬぐ》い、男性の首に二本の指を置く。その指でしばらく探るようにしてから、ある箇所を強く押す。たちまち出血が止まる。あまりの効き目の早さにアンソニーは眼を疑う。まるで魔法だ。

「動かないで」とスペンサーが男性に言っている。「動かれると傷口がわからなくなる」

アンソニーは自分が救急箱を手にしていることに気づく。が、それがどうしてそこにあるのか思い出せない。おれはいつのまにこんなすごい力を手に入れたんだ？　何かを思い浮かべただけで、それを具現化できるようになったのか？　彼はスペンサーの隣りの床にその箱の中身をあけ、救急用具の山を漁りはじめる。何があるかひとつひとつ説明しながらスペンサーのまえに差し出し、何か使えるものがないか見てもらって尋ねる。

「テープは?」

「使えない」

「ガーゼ」

「駄目だ」

「じゃあ、化膿止め軟膏《ネオスポリン》は?」

「駄目」

「消毒薬《オキシドール》?」

「今は感染の心配をしてる場合じゃない」

「これは伸縮包帯みたいだな」

「それも使えない」

「ハサミは?」

「それもだ。待った——やっぱりハサミをくれ」

アレクがハサミを持つ。いつのまにか戻ってきている。アレクは相変わらずいつものモノトーンなアレクのままだ。「ほかに出血がないか、おれが確認するよ」

そう言って、男性のシャツの背にハサミを入れ、全身に手を沿わせていく。アレクはそのやり方をアフガニスタンで学んだにちがいない。

男性が痛みを訴える。「腕が、きみたち、腕が痛い。私の体の下から腕をどかしてくれないか」

アンソニーはその場に立って見ている。スペンサーが何かを必要としたときに備えて。

「今はあなたの腕の心配をしてる場合じゃないんです」とスペンサーが男性に言う。

「腕が痛いんだ。ちょっとだけでも体をずらせないか？」

彼はなぜ腕のことなど気にしているのだろう？　首に穴があいていることはわかっているのだろうか？

彼はうめく。彼は訴える。腕が動かせないことを十分ものあいだ訴えつづける。まるで首の傷など存在しないかのように。

スペンサーは今や腹を立てている。これは厳しい状況だとアンソニーは思う。スペンサーがどうやって出血を止めたのかはわからない。が、どうやって止めたにしろ、まともな設備がないことには、床の上の男性は長くは持たないだろう。この男性には病院が必要だ。

スペンサーは悪態をついている。「なんだってこのクソ列車は動いてないんだ？」

アンソニーは彼に言う。列車は停まっている。たぶん襲撃が始まったときに運転士が停止させたのだろう。彼らの困惑の声が伝わったのか、どういうわけか列車はまた動きだす。次第に加速し、すぐに本来のなめらかな走行を取り戻す。アンソニーは改めて驚く。そのあまりの静けさに。誰もが不思議なほど落ち着いていることに。列車は走りつづける。見知らぬどこかの駅に向かって。この車両では――この奇妙な一室では――アンソニーとふたりの仲間が自分たちにできることをやっている。彼らの行き先はほかの人々によって、ほかの力によって決められている。

アンソニーは自分たちがどこへ向かっているのか知らない。彼はただ、その場の奇妙な静けさだけを感じている。これは現実の出来事なのか？　夢でも見ているような、あるいは薬で頭がぼうっとしているような、そんな気分だ。

42

ジミー・ファロンの楽屋は見ているだけでアンソニーは頭がくらくらしてきた。その部屋のコンセプトは森林のようだった。内輪のジョークか何かだろうか。あるいはハイになった勢いとか。壁は樹皮のようだった。部屋の片隅に小さなキツネの像が、別の片隅にキノコ形のストゥールが置いてあった。見るからにハイになるのが好きな人々の手で——もしくはそういう人々のために——デザインされた部屋のようだった。ゲストのためのスナックやお土産《みやげ》もそろっていたが、それも妙なものばかりだった。何から何までオーガニックなのだ。オーガニックのチョコレート、オーガニックのナッツ、オーガニックのあれやこれや。オーガニックであればあるほど、アンソニーは嘔吐《おうと》しそうになった。人工甘味料の量が足りないという理由でヨーロッパのソーダを好まない彼のような人間にしてみれば、ファロンの楽屋に置いてある食べものはとうてい食べられるものではない。

誰がこういうものを好むのだろう？　部屋全体がまるで樹上生活を送るコーンシロップ嫌いの宿無しヒッピーか何かのためにデザインされたかのようだ。おまけにゲストへのお土産は、ムートンブーツで有名なフットウェアブランド〈アグ〉のスリッパだ。アンソニーは思った。もしおれが〈アグ〉を履《は》いて地元に帰ったら……。ファロンのユーモアのセンスは明らかにステージの上だけにとどまらないらしい。

アンソニーはファロンがそのまえの回のゲストたちとインタヴューを収録する様子を楽屋のモニターで見ていた。楽屋の外から誰かの足音が近づいてくるのが聞こえた。振り返ると、そこには正真正銘、あのハリウッドのアイルランド系アメリカ人妻腕フィクサー、レイ・ドノヴァンの姿があった。

正確にはレイ・ドノヴァンではなく、ケーブルテレビ局〈ショウタイム〉の同名のドラマシリーズでその役を演じている俳優のリーヴ・シュレイバーだが。彼は自己紹介をした。有名人というのはおかしなものだ——少なくとも相手がまだ自分を知らないかのように振る舞わなければならないのだから。

「いやあ、あれはすごいよ。きみたちがやったことは」とシュレイバーは言った。

「いやいや、すごいのはこうやって今あなたにお会いしてることですよ！　おれ、『レイ・ドノヴァン』をガチで見てましたから、旅行に行くまえに」

「おお、ありがとう。それは嬉しいな」シュレイバーの声は低く、ざらついていた。「でも、きみたちがやったことは肝っ玉が相当据わってないとできないことだよ」

そのときアンソニーはふと思った。自分は今、映画スターと——文字どおりマーベルコミックの映画のヒーローを演じた俳優と——会話しているというのに、不自然な感じがまったくしない。そのこと自体がなんとも妙だった。それは自然であると同時に妙だった。自然であること自体が妙なのだ。まるで彼自身が自動で動いているかのようだった。どう振る舞えばいいか考える必要もなかった。彼は昔からよく有名になったときのことを考えていた。アンソニーの〝A〟の文字を星の形にしたサインを練習したりもした。が、いつも思っていたのは、人前で話すときには緊張を克服しなければならないということだった。有名になったら、折りにふれて大勢のまえに出て話さなければならない。

なのに今はまるで緊張していない。どのインタヴューのあいだでも、どのメディアに出演しているあいだでも、今まで会ったどんな有名人と一緒にいるときでも、一度もそわそわしたことがないのだ。人前で何かをすることがいとも簡単になっていたのだ。そのこと自体、不安に思えるほどだった。あの列車での事件がおれを変えてしまったのだろうか？　おれは以前とどこかちがう人間になってしまったのだろうか？

さまざまなインタヴューからメディア出演、大統領からの勲章授与にいたるまで、何もかもが次々と急速に起こったため、それについて考えたり計画したりする時間も理由もなかった。自分に何が起きているのか考えている暇がなかった。自分はある日突然有名になった。そういうことだ。あの列車を降りた瞬間から、すべてがどこか映画の中の出来事のように感じられたのはそういうことだったのだ。

それは実際にほとんど映画のようなものだったからかもしれない。アンソニーは数分後にはテレビのセットに出て、ジミー・ファロンと親友同士であるかのように自然な会話をすることになる。それがメイクを施した上で、照明や何百人もの観客やテレビのスタッフや行ったり来たりする大きな台車付きカメラがある中でおこなわれるのだ。実際、映画の世界に足を踏み入れるようなものだ。そのすべてがどこか人工的に感じられるから緊張しないのだ。そう、それは現実ではないからだ。

それがほんの一瞬だけ変わった。アンソニーを緊張させることができた唯一の人物――彼に一瞬でも名声ということについて考えさせた人物――は黒いTシャツを着てヘッドセットをつけた若いスタッフだった。そのスタッフはセットの裏にいるアンソニーに歩み寄って言った。「いいですか、ミスター・サドラー。十秒後に出番です」

「どこから出ればいいんですか?」カーテンは巨大だった。

「それを手前に引いて、通り抜けるだけでいいです」

「待って、通り抜けるってどこを?」

「出番まで十、九、八」そこまで言うと、若い裏方は無言でその場を離れた。

「待って、おおい? どこへ行くの?」しかし、すでに若いスタッフはほかのゲストの準備をしに姿を消していた。あと何秒残っているのだろう? どれくらいの早さで数えればいいのか。彼は頭の中のカウントに集中した。すると、別の考えが浮かびはじめた。セットに出ていくときにカーテンにつまずいたらどうしよう。あるいは、カーテンから出ることすらできなかったら? 気づいたらうしろ向きにされていて、カーテンにぐるぐる巻きになってあわてるゲストを観客がどっと笑う、あの手のどたばたシーンみたいなことになってしまったら?

もう出たほうがいいのか？　十秒にしちゃずいぶん長いけど。アンソニーは気を揉《も》みながらも、黙ってじっとしているほかなかった。〝おれは今からテレビに出るんだ！〟と心の中で叫んではいたが。指先がむずむずし、手に冷や汗がにじんだ。そうして最後の静かなひとときは終わった。次の瞬間、カーテンが開かれ、眼をくらませるほどの明るい照明を浴びた。そのときにはもう、アンソニーは自分の得意な領域に戻っていた。プライムタイムに。

「『ザ・トゥナイト・ショー』へようこそ。よく出てくれ……」ファロンがどう話を切り出していいか迷っているようだったので、アンソニーは助け舟を出した。

「なんかすごいことになってますけど、こっちこそありがとうございます！」観客が笑った。なんということはなかった。

「いやあ、よかった、じゃあさっそくだけど、その……事件のことを最初から教えてもらえるかな……」

そうして始まった。

アンソニーはその日の歌のゲストが彼の好きな注目株のラッパー、ヴィンス・ステープルズだということを知らなかった。が、そのステープルズが今、眼のまえにいた。おまけに彼がその日に選んだ曲は、アンソニーが熱をあげている歌手のジェネイ・アイコをフィーチャーしたものだった。彼女は臍《へそ》が見える丈のオフホワイトのノースリーヴのトップスとそろいの膝丈のスカートを身につけ、肩に入れた蜘蛛《くも》の巣のタトゥーを半分見せていた。足元はスニーカーだったが、それもまたどういうわけか彼女をセクシーに見せていた。アンソニーは少し落ち着かない気分になりながら坐っていた。夢に見ていたことがすべて実現しようとしている。

アイコはいつもの若々しく官能的な声でステープルズの『レッミ・ノウ』を歌った。ステープルズと声を合わせて歌ってはいたが、その歌声は実際、アンソニーの胸にまっすぐに語りかけていた。

収録の合い間に彼はファロンとデイヴィッド・ウェルズ——引退した元ヤンキースのピッチャー——と無駄話をした。それから番組のハウスバンド、ザ・ルーツのところへ行って一緒に写真を撮ってほしいと頼んだ。バンドリーダーのクエストラヴは彼の頼みを聞き入れてから言った。「ゲストにはいつもドラムスティックにサインしてもらうんだ。きみもこれにサインしてくれる？」

「マジですか？　おれがあなたにサインするんですか？」

43

有名になったアンソニーにはもうひとつ慣れなければならないことがあった——有名人は退屈な講演をやたらと聞かされなければならない。

彼とスペンサーはサンフランシスコでおこなわれる新しいiPhoneの発表イヴェントに招待された。その前日の夜、スペンサーはハリウッドでジミー・キンメルの番組に出演することになっていた。アンソニーは一緒に行って舞台袖《そで》をぶらぶらしようと思っていた。あわよくば、その日の歌のゲストである歌手のクリス・ブラウンと一緒に市内を見物できるかもしれない。彼と話をするチャンスがあれば、ハリウッドを案内してもらえるかもしれない。そう思ったのだ。スペンサーとの念願の再会——ほんの短いあいだだけでも——を祝うのに、それ以上の名案があるだろうか？　もちろんアレクはいない。今後もそれが続くのだろう。スペンサーとアンソニーが時間を見つけて会うことは最近ではほとんどなかったが、アレクがそこに加わることはそれよりさらに少なくなっていた。

アンソニーはスペンサーが深夜番組に登場するのを楽屋のモニターで見た。スペンサーは椅子の上で腰を上げ、くつろごうと坐り直していた。わかるよ——アンソニーは心の中でつぶやいた──妙な感じだろ？　観客と司会者の両方と同時に向き合おうとするのは。キンメルが立ち上がってスペンサーに拍手を送ると、観客も総立ちになって拍手喝采《かっさい》した。スペンサーはぎこちなく体を動かしながら、プラスティックで固定した親指をどうにか坐りのいい位置に持っていこうとしていた。

「元気そうだね、健康そうだ」とキンメルは言った。「アメリカに帰ってきたばっかりなんだよね？」

「そうです、ほんの何日かまえに……ええと、何日だったっけ？」──スペンサーは片眼でウィンクするみたいにまばたきをした。アンソニーには彼が動揺しているのがわかった──「あれ、わからないや」アンソニーは楽屋で笑いながら首を振って思った。おいおい、しっかりしてくれよ！

「たぶん、先週の火曜日だったかな……」

スペンサーがやっと思い出すと、キンメルは三人が事件直前に列車に乗っている写真を掲げて見せた。次に、事件直後のスペンサーが車椅子に乗っている写真を見せた。右眼の上と左の上腕に十字に絆創膏《ばんそうこう》が貼られ、左の親指にテープが巻かれ、いくすじもの血が胸を伝って流れている。

「そう、このときのきみはもうシャツを着ていないね」とキンメルはそれがその写真の唯一の問題点であるかのように言った。観客のほうは、まだ〝うああ〟と声をあげながら、肉挽《ひ》き器を通って出てきたかのようなスペンサーの写真に顔をしかめていた。

「きみはゴールデンステイト・ウォリアーズ（カリフォルニア州オークランドに拠点を置くプロバスケットボールチーム）の大ファンだと聞いたけど」

「そうなんです。でも、NBAの試合はあんまり見られなかったんです。ポルトガルでは時差が七時間あるんで」

「実はきみに挨拶《あいさつ》したがってる人がいるんだ。ちょっと外を見てみようか――よし、あそこにいる男性が見えるかな？」スペンサーのうしろにある巨大な曲面スクリーンの背景が突然、スタジオ裏の路地のライヴ映像に切り替わった。真新しいコンヴァーティブルのぴかぴかのフロントグリルが大きく映し出された。

楽屋にいるアンソニーはあんぐりと口を開けた。

「いやいや、嘘でしょ」とスペンサーは言った。「まさかそんな」キンメルにというより自分に向かって言っているようだった。

「あれはクレイ・トンプソン（ゴールデンステイト・ウォリアーズ所属のプロバスケットボール選手）だ」

「えっ……」スペンサーは飛び上がってうしろの画面を見上げた。

「彼は……」ヘッドライトが消え、車が停まった。一瞬、スタジオ内に微妙な沈黙が流れた。

「クレイはマニュアル車の運転ができないんだ」

「あそこで立ち往生してるんですか？」スペンサーは興奮していた。

「歩いたほうがいいかもしれない」とキンメルは言った。「ほんの五メートルくらいだから」観客がそれを聞いて大笑いする中、車はスタジオ裏の路地をよろよろと進んだ。キンメルはクレイの奮闘ぶりをアドリブでフォローした。「彼らはマニュアル車なんか運転しなくていいほど大金を稼《かせ》いでるからね」

クレイは車から降りると、裏口からスタジオにはいり、カメラの視界から消えた。スペンサーとキンメルが立ち上がってステージの右側に移動すると、すぐにクレイがはいってきた。観客が拍手喝采で迎える中、彼はキンメルと握手をし、スペンサーとハグを交わした。「クレイからきみにお土産《みやげ》があるみたいだよ」

クレイは律儀に持ってきたものをスペンサーに渡しはじめた。まずは帽子。「帽子ならいっぱい持ってるからさ」スペンサーはそれを聞いて笑った。「きみ用のユニフォームも持ってきたよ」

「きみがシャツを着てなかったのを見て、ユニフォームを持ってきたわけだね」とキンメルが言った。スペンサーは笑い、観客はさらに大笑いした。

「それからクレイ、あの車のキーは持ってる?」

「もちろん」

「新品のシボレー・カマロのコンヴァーティブルだ。というのも――きみが車を持ってないと聞いてね」

スペンサーはまだ落ち着かない様子で、「えっ?」と甲高《かんだか》い声をあげ、またうしろの画面に映った車のほうを振り返った。

「それに、きみがまたサクラメントで生活すると聞いたんでね。きみはマニュアル車の運転はできる?」

「できます、できます! ポルトガルで習ったんで!」アンソニーは感動していた。スペンサーがほんとうに嬉しそうだったからだ。彼が心から興奮しているのが伝わってきた。その瞬間、アンソニーの眼に映っているのはプレスされた空軍の制服でもなければ血を流した写真でもなく、〝キャプテン・アメリカ〟と人々が呼びはじめた人物でもなかった。それらはすべてどこかに消え去り、アンソニーは今、十二歳のスペンサーを眼にしていた。クリスマスに新しいエアガンをもらえると知って大喜びしている、十二歳のスペンサーを。

「それはなによりだ。あのカマロはきみのものなんだから……これできみはもう二度と列車に乗らなくてすむってことだ!」


スペンサーがカマロをもらったあと、三人は再会した——アーノルド・シュワルツェネッガー邸での夕食で。まったくなんという一日だ!

アンソニーは中庭《パティオ》に坐って思いをめぐらせた。すべてがいかに現実離れしているか、この邸宅がいかにすばらしいか、シュワルツェネッガーの暖炉がいかに大きいか、ついでに言うと、なぜ暖炉が——それも大きなやつが——南カリフォルニアで必要なのか。そんなことを考えていると、庭の奥のほうから足音が聞こえた。シュワルツェネッガーが大型犬を飼っていることは知っていたが、彼の背後で動きまわっているそれは途方もなく重量がありそうだった。足音がどんどん大きくなり、犬が近づいてくる気配がした。アンソニーは振り返るなった。

り、パティオから飛び出そうになった。

「うわっ、なんだ、そいつは？」

シュワルツェネッガーが怪訝《けげん》な顔をした。

「すみません」アンソニーは努めて落ち着きを取り戻そうとして言った。「つい思わず——それって馬ですか？」

「そうよ」とシュワルツェネッガーのガールフレンドが言った。「この子はウィスキーっていうの。ミニチュアホースよ」彼女はにっこりと笑ってみせた。珍しいものでもなんでもないとでも言うように。

「その——その子はなんていうか……」アンソニーはどんな質問も思いつかなかった。こんな状況に遭遇したのは初めてだった。誰かの家のパティオで家畜について会話を交わす必要に迫られたことなど、それまで一度もなかった。「その子は、その、永久にここにいるんですか？」

「ええ、そうね。ずっとここにいるわね」

その夜、彼らはロスアンジェルスの洒落《しゃれ》たホテルに泊まった。アンソニーがロビーで父親に電話し、ロスアンジェルスの大金持ちは自宅で馬を飼っているのだと報告していると、二十人以上いるであろう若い女性の集団が一列になってエレヴェーターのほうに歩いていくのが眼にはいった。あれはいったい……？　彼女たちのうしろに見覚えのある男性の顔が見えた。

「あれはエイサップ・ロッキーだ――父さん、待って。あとでかけ直す」

アンソニーはあの有名ラッパーを相手に、手に入れたばかりの有名人としての地位を試してみることにした。

「エイサップ！　調子はどう？」エイサップは微笑み、アンソニーが差し出した手を取った。

「ヘイ――」

「おれだよ、アンソニー・サドラーだ」エイサップの笑顔がかすかに曇った。彼は唇を引き結び、わずかに首を振った。

「例の列車事件の！」

やはりなんの反応もなかった。

「テロリストが列車に乗ってた事件だよ。フランスの列車テロのニュースは知らない？」

「悪いけど、なんの話かさっぱりわからない」彼は明らかに苛立ちはじめていた。アンソニーは自信をなくし、自分が有名人の仲間というよりストーカーになったような気分になった。

「いいよ、いいよ、気にしないで。これからどこに行くんだい？」

「最上階《ペントハウス》でやるパーティに行くとこだけど」

「じゃあ、そこで会えるかな……？」

「そうだな」招待はされなかった。アンソニーはアプローチをしくじった――有名ラッパーは彼が誰かもわからず、取り巻きの女性たちと一緒に彼をペントハウスに誘おうとはしなかった。アンソニーは今度は接待役の女性たちに話しかけてみた。そのふたりはスリップドレスを身につけ、エレヴェーター脇で両側を警備員に守られて立っていた。

「ヘイ！　やあ、調子はどう？　おれは列車事件のヒーローのひとりだけど、ペントハウスに入れてもらうことってできるかな？　スペンサー・ストーンも一緒だよ。彼は階上《うえ》の部屋にいるけど」

女性たちは顔を見合わせた。「ごめんなさい、なんのひとりですって？」

ロスアンジェルスでは誰も新聞を読まないのか？　アンソニーは携帯電話を取り出した。ロスアンジェルス流にはロスアンジェルス流で対抗するしかない。彼はこのスペクタクルの地の住人が日常的にやっているであろうことをした。グーグルで自分を検索したのだ。「ほら！　つくり話じゃないだろ？　これCNNの記事だから。重大事件だったんだから！」

やっとふたりのうちのひとりが折れた。「いいわ。あなたたちを入れてあげてもいいけど、招待客が全員はいったあとでね。二時間後にお友達と一緒にいらっしゃい」彼らは言われたとおりにした。そうしてペントハウスに上がった頃には、エイサップ・ロッキーの姿はなかった。それならそれで愉しむまでだ。これがロスアンジェルスのペントハウス・パーティであることに変わりはないのだから。

翌朝、彼らは北カリフォルニアでおこなわれるiPhoneの新製品発表会のために、午前四時のフライトに乗らなければならなかった。アンソニーはいまだに理解できていなかった。なぜ世間の人々はそこまで講演会に夢中になるのか。現地に着くと、スペンサーとアンソニーは歩いて会場にはいった。会場全体の照明が落とされ、ふたりは即座に眠りに落ちた。

ふたりの横にはアル・ゴア、バリー・ボンズ、ジョー・モンタナ、その他大勢の有名人が居並び、コンピューターの話をするオタクたちを眺めていた。

44

九月初めのある日の午近《ひる》く、サクラメントのダウンタウン一帯にチラシが撒かれはじめた。プレスリリースがラジオ局に送付され、職場の会議室や食堂では上司が部下を集めて何が起こるか伝えた。

九月十一日、彼らは何時間か仕事を離れて外に出る。アメリカの同時多発テロから十四周年となるその日、サクラメントは地元出身の三人の若者によるテロリストの制圧を祝してパレードを開催する。いったいどんなことになるのか、アンソニーには見当もつかなかった。

その日は予定が目白押しだった。それまでも相次ぐ取材やメディア出演、国内のあちこちへのフライトであわただしい日々を送っていたアンソニーには、今ひとつ実感できていなかった——この九月十一日が終われば、今後三人で集まる機会はほとんどなくなることが。彼らは三人そろって有名になった。が、その名声の結果、彼らは互いに引き離された。アレクはロスアンジェルスに行ってリアリティ番組のスターになり、スペンサーは各地を講演してまわり、アンソニーは数々の誘惑や気を散らす出来事のさなか、なんとか大学を卒業しようとしていた。名声は彼らの生涯にまたとない機会を与えはしたが、それは別々の個人としてであって、グループとしてではなかった。無理もない——それぞれ人生を模索中の三人の若者を一緒にとどめておく必要がどこにある？　そもそも三人が同時にあの列車に乗っていたこと自体が偶然のようなものだ。彼らはビートルズでもなければバスケットボールのチームでもなく、ともに世界に立ち向かうために結成し、活動してきたグループでもない。彼らは個人なのだ。あの小さな私立学校で彼らを最初に結びつけたのも、彼らが独立した個人であるという事実だった。まぶしい照明の下、世間の誇大な称賛を大いに愉《たの》しみながら、彼らは別々の方向に分かれた。それぞれが世間の注目を異なる解釈でとらえ、独自のやり方でうまく利用した。アレクが吟遊詩人のような存在になる一方で、スペンサーは空軍の〝顔〟になりつつあった。どちらもアンソニーの予想とは真逆と言ってもいいようなことをやっていた。

もっとも、よく考えてみると、今それぞれが演じている役割はもとから運命づけられていたものなのかもしれないが。あの列車事件が彼らにその機会を与えただけなのかもしれない。彼らが昔からひそかに——あるいは自分でもそうとは知らずに——憧れていた生き方を実現する機会を。

アレクは昔からおとなしいほうで、それほど表情豊かなタイプではなかった。自分が他人の眼にどう映るかということもあまり気にしなかった。ただ、彼には人を愉しませようとするところがあった。それは基地から送ってきた写真や、事件の直前にあの列車でコカ・コーラのミニ缶を使ってふざけていたときにも表われていた。アレクは表現すべきものを持っていた。実際、アンソニーから見たアレクは人としての幅が広く、奥ゆきのある男だった。母親のハイディもよく言っていた。彼女の真ん中の子であるアレクは口数は少ないかもしれないが、昔から演じることが好きな子だった、と。スーパーヒーローの扮装をしたり、クリスマス劇に出たりするような子供だった、と。それは彼の長らく埋もれていた一面だった。その痕跡を見つけることはアンソニーにはできなかったが、あのプライムタイムの全国放送のテレビ番組に出演することで、アレクはついにその一面を開花させることになったのだろう。

そしてスペンサー。家族が父親と対立して以来ずっと、母親のジョイス以外には、信頼できる制度も権威ある大人も見つけることができなかったスペンサー。他人と歩調を合わせることに苦労し、敬意を抱けない相手が自分を思いどおりに動かそうとするたび、盾突いていたスペンサーは、自分の居場所を自らつくり出していた。空軍はスペンサーを誉《ほ》め称《たた》えた。彼には自分はこう振る舞うべきだと常日頃信じているものがあり、実際そのとおり振る舞った。空軍はそのことを称えた。じっとしているのではなく、行動したことを称えた。すばやく決断したこと、自分の頭で考えたことを称えた。ある意味、空軍はスペンサーがスペンサーであることを認めたのだ。その主体性も不遜なところも含めて。列車上でライフルを持った男にタックルしたことで、スペンサーは自分が属することのできる場所を自らつくり出したのだ。

そして、今日彼らは別々の道を行く。名声が刺激となり、活性化エネルギーとなって彼らをそれぞれの成人期へと勢いよく送り出す。午前中に彼らは取材をこなした。最初は《ピープル》誌の〝もっともセクシーな男〟発表号の撮影だった。アンソニーはそこでブラッド・ピットとアンジェリーナ・ジョリーが彼らをノミネートしていたことを知った。どうやら過去の受賞者には候補者を選ぶ義務があるらしい。それが終わると、今度は初のグループインタヴューを収録した。列車事件のヒーローが三人そろった初のインタヴューを勝ち取ったのは〈FOXニュース〉だった。その理由の大半は、〈FOXニュース〉がこの取材のためにサクラメントまで出向いてもいいと言ったからだ。三人はその次の予定のためにどうしてもここにいる必要があったのだ。

午前中の取材が終わると、彼らは〈ハイアット・リージェンシー〉から送迎車に乗ってサクラメント川に架《か》かるタワーブリッジに向かった。すでに大勢の人々が集まりはじめていた。これはきっと何か特別なものになる。アンソニーにはそれがわかった。準備は何週間もまえからおこなわれていたが、彼はあまり意識していなかった。その朝、NBC支局の記者は現地からのレポートをスタジオのキャスターたちにこう伝えていた。「私はここに住んでもう十八年近くになりますが、いまだかつてサクラメントでこんな光景を眼にした記憶はありません」

アンソニーは〝故郷の英雄たち《ホームタウン・ヒーローズ》〟と側面に書かれたパレードカーに案内され、しばらく感嘆の思いでそれを眺めた。それからスペンサーとアレクとともにその上に立った。スペンサーは空軍の制服、アレクはもはやトレードマークとなりつつある半袖のシャツにジーンズとスニーカー、それにミラーサングラスという恰好だった。アンソニーは思った——こいつらにはまともな着こなしってものを教えてやらないと!

パレードカーには赤と青の風船で縁どられた白地の背景パネルが立ててあった。彼らはその扉のようなパネルのまえに立った。うしろを向けばいつでもカラフルな通路を通って、別の世界に姿を消すことができそうだった。彼らの家族の面々がクラシックカーの後部座席に坐っているのが見えた。自分たちもまわりから見えやすいように、ジョン・F・ケネディ流に座面に足を置いて背もたれに坐っていた。

パレードカーはピックアップ・トラックに牽引《けんいん》されていた。トラックの荷台はカメラマンでいっぱいだった。彼らはヤマアラシの棘《とげ》のように四方八方に突き出し、互いに重なり合いながらカメラ位置を確保しようとしていた。トラックは橋の手前に来ると、州会議事堂に向かってゆっくりと進みはじめた。

アンソニーはローマ法王にでもなったような気がした。群衆の中を進むと、人々が近寄ってきて愛を叫び、彼の恩寵《おんちょう》を受けようとでもいうかのように手を差しのべ、それからパレードカーのうしろに流れ込んだ。三人の背後、カラフルに飾りつけられた背面パネルの裏側では、フランスの人々からアメリカへの象徴的な贈りもの——自由の女神像のレプリカがパレードについてくる大勢の人々に向けてトーチを掲げていた。

前方では消防車が通りに沿って並んでいた。バイクに乗った付き添いの警官たちが、飛び出してくる人々にさがるよう指示していた。人々はそのときだけは指示に従うものの、すぐにまた道の真ん中になだれ込み、彼らに近づこうとした。どこで配られたのか、大勢が同じ

Tシャツ――ブルーの星に〝サクラメント・ヒーローズ・パレード〟とプリントされたもの――を着ていた。ずっとまえのほうにパレードを先導するマーチングバンドの姿が見え、そのあとにフラッグ隊、ドラム隊、旧式のジープに乗った退役軍人たちが続いていた。彼らのすぐまえを行くクラシックな消防車には、サクラメント・キングスの元バスケットボール選手たちが乗っていた。自転車に乗った警官たちがその脇についていた。なんのためについているのかアンソニーにはわからなかったが、それがなんであっても今の彼にはどうでもよかった。

橋の手前の三番通りから州会議事堂の階段までは八百メートルほどの道のりだった。その階段のまえにステージが設けられていた。両側に巨大なスクリーンが設置され、地元出身のシンガーソングライター、ジャッキー・グリーンのコンサートの宣伝が流れていた。アンソニーはまわりを見まわし、圧倒された。ものすごい人だかりだった。議事堂前の通りに人が詰めかけ、あたり一帯、人で埋めつくされていた。その数は何万人、いや、何十万人にも感じられた。数えきれないほどの無名の人々が、彼ら三人と写真を撮ろうと押し合いへし合いしていた。アンソニーはそれを見ても自分が利用されているとは思わなかった。むしろ自分は尊重されていると思った。自分はこの市《まち》が誇りに思えるようなことをしたのだ。そんなふうに思えた。改めてこの市《まち》が大好きになった。一生ここを離れることはないと思った。暴力犯罪の多発するこの市《まち》は気骨こそあれ、決して評判のいい市《まち》ではない。それにもかかわらずそう思った。あるいは、それだからこそそう思ったのかもしれない。サクラメントというのは、嘲笑やからかいとともによく言及される市《まち》だ。オルバニーやハリスバーグといった、アメリカの中でもぱっとしないほかの州都と同じように。もっとも、アンソニーの地元は暴力犯罪では大都市にひけを取らなかったが。そうしたことにもかかわらず、これだけの人々がこうして集まってくれているのは、アンソニーたち三人が彼らの誇りになるようなことをしたからだ。

パレードの行列が進むにつれ――人々の波、色とりどりの吹き流しに紙吹雪《かみふぶき》、いったいどこから湧いて出るのかと思うほどだ――アンソニーは自分たちが窮地を救ったファンタジーの世界をゆっくりと進んでいるような気分になった。もちろん、彼らは実際に窮地を救ったわけだが。市《まち》じゅうの人々がまるで自分たちまでもが救われたかのようにその場に出てきていた。

州会議事堂のまえに到着すると、ステージに上がった。はるか頭上には二台の消防車のはしごから巨大なアメリカ国旗が垂れ下がっていた。

市長が演台で叫んだ。「カモン、サクラメント！」

アレクが何か耳打ちしてきた。アンソニーは眉を上げて議事堂の屋根を見上げた。屋根の両隅と真ん中にスナイパーがおり、眼下の群衆を監視していた。こうして彼らはたびたび――すばらしい祝い事の最中でさえ――思い知らされた。自分たちが打ち負かしたのはひとつの脅威にすぎないことを。すべての脅威ではないことを。依然として危険はすぐそこにあることを。

そして、今や標的になるのは自分たち自身であることを。

まるでタイミングを見計らったかのように、上空に飛行機が現われた。エンジンを四基搭載した大型機、C－17グローブマスターが近郊のトラヴィス空軍基地から儀礼飛行にやってきたのだ。人々は拍手喝采《かっさい》した。市長がマイクに向かって話しはじめた。

「紳士淑女のみなさん、いよいよ待ちに待った瞬間です！　どうぞご起立ください。それではご紹介しましょう。サクラメントの地元の英雄、アンソニー、アレク、そしてスペンサー！」たまたま市長のいちばん近くにいたアンソニーが最初にマイクに向かうことになった。まさか自分が話をすることになるとは思わず、また見渡すかぎりの人垣に向かって話さなければならないにもかかわらず、彼は落ち着いていた。すべてが快く感じられた。マイクに向かうと、彼はくすっと笑い、眼の上を掻《か》き、アレクのほうを見た。自分が緊張していないことが不思議だった。やはりすべてが現実離れして感じられた。市《まち》じゅうの人々が眼のまえに集まって、彼のことばを聞こうと待ち構えている。また微笑んだ。たったそれだけでも人々はざわめいた。なんて力だ！　ほんの少し表情を変えただけで、その場の空気を動かすことができるなんて。彼は手を振った。ますます大きな喝采が沸き起こった。それはもうすばらしい光景だった。ほとんど馬鹿げていると言っていいほどに。彼はもうすっかり笑顔になっていた。どうしてもこらえられなかった。そこには笑いだしたくなるほどのすばらしさと誇らしさと、なんとも言えないおかしさが入り混じっていた。これはおれたちのためなんだ、みんなおれたちのためにここにいるんだ！　彼はまた手を振った。視界の片隅にアレクが、もう一方の隅にスペンサーがいた。ふたりがそこにいるのが感じられた。ふたりとも群衆に応えようと両手で手を振っていた。拍手喝采はこれ以上ないほど大きくなっていた。アンソニーはまだマイクのまえにいた。遅かれ早かれ何か言わなければならない。何を言おう？　何も考えられないなら——彼は帰国して初めての記者会見のまえに父親に言われたことを思い出した——素直に感じたままを言えばいい。アンソニーはマイクに顔を近づけた。

「ええと、とにかくすべてがすごすぎて感動しています」また喝采が起こった。「ぼくたちはこの何週間かで世界をあちこち見てきましたが、これだけは言わせてください。今までいろんな歓迎を受けてきましたが、こんなふうに故郷のみなさんに迎えてもらえるほど嬉しいことはありません」

その場は熱狂的な歓声に包まれた。

「今日が九月十一日だということを心にとどめたいと思います。なんだか現実とは思えないような気持ちです。ぼくたちがやったことは、あの九月十一日に大勢の勇敢な人たちが……やるべきことをやったのに比べると……」視界の隅でアレクがにやにやしはじめた。アンソニーがことばに詰まったのを笑っているのだ。アンソニーは思った——九月十一日に〝やるべきことをやった〟だって？　おれ、マジでそう言ったのか？　「ほんとうに、今日ここに来てくださったサクラメントのすべてのみなさんに心から感謝したいと思います。ありがとうございました」

次はアレクの番だった。「外はほんとに暑いですよね」

爆笑が起こった。それこそ全米が笑ったかのようだった。

「それなのにみんな来てくれたことがほんとうにありがたいですし、ほんとうに感謝しています。それから――うわ、すごい――アンソニーも言ったように、ぼくたちはこれほどの歓迎を受けたことはありません。ただもうすばらしくて夢のようです。ほんとうにありがとうございました」アレクはそう言いながら、演台の下で一瞬祈りを捧げるように両手を合わせた。「以上です」

次はスペンサーだった。彼は演台に進み出ると、マイクに向かってただ息を吐いた。それだけで歓声が起きた。

息をするだけで大喝采を浴びるとは！　アンソニーは前方に身を乗り出してスペンサーに「キャプテン・アメリカ」と耳打ちし、観衆と一緒になって拍手を送った。

スペンサーはマイクのまえで一礼して言った。「何を言えばいいのかもわかりません。ほんとうに感謝しかありません。ぼくたちはみなさんが大好きですし、サクラメントが大好きですし、今日この日にこうして……ここにいられることを誇りに思っています。全員が無事に戻ってこられて」彼の声がわずかに震えた。「この日に間に合ってよかったです。なので」

スペンサーは感きわまってそれ以上ことばが出てこないようだった。もう一度マイクに向かって息をついた。彼の思いが市《まち》じゅうに響いた。アンソニーにはスペンサーの胸がいっぱいになっているのがわかった。

「アンソニーが言ったように、ぼくたちは忘れないようにしたいと思います。今日ここに集まったのも、九月十一日の……を思い出すためなので。なので……」――スペンサーはしどろもどろになっていた――「ここにいる全員がそれを忘れないようにしましょう」それを聞いてアレクが笑いだし、アンソニーもつられて大笑いしそうになるのをこらえた。こいつらにはまともなスピーチってものも教えてやらないと！　一方、演台のスペンサーはとっさに舞い降りたことばをマイクに向かって叫んだ。「互いのために生き、互いのために死のう！」またどっと沸いた。

パレードが終了したあと、彼らは議事堂の中を通って、ひんやりした地下のガレージに案内された。三人ともそこから別々の車で別々の方向に帰るのだ。アンソニーはアレクが車に乗り込み、空港に向けて出発するのを見送った。アレクはロスアンジェルスに飛んで、そこでテレビスターとしての人生を始めることになる。

スペンサーも別の車に乗り込んだ。彼は空軍が企画したメディア向けの活動を一カ月間おこなってから、ポルトガルに戻って駐留任務を終えることになっていた。

アンソニー自身はサクラメントにとどまって大学を卒業することをめざす。

今のところは家に帰って昼寝をするつもりだが。この市《まち》のクラブは世界最高というわけではなかったが、それでもいくつかの店が地元にひとりだけ残る英雄のために大きなイヴェントを企画してくれていた。彼はいったん帰宅すると、枕に頭をあずけ、その日の出来事を頭の中で振り返った。雑誌の撮影に――ブラッドとアンジェリーナ！――テレビのインタヴュー、何千何万という人々の喝采、議事堂の地下のガレージでの別れ、それぞれの方向に分かれた三人。

次にあのふたりに会うのはいつになるだろう？　そんなことを思いながら、彼はいっとき眠りに就いた。

45

ワシントンDCは輝いていた。アンソニーの眼のまえで。彼は思った——なぜ今まで一度もここに来たことがなかったのだろう？　彼はしょっちゅう政治やら大統領やらの話を父から聞かされていた。だからすっかりなじんでいるように思っていたのだが、実際に首都を訪れたことは一度もなかった。人は身近に感じる重要な場所を訪れようとしない。それまでアンソニーは父から話を聞きながら、あるいは政治ドラマ『ザ・ホワイトハウス』を父と一緒に見ながら、想像の中で何十回、何百回とこの場所を訪れていた。が、今のような気持ちになったことは一度もなかった。

といっても、それは彼が想像していた光景——何もかもが大きくて清潔で白い——と現実の光景がそれほどちがっていたということではない。ただ、これほどの感動を覚えるとは自分でも思っていなかったのだ。

ヨーロッパにいたのはほんの数週間前のことだ。が、それからのすべての出来事があまりに急速に起こったため、ヨーロッパでの日々がまるで昨日のことのように感じられた。それは彼が経験した最後の静かなひととき——最後のごく普通のひとときだった。そして、どの市《まち》に行ってもいたるところに歴史の跡が残っていた。ヨーロッパはそうして彼を魅了したのだ。彼がイタリアに降り立った瞬間から。スペンサーとアレクが一緒だということもあったのだろう。歴史こそが三人を最初に結びつけた共通項だったということも。いずれにしろ、あのどんちゃん騒ぎやひどい二日酔いや外国訛《なま》りの可愛《かわい》い女の子たちとの会話の合い間、彼がヨーロッパについてもっとも感銘を受けたのは、どこへ行っても必ずと言っていいほど歴史上重大な出来事の起こった現場に遭遇するということだった。あらゆる場所でそのことが実感できた。彼はその眼で見た。この指導者やあの戦争を記念した巨大なアーチの数々を。そして、パソコンを一台や二台クラッシュさせるほどの膨大な量の写真を撮りまくった。歴史はそこらじゅうにあった。彼のスーツケースのキャスターを食いつぶしたヴェネツィアの古い石畳から、ベルリンのホロコースト記念碑、スペンサーと並んで見上げた、十八世紀に王の命令で建設されたブランデンブルク門まで。ヨーロッパの建造物の古さは年単位ではなく世紀単位で測られるのだ。

にもかかわらず、彼が今眼にしているリンカーン記念堂は、まるであのときベルリンで見たブランデンブルク門のようだった。あのときの感慨はまだ彼の中に残っていた。その証拠に、このナショナル・モール一帯を玉座に坐って見下ろす巨人のようなリンカーン像を見上げたとき、アンソニーは感じたのだ——この国にも歴史はあると。自分の国から外に出る経験をして、初めて自国の歴史を身近に感じたのだった。

今、彼はそれをただ身近に感じているだけでなく、自分がその一部になったように感じていた。〝アメリカの英雄たち〟というフレーズは今ではありふれすぎて、ほとんどなんの意味も感じられないこともあった。が、今、この場に立って感じていた――ここがおれたちの祖国なのだ、そしておれたちはこの国に誇りをもたらすことをしたのだ、と。アンソニーは誇らしかった。それは単にカントリーソングや車のバンパーステッカーで謳《うた》われるような誇らしさではなく、心から実感できる誇らしさ、確かな手ごたえのある誇らしさだった。彼は栄誉を感じ、自分自身が充たされるのを感じた。アメリカ人であることが誇らしかった。自分は小さなおこないによって大きな歴史の一部になれたのだ。自分が果たした役割は儚《はかな》くても、それでも今眼のまえにあるすべてとの結びつきを感じるには充分なものだった。

ナショナル・モールを歩き、彼がもっとも強く惹《ひ》きつけられたのは第二次世界大戦記念碑だった。ぐるりと円形に並んだ柱とアーチを見ていると、彼とスペンサーとアレクがともに夢中になった戦争のさまざまなエピソードが甦った。いくつもの壁にアンソニーが憧れた大統領、フランクリン・ローズヴェルトのことばが彫られていた。アンソニーは自分より大きな碑文――真珠湾攻撃についての大統領演説の引用句――のまえで立ち止まった。

一九四一年十二月七日、この日は屈辱のもとに記憶されつづけるだろう……この計画的侵攻を乗り越えるのにどれほど時間がかかろうとも、わがアメリカ国民は正義の力において、必ずや完全勝利を収めるだろう。

リンカーン記念堂と同様、この大戦の記念碑もまた彼をじっくり自分自身に向き合わせるものとなった。それは思いがけない効果だった。もっとも、それこそ記念碑のもたらすべき効果というものだろうが。彼はそこに立ったまま、じっと噛《か》みしめ、熟考し、振り返り、思いを馳《は》せ、自分がどれほど大きなものの一部となったのか、ひしひしと感じた。

彼は携帯電話を取り出し、現場を動画に収めはじめる。

これはほんとうに現実の出来事なのだろうか？

まさか。信じられない。こいつはテロリストだ。おれたちはたった今、テロを阻止したのだ。こんなこと、友達に言っても信じないだろう。父さんだって信じないだろう。

彼はカメラを右にパンする。

床の上にスペンサーがいる。銃が置いてある。何を撮るべきかよくわからない。が、とりあえずその場にあるものを全部収めておいたほうがいいような気がする。

「あの銃はどこだ？」と戻ってきたアレクが言う。意味不明な質問だ。アレク自身がその銃を持っているのだから。

「どういう意味だ？」とアンソニーは言う。「自分で持ってるじゃないか」

「これじゃないほうだよ。拳銃のほう」

「えっ？」拳銃などどこにもない。アンソニーは拳銃など見ていない。

アレクは真剣な顔をしている。その表情は揺るぎない。アンソニーは落ち着かない気分になる。

「やつがスペンサーを撃とうとした拳銃があっただろ？」とアレクは語尾を上げて言う。言うまでもないと言わんばかりに。

アンソニーは思わず額に手をあてる。アレクはおれをからかってるのか？　テロリストと争っているあいだ、ふたりともずっとそこにいたというのに。アレクだって一部始終を見ていたのに、やつと闘ったのに、なぜ拳銃があったなどと思うんだ？　アレクは夢でも見てるんじゃないのか。

「だったら、そいつはどこにあるんだ？」

「この車両のどこかにあるはずだ」アレクは周囲を探しはじめる。アンソニーも手伝う。協力しなければならないと感じたからだ。彼も四つん這いになる。少なくともアレクに調子を合わせる。彼は通路を調べ、座席の下をのぞき込む。スペンサーがテロリストを絞め上げようとした場所に戻って、テーブルの脚が床に接合された部分を確認する。アンソニーは左右に首《こうべ》をめぐらし、何かがきらりと光るのを眼にする。古い一セント硬貨のようなくすんだ光沢のある何か。しかし、それは小さな円筒形をしている。彼は手を伸ばしてそれを引き寄せる。まちがいない。薬莢《やっきょう》だ。が、ライフルの弾丸《たま》にしては小さすぎる。それは彼にもわかる。これは拳銃から発射された弾丸《たま》の薬莢だ。誰かが実際に拳銃を持っていたということだ。誰かが拳銃を撃ったということだ。

だったら、その拳銃はどこにある？

彼は立ち上がり、薬莢をテーブルの上に置く。カチンと音がする。アレクがそれを見てうなずく。アンソニーもうなずき返す。ふたりは拳銃を探す。

やがてアンソニーは思う。これ以上探しまわっても無駄だ。探しているものは明らかにここにはないのだから。もしここにあるなら、とっくに見つけているはずだ。たった一両の小さな車両内の話なのだ。探す場所などたかが知れている。彼らはすでにあらゆる場所を探している。

彼は武器と弾薬を一カ所に集め、座席の上に積み上げはじめる。その作業は生産的に感じられる。友達の旅の荷造りを手伝ってでもいるかのように。このあと誰かの時間の節約にもなるだろう。

彼はそれらをきれいに並べる。

それからそれを携帯電話で動画撮影する。ものすごい量の弾薬だ。

顔を上げ、車両内を見渡す。ここでも彼の感覚は冴《さ》え渡っている。彼は眼のまえにあるすべてのものを科学捜査班の一員であるかのように精査する。一度にひとつずつ対象を見きわめ、それぞれの細部を観察し、その意味を解き明かそうとしている。ひとつの事物をほかの事物から切り離し、それを個別に拡大して細かく観察する。すべてが静止した舞台上の小道具のようだ。窓にこびりついた血しぶき。床の血だまり。スペンサーの頭——赤黒い。横たわった瀕死の男性。さっき見つけた薬莢。彼が拾い上げた——手で触れた薬莢。それには彼の指紋がついているだろう。だからといってなんなのか？　それについて彼にできることは何もない。それ以外のことについても、彼にできることはほとんどない。彼はこのセットの上では小さな存在だ。が、スペンサーを手伝うことならできるかもしれない。彼はスペンサーのそばに行ってしばらく様子を見守る。一分か、あるいは五分か。男性は今にも死にそうに見える。スペンサーが言うのがはっきり聞こえる――「祈りのことばを言いましょうか？」男性は反応を示さない。アンソニーは何かに衝《つ》き動かされるようにスペンサーのそばに屈んで、彼の耳にささやく。「とりあえず祈ったほうがいい」

スペンサーに聞こえたかどうかはわからない。スペンサーは何も言わない。が、頭《こうべ》を垂れたように見える。

十秒が過ぎる。あるいは一分か、十分か。なんとも言えない。アンソニーは立ち上がる。アレクがまた戻ってきている。ふたりは無言で互いのそばに立つ。やがてアンソニーの顔がほころびはじめる。アレクの顔もほころびはじめる。それからふたりとも笑いだす。ほかにいったいどうすることができる？　なんともおかしな光景が眼のまえに広がっているのだから。自分たちもさっきまでその中にいたわけだが。スペンサーは四つん這いになり、頭から血を流しながら、この上なく落ち着き払っている。こんなことはいたって普通のことだとでもいうかのように。床に横たわった男性は消火栓のように血を噴き出していたのに、今は普通に話をしている。まるで滑稽《こっけい》きわまりない映画の一場面だ――人々が傷口から血を噴き出しながら、たった今地元の図書館で朗読会を終えたばかりだとでもいうように静かに会話しているなんて。

アンソニーにはその平穏が忘れられない。その静けさ。誰もパニックに陥っていない。すべてが落ち着いている。驚くほど落ち着いている。落ち着きすぎている。

彼は車両の奥に向かって歩く。ただまわりを観察しながら。細かく観察しつづけることが重要だと感じる。携帯電話で、自分の眼で。こういう詳しい情報がのちに重要になる。とにかく観察し、記録しつづけるのだ。

彼はもう一度車両を端から端まで確認する。もしかしたら拳銃が見つかるかもしれない。が、やはり見つからない。それでも彼は同じ場所を探しつづける。そこにあるとわかっているからだ。そこになければならない。弾丸《たま》があったのだから。しかし、彼は拳銃ではないほかのものを見つける。足が一本、座席の下から突き出ている。彼は思いきってそれに近づく。足は震えた体にくっついている。彼はかがみ込み、ひとりの人間を見つける。少女がひとりまだ隠れていたのだ。どうして今まで見つからなかったのだろう？

彼は驚く。これほど小さな空間なのに次から次へと何かが見つかる。自分が思っている以上のものが出てくる。

彼女はずっとそこにいたにちがいない。三人がテロリストを相手にしているあいだ、ずっと座席の下で縮こまっていたにちがいない。すべてが彼女のすぐ上で起こっていたのだ。彼女は胎児のように体を丸めて横たわっている。激しく身を震わせながら、声もなくすすり泣いている。彼らは文字どおり彼女の眼と鼻の先で取っ組み合っていたにちがいない。血を噴き出しながら倒れた男性は、もう少しで彼女の上に倒れかかるところだったにちがいない。アンソニーは奇妙な気持ちになる。この少女は銃の男がこの車両にはいってきたとき、一瞬で見つかるほど近くにいた。もし男が阻止されていなければ、彼女はまっさきに殺されていたかもしれない。つまり、今アンソニーの眼のまえにいるのは、自分たちがいたおかげで生きている人間ということだ。

彼は眼のまえの少女に何か言いたくなる。が、何も言わない。まともに意味をなすようなことばを何ひとつ思いつかない。

彼は考える。駅に着いたらどうすればいいのか。それがいつになるかはともかく。警備員か誰かを見つけて、何が起こったか説明しなければならないだろう。気まずいことになりそうだ。あるいは危険なことに。彼はサクラメントでの警察の手入れを想像する。特殊《SW》部隊《AT》がドアを破って突入する光景が眼に浮かぶ。破壊槌にマシンガン。〝全員伏せろ！全員調べおわるまで動くな！〟。面倒なことにならなければいいが。しかし、いざ列車がゆるやかに左に傾きながら駅にすべり込むと、彼は窓の外を見て理解する。彼らは事情を知っている。市街戦用に装備した突入要員、ＳＷＡＴ風の装甲車両、フランス国家警察。何十人もの人々が待機している。完全戦闘装備の人々も含めて。アンソニーは思う――ここは床に伏せたほうがいいのか？

しかし、やがて次々と列車にはいってきた彼らはどういうわけか、誰が誰かということを知り抜いているように見える。救急医療チームがまっすぐにスペンサーのところへ行って、彼の役目を引き継ぐ。重装備に身を固めた五人の警察官が銃の男のところへ直行する。

彼らは男がどこにいるかを尋ねもしない。どの車両にいるか完璧に把握している。なんとも妙な感じだ。どうやって知ったのだろう？　誰かが——どこかの機関なりが——アンソニーよりずっと多くのことを知っている。一瞬、彼には自分が途方もなく小さくなったように感じられる。より大きなゲームのひとつの駒にでもなったかのように。一部始終が誰かの監視下でおこなわれていたかのように。

警察はテロリストの拘束を解きもしなければ、彼に手錠をかけもしない。ただそのままの状態の彼を持ち上げて連行する。四人の警察官がそれぞれ腕と脚を一本ずつ持って、列車の外に運び出す。

アンソニーは運び出される男の顔をじっとうかがう。男は意識を取り戻している。眼を開けている。が、何も言わない。ただ呆然としている。〝おれはほんとうにしくじったのか？〟とでも思っているみたいだ。

誰かがアンソニーの耳元で叫んでいる。「おい、きみたち！　ふたりとも一緒に来てくれ」フランス当局は彼とアレクのことを知っているようだ。

外のプラットホームで彼らはアンソニーに質問を始める。「きみたちは何を見た？」警察官は彼の話を書きとめようとする。が、うまく整理することができず、ついにあきらめて言う。「オーケー。とりあえず私についてきてくれ」

「荷物だけ取ってきてもいいですか？」

「ああ、かまわないよ」

アレクはどこだ？　またアレクがいない。と思ったらあそこにいる。なんて奇妙きわまりない光景だ——アレクはひとりでベンチに坐っている。

まわりでは大騒ぎになっているというのに——右を向けば警察が、左を向けば救急医療隊員がいるというのに——アレクはただそこに坐っている。まわりのことなどひとつも気にならない様子で。彼はまったく何にも煩《わずら》わされていないように見える。ただじっとしている。公園のベンチにぽつんと坐って、何かにじっと思いを馳《は》せている老人のように。

46

アレクは奥にいた。さらにそのうしろにスペンサーがいた。彼らの上には報道陣がいた。アンソニーは文字どおりホワイトハウスの記者会見室の真下に立っていた。毎日報道陣が集まり、大統領報道官やときには大統領自身によってその日の会見がおこなわれるフロアの真下に。

しかし、その記者会見室のすぐ下にあるこの空間――彼らが今立っている場所は、首席補佐官の説明によると、もともとはプールだったのだそうだ。ポリオにかかっていても運動ができるように、フ《F》ランクリン・デ《D》ラノ・ロ《R》ーズヴェルトがホワイトハウスに室内プールを造ったのだ。アンソニーはその空間を現在埋めつくしているケーブルや回線やサーバーの下にしゃがみ込んだ。八十年前にＦＤＲが水中運動《アクアサイズ》だかなんだかをした場所に。そして、自分たちが今、お気に入りの大統領が建てたプールの中に三人一緒にいることについて考えた。自分たちは三人とも唯一好きだった歴史の授業でこの大統領のことを学び、結束を深めたのだ。すべてがこういうことになったのも、もとはといえばそのおかげだ。自分たちが今この場所で、アメリカ合衆国大統領に会うまえの時間つぶしをしているのも。

アンソニーは中学校時代のあの授業のことを思い出した。あの教師のことを。彼にこの光景を見せることができたら！　FDRが運動したプールの中に彼ら三人が立っているところを、VIPツアーの特権で、普通ならはいれないヴェルヴェットのロープの向こう側にいるところを、ホワイトハウスの隠された隅々《すみずみ》にまで案内されているところを！

「おい、これを見ろよ」とアレクが言った。「ここから床が斜《なな》めになってる。こうやって見ると面白いな。ここから深くなるわけだ」

プールにはサーバーやらケーブルやら、上で起こることを稼働させるためのあらゆるテクノロジーが詰まっていた。そのためアンソニーには自分がプールにいるということすらわからなかったのだ。首席補佐官に教えてもらうまで。それもアレクがむき出しになった壁の一部を示して見せるまでは、すぐには信じられなかった。それはなんとも奇妙な感覚だった――まるでまわりを囲んでいた映画のセットが崩れ去り、それまで自宅のキッチンだと思っていた場所が実は空港や食料品店だとわかったかのようだった。自分が今いる場所の認識が一瞬のうちにがらりと変わってしまったのだから。

床の傾斜、タイルの模様。

一方の壁にはここを訪れた人々が名前を記していた。アンソニーもそうした。〝敬愛するFDRへ――二〇一五年九月十八日、アンソニー・サドラーここに来たる〟。

彼はFDRが女性トイレを造り変えたという戦況報告室《マップルーム》に案内された。FDRは単に世界に大きな影響を与えただけではないらしい。ホワイトハウスにも大きな物理的影響を与えていたのだ。その部屋にはヒトラーのヨーロッパ侵攻を示す古い文書が保管されていた。アンソニーはベルリンの総統地下壕を思い出した。ヒトラーが自殺した場所——アンソニーがほんの数週間前に見た場所。戦況報告室の壁には巨大な軍事地図がかかっていた。油性鉛筆で印や注記が書き込まれたその地図は、FDRが〈ナショナル・ジオグラフィック〉の地図製作者につくらせた当時の最新版で、悪の戦線が拡大する様子がひと目でわかるようになっていた。

その部屋には暗号メッセージを送受信するための特別な装置もあった。ウィンストン・チャーチルとの直通回線も。その技術は誕生して七十年になる今でもなお革新的ですばらしいものに思えた。

「ほかに誰かいないか見てみよう」と首席補佐官が言って、一行を階上《うえ》のクロスホールに案内した。そこでアンソニーの眼は一枚の大統領の肖像画に惹《ひ》きつけられた。ほかのどの大統領の肖像画とも似ていない、腕を組んで頭《こうべ》を垂れたジョン・F・ケネディの肖像画。アンソニーは冷戦の危機に際して思案する彼の姿をまねてポーズを取り、ケリーに写真を撮ってもらった。

そのあと案内された部屋では、何人かの大統領補佐官とともに国務長官に出迎えられ、みんなでしばらく歓談した。が、その頃にはもうアンソニーはあまり会話に集中していなかった。またカメラモードに戻っていた。周囲を仔細《しさい》に観察しながら、頭の中で項目別のリストを作成しようとしていた。撮影を遠慮しなければならなかったものをすべてあとで思い出せるように。

予想外に短い廊下を進むと、これまた予想外に近いドアがあり、その手前に黒いスーツを着た男性数人がやや硬直した姿勢で立っていた。シークレットサーヴィス。つまり、大統領はすぐそこにいるということだろうか？　ほんの何メートルか先に？　ホワイトハウスの中のすべてが彼が思っていたよりも近くにあった。

そして、ついにそのときがやってきた。シークレットサーヴィスの面々が何やらあわただしく動き、一行は彼らのほうに進みはじめた。部屋にはいるまえに、アンソニーは父親に脇へと引っぱられた。こうなることは予期していた。この特別な瞬間のまえに、人生の大先輩である父から何か知恵を授かるであろうことは。「息子よ」とサドラー牧師は言った。アンソニーは厳粛なアドヴァイスを聞こうと身構えた。「おまえにひとつだけ言っておきたいことがある」

「何？」

「おまえが大統領のまえで何をしようが、何を話そうがかまわない。ただ、これだけは必ず忘れないようにしてくれ」

「わかった。何？」

「その……私の名刺を彼に渡してくれ」

「ちょ、何言ってんの？」

「とにかく渡してくれ。こう言ってくれればいい。お忙しいとは思いますが、もし何か必要になったら、いつでも連絡してくださいと」

「父さん――何を言ってるの？　大統領が父さんの何を必要とするわけ？」

「それか、こう言ってくれ。もし少しでもお話しする時間がありましたら、お電話いただければ、近くにおりますので」

「オバマは父さんに電話なんかしないよ」

「いいから渡してくれ」

大統領に名刺を渡すチャンスなんかあるだろうか。アンソニーはなんとかその場面を思い描こうとした。これから自由世界の指導者に会うのではなく、新入社員の人脈づくりの交流会にでも参加するかのように。しかし、いくら馬鹿げているとは言っても、それが父にとってどれほど意味を持つことなのかはわかっていた。大統領就任式のためだけに国を横断した父。生きているうちに黒人の大統領を拝めるとは――ましてやその大統領のオフィスのすぐ外に立つ日が来ようなどとは――夢にも思っていなかった父。そんな父の思いがわかるなら、そう、ほかにどんな選択肢がある？

「わかったよ、父さん。やってみるよ」彼は名刺をポケットに入れ、世界でもっとも影響力のある人物のオフィスへと向かった。

ドアが開いた。大統領はすぐそこにいた。思っていたより白髪が多く、部屋は思っていたより小さかった。オバマは歩み寄ってきてアンソニーと握手をし、アンソニーの名前を口にした――大統領は彼の名前を知っていた！　挨拶《あいさつ》がすむと、大統領は手を差し出して彼らを部屋の中に招き入れ、スペンサーに自分の隣りの椅子を勧めた。

「ふたりには申しわけないけれど、これは怪我をした人のための椅子なんでね」

「とんでもないです」とアンソニーは言った。「彼はそれだけのことをしたんですから！」

いずれにしろ、アンソニーとアレクが坐っているのは、いつも代表取材写真やテレビの中で統合参謀本部のメンバーが坐っている場所だった。だからアンソニーは自分の場所に満足していた。これまで大統領の向かいのこの場所に坐ってきたのは、世界じゅうでアメリカの軍事力を統率してきた人々だ。不服があるわけがない。

そのあと彼らは雑談をした。まるで大統領執務室《オーヴァル・オフィス》で大統領とおしゃべりすることがこの世でいちばんありふれたことでもあるかのように。アンソニーはスペンサーに率先してしゃべらせた。アンソニー自身は競い合うふたつの欲求と闘っていたからだ――大統領の助言に耳を傾けながら、同時にまた周囲の情報を取り込もうとしていた。この光景をしっかり眼に焼きつけておきたかった。例によってまわりのすべてをあとで思い出して味わえるように。ただし、それは視界の隅でやってのける必要があった。大統領に失礼のないように、彼の話にあまり注意を払っていないと思われないように。思っていたより明るい色のカーペット。赤みを帯びた――テレビで見たようなくすんだ黄色ではない――ほとんど錆《さび》色のようなカーテン。サイドテーブルに置かれたマーティン・ルーサー・キング・ジュニアの胸像。書棚にもキング牧師についての本が並んでいる。それらの本はオバマが大統領になってから持ち込まれたものだろう。アンソニーはそう思った。室内を飾る美術品、ノスタルジックな納屋の絵――どれもオバマ大統領が選んで決めたのだろう。

会話している時間は思ったほど長くはなかった。というより、あっというまに過ぎた。あまりにも打ち解けた雰囲気だったので、気づいたらもう十五分が経っていて、報道陣がはいってくるところだった。次々とフラッシュが焚《た》かれ、これで会談は終わりだということを告げていた。

大統領は立ち上がった。世界的に重要な差し迫った問題をいくつも抱えているのだ。午前中に片づけなければならない外交問題が山のようにあるにちがいない。アンソニーはポケットの外から名刺に触れ、父親の夢が潰《つい》えようとしていることに気づいた。ああ、くそ、どうやって切り出せばいい？ 彼は落ち着きをなくしはじめた。ポケットにすばやく手を入れ、名刺を取り出した。こんなところを大統領の側近が見たらどう思うだろう。報道陣が立ち上がった。アンソニーは名刺を手に持ったまま、大統領のほうからそれについて訊いてくれないだろうかと願った。が、大統領はそうするかわりにスペンサーに歩み寄って何か話しかけた。アンソニーはひとり取り残された。中学校のダンスパーティでスローダンスの曲がかかっても誰からも誘われずにいる少年のように。

アンソニーは思った――どうしてもこれを渡さないと。

少しのあいだぎこちなく大統領のそばに立っていた。オバマはそんな彼に気づかなかった。が、スペンサーは何が起こっているか感づいたようで、アンソニーに向かってうなずくと、自ら身を引いて大統領とのひとときを終わらせた。友人に機会を譲るために。アンソニーは大統領の肩を叩いた。

大統領は振り返った。怪訝《けげん》な表情で――きみは今、私の肩を叩いたのかな？

「ええと、すみません。でも、父が、その、実はですね、ぼくの父が」――大統領はこの手の中の名刺に気づいただろうか？――「父がとてもお会いしたがってまして、父は就任式のときも見にいったりしてて、ほんとうにお会いしたがってるんで、ぼくにこれを渡してきたんですけど――」しかし、最後まで言うまえにオバマが彼のことばをさえぎった。

「お父さんが来てる？　ご両親がそこにいる？　今すぐはいってもらいなさい！」

「あ、はい、そうします！」アンソニーは名刺をポケットに戻した。それまでも何度か経験していた（以前より頻繁になっている）何を言えばいいかわからず途方に暮れた瞬間が、人生でただ一度のこの上なく誇らしく、この上なく無私無欲な瞬間に変わった。自分の落ち着きよりほかの誰かの喜びを優先した瞬間――それも合衆国大統領ともあろう人のまえで。彼はこのとき初めてほかの人間の喜びを自分のことのように感じた。

というのも、家族の面々がはいってきたら、大統領にもうひとつお願いをするつもりだったからだ――父親と並んだ写真を撮らせてほしいと。アンソニーの父が部屋にはいってきた。『ザ・ホワイトハウス』の全シーズンの全エピソードを少なくとも二回は見た父。自分が生きているうちにアフリカ系アメリカ人の大統領が見られるとは思ってもいなかった父。貯めたお金で国を横断し、彼が就任宣誓する瞬間を二百万の人々に混じってひと目見ようとした父。

アンソニーは断わりを入れ、自分のかわりに父を大統領のそばに立たせた。

その日の午後には、アンソニーはペンタゴンの真ん中で——自分が見渡すかぎりただひとりの民間人であるかのような気分になりながら——国防長官から勇敢さを称《たた》える民間人最高位の勲章を授与されることになる。スペンサーには空軍の勲章であるエアマンズ・メダルと戦傷章であるパープル・ハート勲章、アレクには陸軍の勲章であるソルジャーズ・メダルが授与されることになる。彼らはリボンとメダルを胸にびっしりつけた軍の高官たちを含む、何百人もの人々のまえで称えられる。軍事史に魅せられた三人の若者にしてみれば、それ以上に興奮する出来事はない。しかし、それも今このときとは比べものにならない。彼がこの上なく誇らしく感じているのは今、まさにこの瞬間だ。

父が大統領の隣りになるように自分が脇にどいた瞬間、アンソニーは実感した。自分は人生において確かに意味のあることをしたのだと。まちがいなく誰かのために何かをしたのだと。少なくともひとりの人間のために。そして思った。あのとき立ち向かった危険が、自分を信じてくれていた家族が、そしてともに自らの命を危険にさらしたこのふたりの友人が、人生で最高に幸せなこの瞬間を与えてくれたのだと。

彼は感謝と愛と誇りを感じた。自分を信じられる気がした。世界はきっと——今しばらくは——大丈夫だ。そんな気がした。

謝辞

まずは神に感謝します。それから生まれたばかりのわが娘、ゾーイ、わが父、トニー、マリア、アリッサ、ナオミ、イモジーン、アル、ブッチー、ジュリー、ジュジュ、ゲイリー、ジョシュ、ジョーダン、ジャスタス、レニー、シャンパーニュ、アート、ブリオニ、マーカス、マリオ、そしてぼくの命を救ってくれたスペンサーとアレクにも。

――アンソニー・サドラー

神に。ぼくをこんなふうに育ててくれた母と父に。いつもそばにいてくれたスペンサーに。ここぞというときに乗り出してくれたアンソニーに。

――アレク・スカラトス

まずはすべてが神のおかげだということに感謝します。神の知恵と愛と力なくして今のぼくはいません。それから、いつもそばにいてくれる家族にも感謝します。この一年間、どんなときもぼくを支えつづけてくれてありがとう。いつもぼくを助けてくれる友人たちにも感謝します。それからパリの大使館職員のみなさんに。ぼくと家族と友人たちの面倒をみてくれて、必要なものをすべて提供してくれて、ほんとうにありがとう。同じくボイル家のみなさんに。すばらしい無私の心で惜しみなく力を貸してくれて、ほんとうにありがとう。

今のぼくの仕事に必要な技術と機会を与えてくれた空軍と、その中でぼくを人として向上させてくれたすべての人たちに。いくつもの場面でいち早く反応してぼくを助けにきてくれた人たちに。ぼくらに愛と力をくれるサクラメントの人たちに。

最後になりましたが、これまで正義と公正の名のもとに命を捧げてきたすべての人たちに感謝します。

――スペンサー・ストーン

訳者あとがき

二〇一五年はフランスという国にとってまさにテロ受難の年だった。一月には風刺週刊誌を発行している《シャルリー・エブド》本社が複数のテロ犯に襲われ、風刺漫画の作者ら十二名が殺害される。この事件については、犠牲者との連帯を表明することば「私はシャルリー」がSNSで世界に拡散し、犠牲者を悼《いた》むデモ行進には、明らかにメディア向けとはいえ、イギリス、ドイツ、トルコなどの首相も参加した。さらに十一月には、いわゆるパリ同時多発テロが発生し、死者百三十名、負傷者三百名超という大惨事となる。

同年八月二十一日、テロを目論《もくろ》み、重武装したモロッコ人の青年が十五時十七分アムステルダム発パリ行きの国際高速列車〈タリス〉に乗り込む。この列車に休暇中のアメリカの三人の若者がたまたま乗り合わせていなければ、不吉なことを言うようだが、フランスの受難がもうひとつ増えていたかもしれない。

本書は、下手《へた》をすればこれまた大惨事になりかねなかったその列車テロ未遂事件の詳細と事件に至るまでの経緯、その後日譚《たん》、テロを未然に防いだ三人の若者とテロ未遂犯の若者のそれまでの人生を丁寧《ていねい》に追った出色のノンフィクションである。

まずプロローグでは、三人の若者のひとり、アンソニーの眼から見た息づまる事件の現場が再現され、第一部では、まさに英雄的行動を示す若者のひとり、スペンサーが主役となり、第二部ではそれを三人目の若者、アレクが引き継ぎ、第三部でまたアンソニーの視点に戻って、主に事件後の三人の当惑ぶりが語られる。また、プロローグ、第一部、第二部を通して、テロ未遂犯アイユーブの生い立ちと事件を惹《ひ》き起こすまでの足取りが克明に描かれ、このモロッコの青年も、英雄となったアメリカの三人の青年同様、ごく普通の若者であったことが読者に知らされる。

そんな普通の若者がどうしてここまでおぞましい凶行に及ぼうとしたのか。その心の闇にまでは踏み込んでいないが、《シャルリー・エブド》事件に対する世界の大方の反応に対して――イスラム教徒としては当然の憤りだろうが――アイユーブが抑えようのない憤りを覚えたというくだりは示唆的だ。

テロは断じて容認されるものではない。が、風刺というのは強者に報いる一矢のようなものだ。社会的弱者を揶揄《やゆ》して何を笑おうというだろう？　この襲撃事件以前にも《シャルリー・エブド》社には編集部に火炎瓶が投げ込まれるといった事件が起きており、同社はフランス政府から自粛を求められていたという。《シャルリー・エブド》事件にはそんな背景があった。

一方、こうしたテロが起こるたび、民衆の恐怖をむやみに煽《あお》り、取り締まりや管理体制の強化を声高に訴える政治家がまたぞろ出てきて勢いを得る。社会も不寛容に傾き、委縮する。本書でも触れられているとおり、これこそテロリストの思うつぼである。また、監視社会を築けば、それでテロを防げるというものでもない。現にアイユーブもフランス当局に合法的に監視されていなければ、職を失うこともなかったかもしれない。職を失わなければ、そもそもこのような事件など起きていなかったかもしれない。テロ対策の一筋縄ではいかないところだ。

　本書は、列車テロ未遂事件の緊迫した場面については言うまでもないが、一躍世界的な英雄になった、三人の普通の若者の普通ぶりがユーモアを交えて描かれ、そこもまた読みどころになっている。子供の頃の三人の腕白《わんぱく》ぶり、事件後、アメリカ大使公邸に招かれた三人のはしゃぎぶり、オバマ大統領との謁見《えっけん》場面など、思わず頬がゆるむ。

　それでも、本書を通読して多くの読者の心になにより強く残るのは、よくもまあこれほどの偶然が重なったものだということではないだろうか。そのことについては本書の中でも繰り返し言及されているが、そもそも三人はなぜ一度は取りやめようと思った予定をもとに戻したのか。旅先で会う人ごとにパリ行きはやめたほうがいいと言われ、三人ともアムステルダムという市《まち》があれほど気に入っていたのに。アムステルダムにとどまる理由はいくらもあり、アムステルダムをあとにする理由は誰にも何もなく、実際、一度はパリ行きの延期を決めさえするのに。

　ほかにも決定的な偶然がある。にわかには信じられないような偶然だ。あえてここには書かないが、その偶然がなかったら、いったいどんなことになっていたのか。何人、何十人もの乗客の命が奪われていた可能性は決して低くない。

本書の巻頭には、十九世紀のフランスの文学者ゴーティエの箴言《しんげん》が引かれているが、まことに当を得た引用だ。偶然もここまで重なると確かに神がかってくる。どこかに神の署名を探したくなる。しかし、奇跡のような偶然がいくつ重なろうと、テロを根絶することはできない。言うまでもない。サクラメントに錦を飾ったアンソニーはその祝賀式典でアレクに言われて気づく。州の議事堂の屋根の上にはスナイパーが配置されており、自分たちを警護していることに。そのとき彼は危険が依然としてすぐそこにあることを改めて悟るのである。

本書はクリント・イーストウッド監督の手で映画化され、全米で二月、日本では三月に劇場公開される。イーストウッド作品の前二作は『アメリカン・スナイパー』と『ハドソン川の奇跡』で、今回は『15時17分、パリ行き』。三作とも実話に基づく英雄ものだ。が、今回の作品にはなんとアンソニー、スペンサー、アレク自身が本人役で主演している。イーストウッドによれば、最初はもちろんプロの俳優を探したそうだが、ふと思いついて本人たちを試したら、三人が三人とも天賦《てんぷ》の才を持っていたということだ。試写を見せてもらった感想を言えば、確かに三人の演技はなかなかどうして堂に入っている。原作にはないスペンサーの子供の頃の祈りのことばが胸に残る名作である。

（蛇足ながら――原著はこの三人に取材して書かれたものだが、本文でも触れられているとおり、事件に至るまでの経緯、事件の詳細、後日譚を含め、三人それぞれの記憶が大きく食いちがっているところが少なくない。おそらくこれは事実検証のしようがなかったためだろう。訳書でも無理につじつま合わせをしなかったことをお断わりしておく）

（田口俊樹）

二〇一八年一月

原　注

プロローグ：“カリフォルニア州立大学生　アンソニー・サドラー

1. *Basic and Clinical Science Course*, Chapter 6: Sensory Physiology and Pathology (San Francisco: American Academy of Ophthalmology, 2014).

第1部：米国空軍兵　スペンサー・ストーン

第10章

1. “フォート・サム基地銃撃犯に懲役20年”、《サン・アントニオ・エクスプレス・ニュース》、2014年9月12日、Guillermo Contreras, http://www.expressnews.com/news/local/article/Fort-Sam-shooter-gets-20-years-in-prison-5752073.php.

第12章

1. Blimp Squadron 14, http://www.warwingsart.com/LTA/zp-14.html.
2. 同サイト。

アイユーブ

1. “2009年、彼はマドリードの移民の多い地区ラバピエスでハシシを販売した容疑で逮捕され、二度拘留された。” Raphael Minder, “Scrutiny Falls on a Spanish Mosque after Failed Train Attack”、《ニューヨーク・タイムズ》、2015年8月27日、http://www.nytimes.com/2015/08/28/world/europe/renewed-scrutiny-for-mosque-in-spain-after-failed-train-attack.html?_r=0。
2. “［アイユーブ］ハッザーニはモロッコ式のティーハウスなどでアルバイトをしていたが、定職にはついていなかった。かつて住んでいた地区エル・サラディージョでインタヴューしたほとんどの人々と同じだ。アルヘシラスの失業率は40パーセントである。” 同サイト。
3. Isabelle Piquer and Matthieu Suc, “Attaque dans le Thalys: Ayoub El-Khazzani, itinéraire d'un routard de l'islam radical”、《ル・モンド》、2015年8月24日、http://www.lemonde.fr/police-justice/article/2015/08/24/ayoub-el-khazzani-itinéraire-d'un-routard-de-l'islam-radical_4734995_1653578.html#5AadkiT67tRVeRwl.99。

4. Pseudo-Turpin, *History of Charles the Great and Orlando*, Thomas Rodd, trans., James Compton, printer (London, 1812), 6.
5. “アルヘシラス市エル・サラディージョ地区のイスラム社会のリーダー、カマール・チェダドによれば、「ハッザーニは年相応の普通の青年に見えた。友人たちとビーチに遊びにいき、仕事も探していた」という。” John Bittermann and Bryony Jones, “France Train Attack: What We Know about Suspect Ayoub El Khazzani?” 、〈CNN〉、2015 年 8 月 25 日、http://www.cnn.com/2015/08/24/europe/france-train-attack-what-we-know-about-suspect/。
6. “ハッザーニが麻薬関連で最後に逮捕されたのは、2012 年 9 月、アフリカ大陸北部にあるスペインの飛地領セウタだった。マドリードで逮捕されたときの警察の写真ではひげは剃られているが、セウタで撮影された当時の写真ではひげを生やしている。” Minder, “Scrutiny Falls.”
7. “彼は信心深いだけではなくアルヘシラス近辺でのハシシ売買には近づかないように注意していたという印象が強い、と地元の友人は言っている。アルヘシラス市は人口 11 万 7000 人、スペインとモロッコとのあいだの主要な中継ぎ港である。しかし人生を立て直そうとするハッザーニの努力は、タクワのモスクとのつながりを強くした。火曜日の記者会見におけるパリ主任検事フランソワ・モランの発言によれば、このモスクは急進的な教えを説くことで有名だという。” 同サイト。
8. 同サイト。
9. Piquer and Suc, “Attaque dans le Thalys.”
10. “近隣のモンカヨ地区にあるタクワのモスクは大型スーパーマーケットと多くの不法移民のいるピニェラの外国人収容施設のあいだにある。” 同サイト。
11. “Report on immigration detention centers in Spain for Migreurop”, http://www.apdha.org/media/Report_inmig_det_centr2011.pdf.
12. “タクワのモスクは、自動車修理工場から崇拝の場への改造が始まったその日から、警察の監視下に置かれた。” Minder, “Scrutiny Falls.”
13. “……彼はどこにいても祈り、市中の 6 カ所のモスクで目撃されたが、その様子に普通と違うところは見られなかった。実際には、アイユーブは近隣地区モンカヨにある急進的なタクワのモスクに通うことが多かった。そのモスクは大型スーパーマーケットと多くの不法移民のいるピニェラの外国人収容施設のあいだにあった。アイユーブの父親と兄のイムランもここで祈っていた。スペイン当局の情報によれば、アイユーブの兄は出納係で、

「忠実な信者への影響力を持っていた」という。……イムランは書類の不備でモロッコに送還された。” Piquer and Suc, “Attaque dans le Thalys.”

14. Minder, “Scrutiny Falls.”
15. シリアのラッカ市からスペインのカディス県アルヘシラス市までのグーグル・マップ経路、https://www.google.be/maps/dir/Raqqa,+Ar-Raqqah+Governorate,+Syria/Algeciras,+C%C3%A1diz,+Spain/@39.4813242,-1.701085,4z/data=!3m1!4b1!4m13!4m12!1m5!1m1!1s0x153719cb01b7b5fb:0xc8bdaf18cf35cfe3!2m2!1d38.9981052!2d35.9594106!1m5!1m1!1s0xd0c9496ba5d5751:0xa626ca859cd81ce9!2m2!1d-5.456233!2d36.1407591?hl=en。
16. “イスラミック・ステートと名乗る武装集団のリーダーは、自身の重傷説や死亡説を払拭するため、軍隊への召集を呼びかける 17 分のスピーチを木曜日に公開した。アメリカ軍のイラク派遣を増強するとしたオバマ大統領の計画を非難し、「あらゆるところでジハードの火山を噴火させよ」と弟子たちに呼びかけた。” アブー・バクル・アル＝バグダディ師によるスピーチの音声はインターネットで配信され、アラビア語、英語、ロシア語の文字情報も添えられた。http://www.nytimes.com/2014/11/14/world/middleeast/abu-bakr-baghdadi-islamic-state-leader-calls-for-new-fight-against-west.html.
17. Scott Atran and Nafees Hamid, “Paris: The War ISIS Wants” New York Review of Books, 〈NYR Daily〉、2015年11月16日。
18. 同上。
19. 同上。
20. “2014 年にフランスに行くまで、ハッザーニはアルヘシラスの両親の家で暮らしていた。” 〈ロイター〉、“Spanish Police Search House of Train Gunman's Family”、2015 年 9 月 1 日、http://af.reuters.com/article/commoditiesNews/idAFL5N11737K20150901。
21. “アイユーブ・ハッザーニは「外国人社会を専門としている」イギリスの携帯電話会社〈ライカモバイル〉に雇われた。……「〈ライカ〉はここでは有名だ。多くの若者にとって簡単な季節労働になっている。ほかに仕事はない。会社のロゴ入りのポロシャツと、道端で配るちょっとしたプレゼントが詰まったカートが支給される」そう語るのは、アルヘシラスにいた頃の近隣住人（匿名希望）だ。” Piquer and Suc, “Attaque dans le Thalys.”
22. Karina Pallagst, Thorsten Wiechmann, Cristina Martinez-Fernandez, *Shrinking Cities: International Perspectives and Policy Implications* (New

York, Routledge, 2014), 86-87.

23. “フランス政府は犯罪多発地域 15 カ所における警察活動強化の施策を発表した。イスラム教徒以外はとてもはいりにくいとされる区域における国家管理の再強化を目的としている。対象地域はイスラム教徒が住人の大半を占めており、イスラム教徒以外は立入禁止となっている。” Soeren Kern, “France Seeks to Reclaim ‘No Go’ Zones”, 〈Gatestone Institute〉、2012年8月24日、http://www.gatestoneinstitute.org/3305/france-no-go-zones.

24. “パリ北部の郊外セーヌ=サン=ドニ県は悪評が高く、推定 50 万人のイスラム教徒が住んでいる。フランスでも有数の暴力犯罪発生率の高いセーヌ=サン=ドニ県は、麻薬売買とブラックマーケットの蔓延により、初期 15 カ所の治安優先地区（ZSP）に含まれる。しかし、この地域はフランス国内でもっとも失業率の高い地域のひとつ ——25 歳未満の失業率は 40 パーセント——であるため、政府による取り締まり強化によって犯罪率が恒久的に下がる可能性は低い。” 同サイト。

25. “「息子はいい仕事が見つかったと思ってフランスに行ったが、金も何もない状態で会社から叩き出された」とハッザーニの父親は言う。「そこから何がまちがったのかはわからない」” Minder, “Scrutiny Falls.”

26. “パリのはずれで潜在顧客にパンフレットを配布するという契約は、職にもつけず根なし草のような青春を過ごした者にとっては、人生を新しく始めるチャンスだった。そう発言するのは、アイユーブの父親やエル・サラディージョの住人たちだ。” 同サイト。

27. “アイユーブ・ハッザーニはかなりいい印象を残した。ラジオ・ネットワーク〈EUROPE1〉の取材に対し、元同僚は彼を「静か」で「貧乏」で、モロッコ出身であることに誇りを持っていたと表現した。彼は公共交通機関を使ってひとりで通勤していた。”〈EUROPE1〉、“Thalys: El Khazzani, un salarié ‘discret et besogneux’”、2015年8月25日、http://www.europe1.fr/faits-divers/thalys-el-khazzani-un-salarie-discret-et-besogneux-2505429。

28. “「彼の仕事はパンフレットの配布とポスター貼りだったが、2 カ月で解雇になった」こう発言するのは、彼の元上司、携帯電話会社〈ライカモバイル〉の CEO である。”〈Valeurs Actuelles〉、“Attaque dans le Thalys: Ayoub El Khazanni a bien vécu en France”、2015 年 8 月 25 日、http://www.valeursactuelles.com/societe/attaque-dans-le-thalys-ayoub-el-khazanni-a-bien-vecu-en-france-55088。

29. “「彼の提出した書類によれば、フランスでの就業は許可されていなかっ

た」しかし「彼はかなり真面目に働いていて、前途有望だった」と元雇用主は発言した」" 同サイト。

30. "パリの近くで尋問を受けている容疑者について、スペイン当局は2014年2月にフランス側に警告した。" BBC, "France Train Shooting: Gunman Known to Police"、〈BBC〉、2015年8月22日、http://www.bbc.com/news/world-europe-34028261。

31. "2014年初め、彼がフランス国内にいる可能性があると恐れたスペイン当局はパリに警告した。その結果、2月に彼をS3レベル（危険度1から16）と認定した。" 〈Valeurs Actuelles〉、"Attaque dans le Thalys."

32. "……2014年2月、スペイン当局からフランス情報機関に情報が提供された。" Chine Labbé and Sarah White, "France Train Gunman Identified as Islamist Militant"〈ロイター〉、2015年8月22日、http://www.reuters.com/article/us-france-train-shots-idUSKCN0QR09R20150822。

33. 〈Valeurs Actuelles〉、"Attaque dans le Thalys."

34. "2014年1月、会社はハッザーニを雇用した……セーヌ＝サン＝ドニにおける6カ月の契約だったことがスペイン内務省により確認された。近所に住むほかの若者と一緒に「モロッコ人に携帯電話を販売する」、正確には「再チャージ可能なSIMカード」を販売するという仕事だった。1カ月後、マドリードはフランス情報機関に対し、ハッザーニがフランスに入国した可能性があると警告した。フランス情報機関は彼を"Sカード"（SはState Security、国家安全保障の意）に登録していた。しかし積極的監視の対象ではなかった。未公表の情報によれば、警察は対象者に関する最大限の情報の入手が許可されている。" Piquer and Suc, "Attaque dans le Thalys".

35. "父親によれば、彼は携帯電話会社〈ライカモバイル〉の仕事をするためにフランスに行った。この件は会社の社長によって確認されている。ハッザーニは2014年の初めに2カ月間働いたが、書類が正しくなかったため解雇された。" Simon Tomlinson and Tom Wyke,《デイリー・メール》"Blindfolded and Barefoot"、2015年8月25日、http://www.dailymail.co.uk/news/article-3210351/Blindfolded-barefoot-French-terror-train-gunman-led-court-surrounded-bulletproof-jacket-wearing-officers-just-hours-questioning-deadline-expires.html#ixzz3ylIj3MX3

36. "〈ライカモバイル〉のフランス人部長アラン・ヨヒミックがラジオ・ネットワーク〈フランス・アンフォ〉に語ったところによると、ハッザーニの短期契約を更新しなかったのは、フランスに留まることを許可する書類

を持っていなかったからだった。" Minder, "Scrutiny Falls"
37. "〈ライカモバイル〉は、アイユーブ・ハッザーニの居住許可証の不備と虚偽の住所のために、契約開始から2カ月後の2014年3月に彼を解雇した。"〈EUROPE 1〉、"Thalys."
38. "……2014年の春に、息子のほかにアルヘシラスから5人の若いモロッコ人が、「6カ月契約」で携帯電話会社の「フランスでの仕事に採用」されたのを覚えている。「でも、1カ月後に解雇された。人に対してそんな仕打ちをする会社は犯罪者だ」" "Videos. Thalys: El-Khazzani aurait travaillé un mois en Seine-Saint-Denis"、《ル・パリジャン》、2015年8月25日、http://www.leparisien.fr/faits-divers/videos-el-khazzani-aurait-travaille-un-mois-en-seine-saint-denis-25-08-2015-5033553.php#xtref=https%3A%2F%2Fwww.google.com%2F。
39. "「あの子はどうすればよかったんだ？　どうやって食べていけばよかったんだ？　人に対してそんな仕打ちをする会社は犯罪者だ」と父親は嘆いた。" Piquer and Suc, "Attaque dans le Thalys."
40. Atran and Hamid, "Paris: The War ISIS Wants."
41. "彼は2014年にオーベルヴィリエに「5カ月から7カ月」いたことを認めた。携帯電話会社〈ライカモバイル〉で2カ月働いたのは、この期間のあいだだった。月曜日に元雇用主が語ったところによれば、「彼が提出した書類ではフランスでの就業が許可されていなかった」ために契約を終了したとのことである。" Piquer and Suc, "Attaque dans le Thalys."

第2部：オレゴン州軍特技兵　アレク・スカラトス

アイユーブ

1. "フランスの日刊紙《リベラシオン》によると、2015年5月10日にアイユーブは居所を突きとめられた。彼は"Sカード"に登録されていたため、イスタンブール行きの〈ジャーマンウイングス〉に搭乗する際にベルリン空港で見つかった。この情報は5月11日にスペインの情報機関に伝達され、この若いモロッコ人がベルギーにいることが関係者に伝わったのは10日後だった。"〈Valeurs Actuelles〉、"Attaque dans le Thalys."
2. "カズヌーヴ内相は名前を明かさなかったが、今年の5月10日にベルリンからイスタンブールに渡航したと思われることを語った。" Labbé and White, "France Train Gunman"、"シリアへ向かうためにベルリンからトルコ行きの飛行機を待っている犯人に警戒心を強めたドイツ警察は、フランスの情報機関に警告した。情報筋が日刊紙《ル・パリジャン》に語った

ところによれば、「情報機関は、イスタンブールに到着してから彼の足取りを見失った」" Robert Mendick, David Chazan, and Gregory Walton, "Paris train gunman's links to Syria," 2015年8月22日 http://www.telegraph.co.uk/news/worldnews/islamic-state/11818772/Paris-train-gunmans-links-to-Syria.html。

3. "フランソワ・モラン検事によれば、彼は6月4日にシリア国境近くのアンタキア市からの飛行機でヨーロッパに戻った。" Piquer and Suc, "Attaque dans le Thalys."
4. 〈Valeurs Actuelles〉、"Attaque dans le Thalys."
5. "モレンベーク地区は、シリアとイラクに戦いに行く外国人ジハード戦士の人口密度がヨーロッパの中でもっとも高い。戦闘で鍛えられた彼らは、ヨーロッパの主要都市で戦闘を繰り広げる使命を持って故郷に戻っていく。" Ian Traynor, "Molenbeek: The Brussels Borough Becoming Known as Europe's Jihadi Central,"《ガーディアン》、2015年11月15日、http://www.theguardian.com/world/2015/nov/15/molenbeek-the-brussels-borough-in-the-spotlight-after-paris-attacks。
6. "月曜に実施されたブリュッセル近郊のシント=ヤンス=モレンベークでの強制捜索の結果、彼は「ごく最近まで」姉と一緒に住んでいたことがわかった、とフランソワ・モラン検事は語った。ベルギーの検事によれば、その若い女性は自発的に警察に出頭したということである。" "Thalys: El-Khazzani mis en examen et écroué pour une attaque «ciblée et préméditée»"、《ル・モンド》、2015年8月25日、http://www.lemonde.fr/police-justice/article/2015/08/25/attaque-du-thalys-suivez-en-direct-la-conference-de-presse-du-procureur_4736412_1653578.html。
7. "シント=ヤンス=モーレンベークは建物が密集した地区で、失業率が高く社会からの隔離者も多い。子供たちは落書きだらけの壁で囲まれた緑の広場で遊び、色とりどりの店の外観の裏には貧困が隠れている。" Alex Forsyth, "Paris Attacks: Is Molenbeek a Haven for Belgian Jihadis?"、〈BBC〉、2015年11月17日、http://www.bbc.com/news/world-europe-34839403。
8. Atran and Hamid, "Paris: The War ISIS Wants."
9. "ハッザーニは拘留中、過去6カ月間にベルギー、ドイツ、オーストリア、フランス、アンドラを列車で旅したことを認めた。" Piquer and Suc, "Attaque dans le Thalys."
10. "報道によると、スペイン在留カードを保持するハッザーニは拘留中、

過去6カ月間にベルギー、ドイツ、オーストリア、フランス、アンドラを列車で旅したことを認めた。"《ル・モンド》、2015年8月25日。
11. "2014年にアルヘシラスを去ってから息子とは話していなかったと父親は語った。しかし、ザハラという名の父の妻は、1カ月前に電話で話したと、スペインの《エル・ムンド》紙は書いている。"〈ロイター〉、"Spanish Police Search House."
12. ベルギー、メルスブロークの2015年8月の天気、https://www.wunderground.com/history/airport/EBBR/2015/8/21/DailyHistory.html ?req_city=Brussels&req_state=&req_statename=Belgium&reqdb.zip=00000&reqdb.magic=1&reqdb.wmo=06451。
13. "アイユーブ・ハッザーニは、「明らかに犯行で使用することが目的」の携帯電話も所持していた。携帯電話は当日に使用が開始され、容疑者はこの携帯電話を使ってジハードを呼びかける映像を見ていた。" Miguel Medina, "Ce qu'a révélé le procureur de Paris sur l'attaque d'Ayoub el-Khazzani"〈France24〉、2015年8月25日、http://www.france24.com/fr/20152508-thalys-attaque-ayoub-el-khazzani-terrorisme-procureur-francois-molins。
14. "クリバリ（パリ食料品店襲撃の犯人アメディ・クリバリ）は、ブリュッセル南駅の近くで武器を5000ユーロ（5876ドル）以下で購入した、と《デイリー・テレグラフ》は報道している。この駅はベルギーにおける〈ユーロスター〉のターミナルであるが、駅の周辺は不法な武器販売の中心地として知られている。" Lora Moftah, "Belgian Arms Dealer Supplied Paris Gunmen with Weapons"、《インターナショナル・ビジネス・タイムズ》、2015年1月14日 http://www.ibtimes.com/belgian-arms-dealer-supplied-paris-gunmen-weapons-assault-rifles-used-charlie-hebdo-1783432。
15. "アナリストによれば、ベルギーが置かれている複雑な現状は、ゆるい銃規制とワロン地方にある〈FNハースタル〉に代表される銃器製造業の歴史によるところが大きい。ベルギーには、銃器に関する技術的かつ商業的専門知識を有する者が異常なほど多く存在する。" Christian Oliver and Duncan Robinson, "Paris Attacks: Belgium's Arms Bazaar!"、〈Big Read〉、2015年11月19日、http://www.ft.com/cms/s/0/33a2d592-8dde-11e5-a549-b89a1dfede9b.html#axzz40jF7DzO1。
16. "ベルギーへの不法な銃の流入が本格化したのは、1990年代のバルカン半島の紛争とソ連の崩壊の最中だった。フランスのジャーナリスト、モニケ氏によると、ユーゴスラヴィアの崩壊にともない銃が自由に流通してい

たこの時期にバルカン人の大きなコミュニティが形成され、元共産党員たちは国がしまい込んでいた膨大な軍需物資の売買を始めた。ベルギーで取引されている武器の9割はバルカン半島由来のものだろう、とモニケ氏は言う。「ボスニア、セルビア、クロアチアには、山のようにカラシニコフが積まれている」と氏は言う。人々を受け入れるということは、荷物も受け入れるということだ。彼らにとって密輸は生き方の伝統なのだ。" 同サイト。

17. "〈フレミシュ・ピース・インスティチュート〉の武器専門家ニルス・ドゥケ氏によると、2006年までIDカードを提示するだけで銃を購入することができた。ベルギー政府が銃規制強化に乗り出したのは、2006年に18歳のスキンヘッドのハンス・ファン・ゼムセがアントワープで人種差別的な動機から銃を乱射し、2名が殺害され1名が負傷した事件が起きてからだった。しかしその時点ではすでにベルギー国内には銃があふれていた。「ベルギーに行けば銃が買えるという評判を得てしまっていた」とドゥケ氏は言う。" 同サイト。

18. タリスの駅、https://foursquare.com/v/thalys-terminal/4bfb9014d2b720a13d22336a。

19. タリスの時刻表、https://www.thalys.com/be/en/timetables-correpondances?gare_dep=Amsterdam&gare_arr=Paris&date_aller=2016-06-10&plage_horaire_aller=00-24&plage_horaire_retour=00-24&as=y。

20. "Q：何か怪しいと感じて、ご主人は見にいったのですか？

A：そのとおりです。

Q：そして何が起きたのですか？

A：男がトイレから出てきたとき、夫はその男が銃を持っているのを見たんです。その場にいた若い男性（今のところ名前を公表していない）が男を背後からつかまえて、それで夫は犯人からAKライフルを奪い取ることができたのですが、運の悪いことに夫は犯人が別の銃、拳銃を持っていることを知らず、それで背中を撃たれました。

Q：そのときあなたは30センチしか離れていなかったということですが。

A：そう、そうなんです。30センチか50センチくらいです。夫は、「撃たれた」と2回言いました。「撃たれた、撃たれた、もう終わりだ」と。" Isabelle Risacher-Moogalian, 〈*Today*〉, http://www.today.com/video/wife-of-french-american-train-hero-he-said-im-hit-514941507836。

21. "ムーガリアン氏（51歳）と妻は高速鉄道の列車に向かい合って坐っていたが、夫の緊迫した表情と「出ていくんだ、大変なことになった」とい

う切羽詰まった声を聞いた。アサルトライフルを奪おうとして夫が犯人に飛びかかったとき、自分は座席のうしろに隠れた、とイザベル・リザカー・ムーガリアンは語った。" "French-American Mark Moogalian Is New High-Speed Train Attack Hero,"〈News.com.au〉、2015 年 8 月 26 日、http://www.news.com.au/world/frenchamerican-mark-moogalian-is-new-highspeed-train-attack-hero/news-story/146d22a604bb3ba0ae37f600d3ada203。

22. "銃弾は彼の肩甲骨と鎖骨を貫通した。そして左の肺も貫通した。「座席の隙間から夫が見えました……撃たれた、撃たれた、もう終わりだ、と夫は言いました」" Savannah Guthrie, Kelly Cobiella, and Nancy Ing, "Mark Moogalian Thanks Airman Spencer Stone for Saving Life on Train"、2015 年 8 月 28 日、http://www.nbcnews.com/storyline/french-train-attack/mark-moogalian-thanks-airman-spencer-stone-saving-life-train-n417591。

23. スペンサー・ストーンの写真へのリンク、https://www.google.com/search?q=spencer+stone&source=lnms&tbm=isch&sa=X&ved=0ahUKEwiB_-SD7onLAhVDWh4KHZKBD8QQ_AUICCgC&biw=1149&bih=626#imgrc=MGtydTZYg9j2nM%3A。

第 3 部：カリフォルニア州立大学生　アンソニー・サドラー

第 35 章

1. "死者 100 人超に"、〈CNN〉、http://www.pastpages.org/screenshot/2609665/。

2. Soren Seelow, "Abdelhamid Abaaoud, l'instigateur présumé des attentats tué à Saint-Denis"《ル・モンド》、2015 年 11 月 16 日、http://www.lemonde.fr/attaques-a-paris/article/2015/11/16/qui-est-abdelhamid-abaaoud-le-commanditaire-presume-des-attaques-de-paris_4811009_4809495.html。

翻訳協力＝大谷瑠璃子・矢島真理

アメリカン・スナイパー

American Sniper

クリス・カイル
ジム・デフェリス
スコット・マキューエン
田口俊樹・他訳

ハヤカワ文庫ＮＦ

米海軍特殊部隊ＳＥＡＬ所属の狙撃手クリス・カイルは、イラク戦争に四度従軍、一六〇人を射殺した。これは米軍史上、狙撃成功の最高記録である。敵軍から「悪魔」と恐れられた彼は、はたして英雄なのか？　カイル本人が戦争の真実を綴る傑作ノンフィクション。Ｃ・イーストウッド監督の同名映画原作

戦場の掟

Big Boy Rules

スティーヴ・ファイナル

伏見威蕃訳

ハヤカワ文庫ＮＦ

イラク戦争で急成長を遂げた民間軍事会社。戦場で要人の警護、物資輸送の護衛などに当たり、正規軍の代役を務める彼らの需要は多く、報酬も破格だ。しかし、常に死と隣り合わせで、死亡しても公式に戦死者と認められない。法に縛られない血まみれのビジネスの実態を、ピュリッツァー賞受賞記者が描く衝撃作。

HM=Hayakawa Mystery
SF=Science Fiction
JA=Japanese Author
NV=Novel
NF=Nonfiction
FT=Fantasy

15時《じ》17分《ふん》、パリ行《ゆ》き

〈NF516〉

二〇一八年二月　十日　印刷
二〇一八年二月十五日　発行

（定価はカバーに表示してあります）

著者　アンソニー・サドラー
アレク・スカラトス
スペンサー・ストーン
ジェフリー・E・スターン

訳者　田《た》口《ぐち》俊《とし》樹《き》
不《ふ》二《じ》淑《よし》子《こ》

発行者　早川　浩
発行所　株式会社　早川書房
郵便番号　一〇一 - 〇〇四六
東京都千代田区神田多町二ノ二
電話　〇三 - 三二五二 - 三一一一（大代表）
振替　〇〇一六〇 - 三 - 四七七九九
http://www.hayakawa-online.co.jp

乱丁・落丁本は小社制作部宛お送り下さい。
送料小社負担にてお取りかえいたします。

印刷・三松堂株式会社　製本・株式会社明光社
Printed and bound in Japan
ISBN978-4-15-050516-5 C0198

本書は活字が大きく読みやすい〈トールサイズ〉です。